刘忆江 著

漢武大帝

第陆册

辽宁人民出版社

《亢龙有悔》主要人物

☆　☆　☆

刘　彻　汉武帝，在位五十四年，享年七十。故事中的他已渐入暮年，其事业仍可圈可点，然亦已由盛转衰。晚年的他，刚愎自用，多疑好杀，酿成了极大的宫廷危机；尽管他亟求长生，四处寻仙求药，而所求皆空。然其灵明一线，下诏罪己，改弦更张，在危崖前止了步，且顾托得人，避开了秦皇的覆辙。

郭　彤　字季孺，自潜邸时即侍奉刘彻的大宦官，时任中书谒者令，皇帝的心腹。晚年于中山国找寻到赵姝，进奉为贵妃。后举荐司马迁为替手，自己卧病致仕。巫蛊之乱时病逝于茂陵。

霍　光　字子孟，霍去病从弟。为人谨慎忠恳，时任侍中、奉车都尉、尚书令，深得刘彻信任，是皇帝的心腹。刘彻临终前，敕封为大司马大将军，领尚书事，是为首席顾命大臣。

田千秋　迁徙长陵的战国田齐后裔。千秋为高祖陵寝郎官，巫蛊乱后为太子讼冤，得刘彻赏识，拜为大鸿胪。千秋敦厚有智，然既无才能学术，亦无阀阅功劳，以得帝意，旬月间拜为丞相、富民侯，后与霍光等人并为顾命大臣，是武帝晚年改弦更张，重回无为之治，与民休息的政治信号。

赵　姝　大萍之外孙女，被郭彤寻到进御于武帝，因生子而赐位为婕好，备受宠幸。后因为儿子谋太子位，触犯禁律，被废黜赐死，然其子刘弗陵立为太子，后即位为皇帝，是为汉昭帝。

刘　据　皇太子，死后谥戾太子。因与父皇政见两歧而为奸臣所诬，愤而除奸，兵败，逃亡中自杀，史称巫蛊之乱。

卫子夫　皇后，生前戒惧谨慎，机智权变，但管得住自己管不住家人。巫蛊乱中，因助太子宫变被废黜，赐死，卫氏一门的贵盛，亦就此终结。

卫　青　字仲卿，大司马大将军，汉代名将，晚年卧病于家。苦心孤诣，教诫太子，然终难挽卫家的失势与落败。

阳石公主　卫子夫之幼女，寡居，为维护卫家地位，与姊姊擅行巫蛊加害对头。事发后下狱自杀。

公孙贺　卫子夫的姊夫，原太仆，后任丞相。为救独子公孙敬生挪用公帑走私之罪，抓捕阳陵大骃朱安世，而朱为报复，揭出其子敬生与阳石公主祝诅皇帝的惊天大案，被族诛。

公孙敬生　卫子夫长姊卫君孺与公孙贺的独子，原为京师贵游纨绔子弟。初以门荫入宫为郎，后拔为侍中、太仆丞、太仆等职，与朱安世挪用公帑，走私天马，事泄入狱，以巫蛊事族诛。

石　德　万石君次子，学识渊博，被武帝拔擢为少傅，是太子刘据的师傅。以奸臣诬罔太子，而己以师傅惧被株连，献议太子先下手诛杀江充等，由此卷入宫变，失败后被诛。

李　嫣　刘彻的爱妃，育有昌邑王刘髆，宠冠后宫。后以柏梁台火灾受惊小产坐病而亡。后卫氏败，霍光揣摩上意，以李夫人陪葬茂陵。

李广利　李嫣兄长，以征伐西域，得获大宛天马功得封贰师将军、海西侯，为当朝贵戚。卫氏败后，与丞相刘屈氂谋划扶昌邑王上位。事泄，李广利正率大军征战匈奴，为立功赎罪，贸然深入，为匈奴断其后路，战败降胡。后卷入匈奴内斗，被用作牺牲献祭于故单于。

刘屈氂　中山王刘胜的庶子，早年主动投效，入宫为郎，后为涿郡太守，与李广利为儿女亲家。巫蛊乱后，被擢为左丞相，与李广利谋划以昌邑王继嗣。后因妻子祝诅皇帝，以厨车载于东市处斩。

李　陵　字少卿，汉名将李广的长孙，少时以父战死沙场，入宫为羽林郎，后为骑郎将，被派至河西教练楚地奇才剑客，铸炼出一支铁军。后因立功心切，主动请缨深入匈奴，以五千步卒与匈奴八万大军缠斗八日，杀敌过万，终因矢尽粮绝而败降，被单于封为右校王。

苏　武　字子卿，汉朔方太守苏建次子，与李陵、司马迁等交好。后出使匈奴，以副使卷入谋叛事件被牵连，匈奴屡屡逼降，苏武坚贞不屈，被流放于北海（今贝加尔湖）牧羊十九年方得归故国。

司马迁　字子长，汉太史。天汉三年，他不顾皇帝之盛怒，为李陵战败说公道话，被下狱，因家贫难以赎死，被处宫刑。其后任中书谒者令，巫蛊之乱时，因皇帝不悦其所撰载记，绝粒而死。他忍辱负重，承继父志，完成中国首部私人撰述的通史——《史记》，究天人之际，通古今之变，成一家之言，藏诸名山，传诸后世，为中华历史文化之瑰宝。

江　充　字次倩，赵国人，先后被刘彻用为绣衣直指使、水衡都尉，行事不避贵戚，是有名的酷吏。巫蛊事起，刘彻责成其破案，江与太子有旧怨，故罗织构陷，陷太子于罪，逼出巫蛊之乱。后被太子诛杀。刘彻得知实情后，夷其三族。

苏　文　未央宫黄门令，服侍刘彻多年的御前宦者，为讨好皇帝，每每捕风捉影，传递谗言，亦为宫变的促成者之一。巫蛊实情大白后，被敕令烧死于渭桥。

朱安世　阳陵大驵，一生游荡江湖，被逮后告变阳石公主与公孙敬生祝诅，巫蛊乱中逃狱，亡命西域。皇帝驾崩后重返中土。

张次公　义纵少时伙伴，后入宫为郎，后以骑郎将从卫青出征匈奴，以功封岸头侯。淮南公主刘陵情人，泰山行刺不遂，投奔朱安世，后于官军抓捕朱安世时身亡。

韩毋辟　字仲明，郏县大侠韩孺的堂弟，以刺杀朝廷大臣亡命边关，后从军跟从李广。天汉三年，随李陵出征塞外，与匈奴合战八日，率残卒突围至居延。

《亢龙有悔》故事场景

☆　☆　☆

未央宫之掖廷殿　掖廷原称永巷，为皇宫嫔妃的住处，刘彻更名为掖廷。掖廷殿为武帝爱妃王夫人居所，王夫人死后，扩建为李嬿住所。内有云光、九华、鸣銮三殿，另有丹景台、开襟阁、临池观等，内中奇石嶙峋，曲榭通幽，盛集女乐。李嬿兄李延年被拜为协律都尉，主持乐府，常川演练乐府歌诗舞蹈，或为降神迎神，或以供宫廷宴乐，极声色之娱。李嬿后病故于此，李延年、李季亦因淫乱后宫伏诛。

未央宫之柏梁台　武帝元鼎二年春为迎神起建，以香柏巨木为梁，高数十丈，上置铜凤，名为凤阙。刘彻曾于其上大宴公卿，联席赋诗。太初元年冬，柏梁台罹回禄之灾，焚毁，凤阙落地的巨大声响，声闻十里，而妊娠中的李夫人受惊小产，终卧病不治身亡。

甘泉宫之通天台　为迎神，元封二年，刘彻于甘泉宫筑通天台，"去地百余丈，望云雨悉在其下，望见长安城。武帝时祭太一，上通天台，舞八岁童女三百人，祠祀招仙人。"上设承露盘，以接云表之露水，供仙人饮用。其候神胡巫檀何，巫蛊乱时被派与江充一起于未央宫掘偶人，因构陷太子，被焚杀于上林苑。

甘泉宫之竹宫　刘彻晚年多驻跸于甘泉，以竹宫为寝宫。马通马何罗兄弟行刺武帝未遂，即在此宫。罢黜并赐死赵婕，亦在此处。

建章宫　刘彻于柏梁台焚毁后，以越巫勇之献议，为厌胜计，于太初二年于长安城西再建建章宫，宫中度为千门万户，务求宏阔。且于宫中建神明台，倍于柏梁，并置凤阙，并竖铜人，手托承露盘，高可入云，以接承云表之露水。其前殿大于未央宫，又于其北掘大池，名为太液池，内仿作蓬莱三山，并作海中龟鱼之属，作为于京师求仙祀神，夸示四夷之所在。朱安世返乡前，入宫游览，不想与刘彻撞了个对头，由是引发朝廷的缉捕，朱被逮后揭出阳石公主等祝诅事，由是掀开巫蛊之乱的大幕。

"大将军安好，给大将军请安！"公孙贺与堂弟公孙敖边揖手请安，边恭敬地注视着卫青。长安的五月已入初夏，气候宜人，可卫青久病初愈，见客时还是披了件黑色的深衣①。

卫青揖手还礼，他面容略显清癯，将二人让入中厅后，很关切地问道：

"子叔，皇帝此番东巡，可得遂所愿？"

子叔是公孙贺的字，他任太仆多年，主理朝廷马政，皇帝出巡，三公九卿，均须伴随扈驾，大驾如同行走在车轮上的朝廷，故被称为行在。卫青与公孙贺均在随扈大臣之列，而卫青自年初起，即缠绵病榻，未能随行。

"还不是老一套，东莱海滩上有大人足印，与之前缑氏城墙上的足印相似，今上在海滩上徘徊多日，欲得一见神仙而不能，在万里沙②望海遥祝而已。那个公孙卿巧舌如簧……"公孙贺摇摇头，不再说下去，与卫青、公孙敖相视苦笑。近年来，皇帝求仙问药之心炽盛不已，得知哪里有神迹，必打道前往，自己定下的五年一巡狩的规制形同具文，此番东莱之行，距上次还不到一年。

事涉天子，于臣下是忌讳的话题，于是改言其他。公孙贺捋髯肃容道：

"不过回程中，今上还是做了件恤民的大事，迁延二十多年的黄河河工，

---

① 深衣，汉代官员的常服，宽袍大袖，衣、裳合一的服饰。

② 万里沙，据应劭说，为位于东莱的神祠。

终于在今年一举完工，中原的水患得以消解，可喜可贺！”

原来车驾回程于泰山望祀，之后行至东郡濮阳，得知今岁亢旱，河水较缓，刘彻临时起意，要将决口二十多年，年年泛滥成灾的瓠子口堵住，于是派汲仁、韩昌等督率士卒十万赴埽工①。他亲临瓠子河决口处，沉白马，投玉璧以祀河神，令群臣从官自将军以下，都要负薪投石，参与河工。十余万人夜以继日，前仆后继，历时逾月，终将决口处堵塞，并另掘通二渠分流，将河水沿禹时旧迹导流入海，从根本上消除了这一段黄河的水患。事毕，刘彻心情大好，命于堤上筑宫室一座，名之为宣房宫，并赋诗二阕，名之为《瓠子歌》。

公孙兄弟皆曾亲预河工，斯时的劳倦刻骨铭心，不免言不由衷，但还是相与赞叹了一番皇帝恤民的仁心。

一侍者将烹好的热茶端进，为主客布茶，三人默默啜饮，良久，卫青问道：

“朝鲜的战事进展如何？二位从驾行在，可有甚新消息吗？”卫青虽早已是局外人，可作为久经沙场的统帅，却仍不能忘情于朝廷的征伐。皇帝在外，军报文书均第一时间报送行在，留在长安的官员反而不甚了了，只能靠流言揣测战局。

朝鲜的战事起于辽东都尉涉何的被刺。

见之于简册的朝鲜历史起于殷末的箕子。箕子名胥余，是商纣王的叔父，殷商亡国后，他率五千殷民出亡朝鲜，建都王险城，后亦尊奉周为天子，被追封为一个诸侯国，是为箕氏朝鲜。

汉初，燕王卢绾反，投匈奴。燕人卫满纠集亡命者千余人，改行少数民族发型服饰，出走至燕属辽东塞外至浿水②一带，附庸于箕氏朝鲜，招降纳叛，羽翼渐丰。汉惠帝元年，卫满率部渡过浿水，一举推翻箕氏，取而代之，是为卫氏朝鲜。其时天下初定，朝廷与民休息，不欲多事，辽东太守遂与卫满约定，以朝鲜为外臣，监护塞外民族，防止其侵扰边塞，诸边疆民族若欲归

---

① 埽工，古代对河工的称呼，即以梢料、苇、秸和土石分层捆束制成的“埽”，填塞决口，杜绝河患。

② 浿水，即今朝鲜半岛之清川江。

顺朝贡，则不得阻挠，而是要报告朝廷。而卫满也就狐假虎威，利用这个约定，役使塞外诸民族，真番、临屯等部皆表顺服；卫氏又不断招纳容留燕、齐流亡者，数十年间，控制的范围渐渐扩大到数千里。卫氏朝鲜独霸一方，招降纳叛，不事朝贡；半岛上其他小国如真番、辰国想要朝觐天子，均被其横加阻挠，造成大汉与半岛诸国之往来壅塞不通。

元封二年，朝廷派涉何出使朝鲜，当面责谕朝鲜王卫右渠不信守约定，不料对方直接无视，来了个不奉诏。涉何为了回朝复命，于浿水岸边诱杀了奉派礼送其出境的朝鲜禆王，渡河入塞，归报天子。朝鲜王胆敢不奉诏，涉何以诛杀作为警示，颇合刘彻的心意，非但没有责备其擅杀，反而拜其为辽东都尉，把这个敢作敢为的人摆在朝鲜家门口，以资震慑。

朝鲜不服，以牙还牙，发兵突袭武次①都尉衙门，诛杀涉何作为报复，公然挑战了大汉的权威。刘彻得知消息，怒从心起，当即下诏，募集罪囚为兵，分水陆二路征伐朝鲜。水路由楼船将军杨仆统帅，七千人，自齐地登舟浮海前行；陆路则由新拜的左将军荀彘统帅，五万人，自辽东开赴浿水。朝鲜之役远不如征伐南越、东越顺利，问题出在行军速度不一，号令不一，被朝鲜窥到破绽，各个击破。

自东莱解缆登舟，楼船所部几日后就抵达了列口②，而朝鲜早早将全国的兵力集中在王险城，探知汉水军不足一万，遂在列水入海口处伏以重兵，楼船所部一登陆，即遭痛击，汉军猝不及防，敌众我寡，抵抗了一个多时辰后，已登岸的汉军溃败，逃入浿水南岸的山中，朝军并不恋战，退守王险城。匿藏于山中十多日的杨仆，方派人联络舟师，收集散卒，重整军阵，于海口设立营垒。

辽东的一路，集结完成已在半月之后，大军自西安平渡过马訾水③，走走停停，抵达浿水东岸已逾时二月。陆师在番汗④遭遇守军的顽强抵抗，两军隔

---

① 武次，辽东郡属县，东部都尉治所，今凤城县。

② 列口，列水（今朝鲜半岛之大同江）入海口，今南浦是也。

③ 西安平，辽东郡属县，遗址位于今丹东九连城一带；马訾水，即今鸭绿江。

④ 番汗，位于辽东故塞之浿水河口附近，为古朝鲜边防要塞，地望在今安州一带。

河对峙，几次渡河攻城的尝试均遭挫败，而由罪囚组编的士伍军心不稳，逃亡甚多，荀彘不得已暂停攻势，整顿军务。两军一在列口，一在浿水，相隔数百里，呼应不灵，面对朝鲜的顽抗，竟有无可奈何之势。

　　得知师出不利，刘彻改行招抚，派卫山持节出使朝鲜。卫山是卫氏朝鲜宗裔，少时入质为郎，已在长安宫廷中生活了几十年，语言、衣冠、饮食早已汉化，时任光禄大夫。朝鲜王卫右渠心知，以小敌大，国力悬殊，固能相持于一时，终将落败，得知皇帝派使节前来招抚，遂伏地顿首，极尽谦卑，声言早有意请降，但怕汉将使诈诛杀，故背城借一，困兽犹斗。今得见天子节旄，愿遣太子赴朝廷谢罪。但卫右渠请降，表面恭顺，内心里却存有几分战胜者的倨傲。他遣太子赴汉军营垒，而以万名侍卫相随，旌旗猎猎，刀戈铿锵，甲胄鲜明，为的是展示军威，让汉人不敢小看朝鲜，却引发了荀彘与卫山的疑忌，以为朝鲜欲借此突袭汉军大营。

　　朝军欲渡浿水，卫山与荀彘亦严阵以待，称朝鲜既降，太子及从人无须持兵相见，不解除武装不得渡河。而朝鲜也以为汉人言而无信，欲使诈擒太子为人质，于是停止渡河，全数返归。刘彻时在东莱，从军报中得知招抚失败，既愤怒，又沮丧，本可兵不血刃拿下的藩国，却因误会而功败垂成。卫山有辱使命，以偾事处斩。

　　荀军势强，所率燕、代士卒皆劲悍勇猛之辈，还是攻下了番汗，渡过浿水，兵锋直逼王险城下，与列口的楼船所部，对朝鲜都城形成了合围之势。而卫右渠则将全部兵力收缩集中于都城内，撄城固守数月，汉军竟至一筹莫展。得知皇帝欲招抚朝鲜后，荀、杨两军皆做了努力，杨仆所部兵少，又吃过败仗，故每每主动招抚，而朝鲜的大臣们认为楼船将军好相与，于是暗中派出使者，赴杨仆大营磋商投降条件，来去往复，尚未谈妥，而荀彘欲以两军夹击，促其早降，数次约期与楼船相会，而楼船皆以招降将成，拒绝与会。荀彘见杨仆不肯配合，疑其与朝鲜私通，于是上书朝廷，痛陈楼船所部私通朝鲜，贻误军机。刘彻于是另派济南太守公孙遂为钦使，给以便宜行事之权，命其赴前敌坐镇，以节制两军，统一事权。

　　公孙遂抵达王险城下，听了荀彘的报告，头脑里有了先入之见，于是以天子所授符节，召杨仆赴左将军大营会商军事。杨仆不敢不来，来后即被以居心叵测，贻误军机而扣押，公孙遂、荀彘持节赴楼船军营，将两军合并为一，开始对王险城发起猛烈的进攻。

荀彘以五千人为梯次，轮番攻城，一波接一波的强攻如潮袭来，使守城的朝军难得片刻休憩，城内人心惶惶，军心也开始不稳。持续不断的压力开始起作用，原本主降的重臣，朝鲜国相路人、韩阴，尼谿国①相卢参，将军王唊，相与谋划降汉，谋泄，路人、韩阴、王唊先期出逃，路人死于投奔汉军的途中，而卢参使人刺杀朝鲜王，持卫右渠的首级归降汉军，城内则被忠于卫氏的大臣成己控制，开始大肆搜杀降汉大臣们的眷属。得知内乱已起，荀彘命路人之子路最带领汉军入城，先一步挟持了朝鲜太子卫长，并以其名义诱杀成己，号令全城，最终拿下了王险城，卫氏朝鲜灭国，其国土被并入大汉，划为乐浪、玄菟、临屯、真番四郡。

叙述完朝鲜战事的始末，公孙贺摇了摇头，叹道："唉！劳师远征，耗费巨大，皇上要是早派大将军出征，肯定不会出现前敌将领互不相下，号令不一的情况，朝鲜也早早就归附天朝了！"

"吾衰矣，不堪鞍马劳顿，出不了征了！"

卫青苦笑着摇摇头，心中黯然。自从霍去病死后，他就感觉到皇帝与卫、霍两家有了心结，不再放心将兵权交付给他。征伐南越、东越、朝鲜，皇帝都无视了他这个大将军，直接点将，甚至很少咨询自己对这些战事的意见。若非皇后和太子，卫家早已经失势了，这些年来他与卫子夫一直战战兢兢，如履薄冰，极为低调，为的就是避免引起皇帝的恶感，惹祸上身。

"杨仆落败，损兵折将，怕是难逃一死。荀彘此番灭朝鲜立了大功，怕是会封侯呢！"公孙敖叹了口气，不无艳羡。

荀彘早先不过郎中令麾下的一名郎官，曾随卫青多次出征匈奴，曾是公孙敖帐下的一名裨将，以战功擢升为校尉，后以善驭车马而为皇帝赏识，一跃而为侍中。此番远征朝鲜，皇帝钦点其为左将军。

卫青摇摇头道："我看未必。杨仆招抚朝鲜众臣在先，他们不背叛，王

---

① 尼谿，应为卫氏朝鲜的属国。

险城哪那么容易攻下来？荀彘不过因人成事罢了。大将临阵不和，乃用兵之大忌，公孙遂与荀彘擅自扣押大将，违背了皇命，即便灭了朝鲜，皇上也绝不会容忍这种悖逆之举。反倒是杨仆或会有一线生机。"

"怎么？"公孙敖不解，问道。

卫青道："杨仆是皇上的爱将，能使皇帝应一人之请，而将函谷关东移三百里，本朝唯杨仆一人而已①。况且楼船治盗有方，征伐南越与东越皆立下大功，足以赎败战之罪，而荀彘、公孙遂皆为新进，累积之功或难赎死。"

三人相顾无言，良久，卫青谢客回室歇息，单独留下了公孙贺。

"子叔，留你多坐一会儿，余尚有事拜托。"在家人服侍着躺好后，卫青要家人退下，倚在靠枕上，示意公孙贺坐到榻前。

"甚事？大将军但说无妨，在下一定尽力去办。"

卫青淡淡一笑道："你我郎舅之亲，官场之外何必拘谨！叫我仲卿好了。"

右肋又开始隐隐的钝痛，肚子胀得难受，卫青以手拄肋，长吁了口气，额头上已沁出微汗。

公孙贺见状，心里一紧，关切地问道："刚才净顾着说话，竟忘了仲卿仍在病中，大夫怎么说，要紧吗？"

卫青一脸倦色，摇摇头道："这病也就这样了，只能循医嘱静养。"自霍去病暴死后，卫青开始有这个病，腹胀纳差，肋下隐痛，身心倦怠。看过多少医家，都说是病在肝上，起于心情怫郁，久之肝气郁结，血瘀伤阴。治法无非医书所言，"见肝之病，知肝传脾，当先实脾"，开的方子多以白术、当归、地黄、芪参之属入药，说是三阴同治，健脾养肝为主，辅以补肾。可病情时好时坏，迁延不愈，至今已经七八年了。

"子叔，大姊现下还常进宫吗？"

公孙贺点点头道："她隔几日会去一次椒房殿，听说皇后最近要搬去长乐宫了。"

---

① 杨仆以战功封侯，其时关内可供封赐的土地已尽，故武帝欲封其为关外侯。杨仆不愿，陈请将函谷关东移，如此他亦可作关内侯。武帝允之，函谷关遂东迁三百里至新安。

"为甚？"

"皇太后殡天后，长乐宫无人主持，皇帝意欲由皇后兼管。皇帝去年巡狩时，以未央宫事交付太子，以后宫暨长乐宫事付与皇后，以是移居长乐。"

太子刘据今年刚满二十，行冠礼后就位于东宫。自元封元年起，皇帝几乎年年要赴泰山、海隅巡游，一走数月半载不定，京师的事务，都交由太子主持。刘据好儒学，所纳宾客门人多儒者，在处理政务时亦宽仁为怀，对各地酷吏报上来的案子，每每批驳平反，甚得人心。皇帝回京后，对太子的决定不置可否，皇后看在眼里，甚为忧心，每每劝喻太子宜留取上意，不可未经请示，擅自决断。皇帝得知后，肯定太子的做法而责备皇后不该干政，而卫青则隐隐心忧，所谓履霜坚冰至，太子与皇帝政见扞格，不是好兆头。

"君孺进宫，你要她一定要把我的话告知皇后、太子，切不可再违拗皇帝的意旨，尤不可不请示就擅自处理政务。天无二日，国无二主，事无大小，拿主意、拍板的都该是皇帝，不然就有僭越之嫌，久之卫氏危矣！"

"仲卿何出此言？"看到卫青神色严重，公孙贺也紧张起来。

"伴君如伴虎啊！皇帝看似不置一词，可心里怎么想？是不是真的认可太子的做法，有谁知道？皇帝曾对身边的人念叨过，太子为人仁恕温谨，不类我。'不类我'一旦变为成见，今上会不会认定太子不堪承继大业？皇帝派兵出征四夷，据儿屡屡谏净，说应体恤民力，与民休息，用意虽好，可却在实际上质疑了天子治国的方略。年初皇帝派军出征朝鲜，据儿又谏，皇帝说，我独任艰巨，留你坐享其成，难道不好吗！其时今上虽面带微笑，为的是在群臣面前给太子留脸面，可内心的隐忍不快，已是呼之欲出，不可不警醒了。"

卫青长吁了口气，叹道："再有就是那些被据儿驳斥的酷吏们，素为皇帝所倚重，这等小人最好揣摩圣意，一旦得罪了他们，就一定会找机会进谗，众口铄金，积毁销骨，不得不防啊。"

公孙贺则不以为然，觉得卫青不免过虑了。"父子至亲，今上英明睿智，难道识不破这些人的居心吗？"

"身旁多佞人，皇帝当然知道，可皇帝靠彼等为耳目，对打小报告视为忠荩之举，即使不实，往往也并不处分。据儿去母后处请安，待的时间长了些，那些佞人便造谣称太子与宫人有染。好在今上并不以此为意，反而将太子宫的宫人增至二百人，可这么做，还是相信了那些小人的谗言，以为太子性好渔色……"

公孙贺愕然，打断了卫青，问道："这事真吗？如此隐秘之事，仲卿由何得之？"

"当然真，不然太子宫何由猛增二百宫人？我还知道是谁造的谣。"

"是谁？"

"小黄门苏文、常融与王弼一伙。"

"向皇帝进谗这等隐秘之事，你怎得知道？"

"皇帝身边也有咱们的人，自会与吾通消息。"

"哦，是谁？"

卫青摇摇头，顾左右而言他道："见到皇后，你要她不可大意，更要沉住气。有可能的话，最好笼络、善待李夫人。"

李夫人即李嫣，入宫后备得天子宠幸，去年生子后，风头甚至盖过了从前的王夫人。

"为甚，那李夫人不是皇后的对头吗？"

"既已失宠，就莫不如放下身段，把风光让与那些女宠，她们互相争斗，皇帝枕边反而会少些射向皇后的冷箭。子夫眼下当务之急就是隐忍自保，直到太子即位的那一天。"

公孙贺狐疑地望着卫青，"那李夫人有了皇子，一定会争着上位，能笼络得住吗？"

"我想能，以前的王夫人不就笼络住了？平阳长公主死前对我讲过，李夫人的心性，应该是可以笼络为己所用之人。"

二

皇后移宫后，后宫嫔妃们例行的请安，被安排在长乐宫前殿。卫子夫在侍女的服侍下穿戴停当，长御①倚华匆匆进来，附在她耳边悄声道："殿下，李夫人今日也来了。"

卫子夫一怔。李嫣一入宫就备得宠幸，皇帝走到哪里陪到哪里，生下皇子后，更是宠冠后宫，承欢侍宴，少有闲暇，已经很久没来椒房殿请安了。日前大姊传卫青的话过来，要她善待李嫣，她还愁见不到人，没办法示好，不想今日李夫人自己上门来了。

例行的问安过后，嫔妃们退去，李嫣则被卫子夫留下叙话。李嫣梳高髻，束以金博山，玉簪珠珥，一袭黑色的深衣，素净而不失华贵，比起少女时代，年方而立的她略显丰腴，也更有韵味。李嫣被端详得不好意思，略略垂下了头，那一头丝一般的黑发，令卫子夫好生嫉妒，年逾四十的她，为了遮掩日渐增多的白发，已经不得不佩饰假发了。

"好久不见了，阿嫣今日怎么得空过来？"

李嫣赧然一笑道："有身孕后，御医嘱咐安胎，皇帝也不允我随意活动，孩子生下来，哺乳不离身，最绑身子。现在大了些，可以由宫人带着了，所以迟至今日方来请安，还望殿下见谅。"

---

① 长御，汉宫女官名，又称女御长，为宫女之长，随侍皇后，助理后宫事。

"孩子小，为娘的当然脱不开身，我也是过来人，怎么会怨你呢？髆儿好像周岁了吧，为甚不带过来我看看？"刘彻对此子的喜爱，比起已逝的齐王刘闳，有过之而无不及。他为李夫人之子取名刘髆，髆义肩，意喻可担大任，卫氏不免忧心，好在孩子太小，一时还威胁不到太子的储位。

"这会儿怕是正在皇帝怀里玩呢，皇帝每日办完公事，都会来和髆儿嬉戏，真是含在口里怕化了，捧在手里怕摔了……"猛然看到卫子夫脸上渐渐收起的笑容，李嫣不再言语。

卫子夫大度地笑笑，蔼然道："孩子小，离不开娘，阿嫣你不必日日前来请安，等孩子大些再说。"

"今日皇帝本不欲我前来，是臣妾坚持要来。殿下放心，我知道自己的身份，不会恃宠而骄，坏了后宫的规矩。"

"阿嫣你多虑了。在平阳府那阵，你我情同姊妹，何必客套呢？私下我们还是以姊妹相称，你还是叫我三姊就好。"

李嫣笑道："此一时，彼一时，彼时情同姊妹，入了宫则有上下尊卑之分。臣妾岂能无视朝廷体制，做此躐等僭越之事？"

"你这话就生分了。以前我落难在上林苑蚕室，要不是阿嫣你帮我，我哪里出得了头？这个恩，本宫没世不忘的。"卫子夫看了眼倚华，倚华点点头，去了寝殿。

李嫣淡淡一笑，不置可否。

"再过几日，髆儿就要满一岁了，到日子来长乐宫这里，我们好好给他过个生日，阿嫣以为如何？"

李嫣敛眉低首道："谢谢殿下的厚意，不过皇帝早已定下来要给髆儿过周岁，能不能带他过来，要看皇帝的意思，我做不得主的。"

卫子夫的心一下子沉了下来。皇帝如此宠视李嫣母子，犹如从前的王夫人母子。王夫人与其子齐王刘闳在世时，宠冠后宫，幸而早夭，刘闳元封元年薨逝后，卫子夫心里的一块石头方才落地。不想才过一年，李嫣母子又填补了这个空白，成了太子与自己的新对手，好在刘髆还是个小孩子，一时还构不成甚威胁。

倚华走到近旁，将一个以锦帕包着的包裹放在卫子夫的案头，卫子夫向李嬿笑笑，指着包裹道："不管髆儿那天过不过得来，本宫的心意总要到的，这里有百金，权作孩子周岁的贺礼，回去的时候带上。"

李嬿听刘彻讲过，卫青曾将赐予他的千金转赠王夫人，以纾解皇后与王夫人心结的旧事，看来皇后故技重施，想要结好于自己。于是连连摆手，敛容道："如殿下所言，既情同姊妹，臣妾唯愿皇后少些猜疑，坦诚相待就好。皇帝爱屋及乌，将吾兄弟安排在宫中，有份俸禄可吃，皇后切勿破费，反令臣妾不安。"

卫子夫强压下内心的尴尬，笑道："你我在平阳府中共事有年，情同姊妹，哪来的甚猜疑，是妹妹多心了。平阳过世前对我说过，你不是那种贪权恋势之人，我又何来的不放心呢？"

听到旧主人的评骘，李嬿不觉心里一热，问道："平阳公主真是这般说的？"

卫子夫颔首道："真的。就在她过世的头天，我与据儿去看她，病榻之侧，我们聊了许久，提到你时，她说了这话。"

自进宫、尤其是生下皇子以来，李嬿一直有种高处不胜寒的感觉。后宫是女人们的天地，那种被人侧目而视，背后指指点点的感觉令她不安，也使她警惕。皇帝对她与刘髆的宠幸，最嫉妒、最忧心的当数皇后与太子，可卫子夫偏偏与自己话旧示好，这使她愈发不安。有这种心机与度量的人，绝对是厉害的对手，还是想办法化解为好。

一念至此，李嬿叹道："还是她看人看得准。说实在的，入宫非我所愿，是她和我哥推我进来的，都指望着入宫能令家族显扬，吾虽不欲，奈何？"

后宫才艺俱佳的丽人，都是皇帝的女人，李嬿最近才明白，以一人宠擅专房，几无可能。听兄长说，自己妊娠期间，皇帝又宠幸了数名宫人，其中一豆蔻年华而体态婷婷似弱不胜衣者备受宠爱，其姓邢，名丽娟，被安置在了甘泉的芝生殿。此女善歌，皇帝命李延年为之作《回风》之曲。还有个姓尹的也很得皇帝的喜欢。听到这个消息，李嬿悲凉落寞之余，只有满心的无奈，唯一令她释怀的是，这两个女人都没能受孕。

宫里的女人，即便贵为皇后，也避不开嫉妒与心酸，反不如民间的夫妻，可以长相厮守，白头偕老；李嬿脑中又出现了司马相如的影子，不觉黯然神伤，幽明异路，天人永隔，死者长已矣，留下的只有久久的遗憾。她摇摇头，挥去了旧日的情愫，淡淡一笑道："皇后放心，我与髆儿不会也不可能与殿下争皇后、太子之位的。再得宠的女人，也不过是皇帝身边的过客，容色少衰，宠眷亦去，以色事人者，色衰而爱弛，王夫人如此，臣妾亦会如此，这是命定的事情，我已看开了。"

李嫣话里有话，意有所指，卫子夫也曾风闻皇帝又有新宠的消息，但这是李嫣的心病，还是不揭开为好。

"阿嫣所言，真正是透彻。这么多年，本宫其实也看开了。"卫子夫移席相就，促膝而谈。她拉起李嫣一只手，笑道：

"可我还有一事不明，阿嫣可肯为我指点迷津？"

李嫣抽回手，抿了口茶，点点头道："甚事？请殿下明示。"

"后宫佳丽数千，歌舞俱精者亦成百上千，何以阿嫣你一树常青呢？"李嫣元狩年间入宫，迄今已经十余年，而宠眷不衰，这令卫子夫十分好奇，觉得她一定有固宠的奇术。

李嫣侧过脸望望皇后，卫子夫眼角四周，遍布细密的皱纹，皮肤也略显松弛了。这样一个女人，在皇帝那里，当然会失宠，即使贵为皇后，她却很少有机会见到皇帝，对自己已完全构不成一种威胁了。女人的美，犹如春花绽放，而芳华易逝，转瞬凋零。如此年纪，卫子夫居然还要探求固宠术，她心里既有怜悯，又有不屑。

"容颜、歌舞都是些外在的东西，时间久了，就没了新鲜感。男人喜欢一个女人，占了她的身子，更想占得她的心。拿不到你的心，就会觉得你若即若离，神秘莫测，有点神龙见首不见尾的意思，俗话说的，女人心，海底针，难以得到的东西，男人才会知道珍惜，使他恋恋于心，欲罢不能吧。"

"还是你见得透彻。"卫子夫略作沉吟，颔首道，心里却愈发沉重了起来。这女人真的是很懂男人，皇帝怕是被她拿住了，好在她儿子还小，还有时间从长计议，眼下要紧的是拢住李嫣，成不了自己人，至少也不要是敌人。

眼下最让她忧心的，是皇帝身边那些小人，这些人日日伺候在皇帝身边，随时可能无中生有，添油加醋，散布太子的负面消息。卫青提醒得对，众口铄金，积毁销骨，久而久之，会使父子间生出嫌隙，最终危及太子的地位。她曾要儿子面君时揭破谎言，奏请诛杀造谣惑众的小人。儿子却不肯，称自身清白，何畏苏文等小人，父皇英明，不会听信奸佞之言。这些上不得台面的事情，如果主动提起，反倒像自己心虚，真做下甚见不得人的事似的。

卫子夫握住李嬿的双手，定定地望住她，问道："阿嬿，我眼下还真有件事情求着你，不知你可愿帮三姊这个忙？"

李嬿有些吃惊，但还是点点头道："甚事情？皇后请讲。"

"我不像阿嬿你天天见得到皇帝，可有些话我又不能不对皇帝讲，想请你代我传话。"

"甚话？"李嬿面露难色，皇帝最烦宫人飞短流长，她决不想触这个霉头。

"是有关阿据的事。皇帝身边有些个小人，处心积虑，散布太子的谣言，有道是众口铄金，我怕时间久了，会不利于太子。"

李嬿柳眉微挑，似信似疑，问道："潜毁太子，罪在不赦，甚人敢如此行事，不要命了吗？"

"真的，都是未央宫御前的小黄门，名字我都知道。"

"御前的人，谁？"

"苏文、常融、王弼。"

御前的宦者，李嬿都熟悉。权力最大，也最受皇帝信任的是谒者令郭彤，据说他从潜邸时就一直侍奉皇帝。再就是所忠、苏文，也是皇帝身边的老人。这三个人而外，则是近些年入宫的小宦官，如常融、王弼、姚定汉、郭穰等，每日在未央宫跑进跑出，做些上传下达的例行公事。李嬿陪伴皇帝多年，御前的这些人对她从来都是小心伺候，毕恭毕敬，看不出有甚不轨。

"他们做下了甚，难道不怕死吗？"

"没搬过来那会儿，据儿每日来椒房殿请安，有时候说话久了，我留他用饭，回去晚了些。那些送他过来的混账东西，回去后竟散布说，太子贪恋女色，迷上了后宫宫人。皇上竟也信了这些谣言，不待求证，就诏命为太子宫增加二百名宫人，反倒坐实了太子好色的流言。真是气死我了，这些家伙真是黑了良心，早晚不得好死！"

赐宫人给太子宫这件事，李嬿当时就在皇帝身边。她问过为甚送那么多女人给太子宫，皇帝只说，太子已长成个男人，是时候让他体验男女之事了。

看到卫子夫咬牙切齿的样子，李嫣笑道：

"这事我知道，皇上并未怪罪太子，反而说儿子大了，是时候知道男女之事了，所以才增派宫人去服侍太子，殿下多虑了。"

"多虑？那个常融你可知道？"

李嫣点点头道："知道，他做了甚？"

"皇帝前一阵子在甘泉避暑，身子不适，要常融传御医与太子赴甘泉宫侍奉汤药，你猜他回去怎么说？"

"怎么说？"

"他竟胡说太子闻讯后，面露喜色！你说这个阉人多歹毒，成心挑拨他们父子关系，好像太子盼着嗣位，希望皇上早死，这些小人真毒，太毒了！"卫子夫恨声道。她怒目圆睁，泪水就在眼眶中打转，紧攥的双拳，用力擂在自己的腿上。

"哦，要是真的，这个常融可真是活够了。太子经常能见到皇上，为何不当面揭穿他们呢？"

卫子夫摇摇头，叹道："据儿太天真，我跟他提过多少次，要他在皇帝面前揭露这些小人，可这孩子太憨，你知道他怎么说？"

"怎么说？"

"他说，自己行得正，坐得端，苏文一伙能怎么样？又说，父皇聪明睿智，绝不会听信谗言，小人媒孽，只能是蚍蜉撼树，不足忧也。你听听，实在是没法子，我才求你帮忙。"

李嫣沉吟了片刻，望着卫子夫，问道："我有一事不明，还请殿下为臣妾譬解。"

"甚事？"

"皇帝身边这些个人，与太子平日无冤近日无仇，为甚在背后中伤、谮毁他？让皇上知道了，他们还想要命吗？就算他们能瞒过皇上，可将来天下终究会传给太子，那时候咋办？我就想不明白，这些人图的是甚呢？"

"你问起这个，倒提醒了我，这些人的背后，其实是朝廷里那些个酷吏。皇上这几年常巡狩东海，一走就是小半年，出行前，朝廷里日常的公事，皇上都交代给据儿办。这孩子天性仁厚，那些酷吏上的条陈，常被他驳回，由此就结下了梁子。这些家伙意不自安，觉得太子有一天嗣位后会于他们不利，于是串通皇上身边的人，为的就是谗毁太子，让他失宠，最后丢掉储位。"

李嫣摇摇头，叹息道："想不到宫里头人心险恶，一至于此！"

"最坏的就是那个直指使江充，沽名买直，太子派家使赴甘泉问皇帝安，回来时抄近路走了驰道，被他撞到，扣车关人不算，还到皇帝面前告了据儿一状。你说这种小人，最怕的还不是天子一日不讳，据儿即位后跟他们算账！我敢肯定，在背后搞名堂的一定是江充这伙人。"

这些朝臣与宦者都是皇帝身边深得信任的人，不是能轻易得罪的。李嫣心里不情愿，但又不想违拗皇后，只好先应承下来。"原来是这样，我明白了。殿下的话臣妾会择机转告皇上的。可皇上听不听得进去，我可不敢保的。"

"告诉了他就好，起码那帮家伙再进谗，皇上心里也有个数。"

卫子夫心里忽然掠过一丝不安，把这些告诉李嫣，不就暴露了自己的软肋了吗？可卫青卧病在家，自己又见不到皇帝，只能冒险一试了。她压下心里的不安，改换了话题。

"你兄长可好？乐府近来在排练些甚，有甚新作吗？"

"不过是些清商旧辞，谱以新曲，用之于歌舞，最近在排《安东平》。"

"'凄凄烈烈，北风为雪……'是这首吗？"

"是。殿下的记性真好！"

"当年在平阳府上的时候，学过这首歌诗。"

"歌词未变，我哥为它谱了新曲子。"

"乐府那边有了新曲子，你告诉你哥送过来些，长乐宫也有副鼓吹，本宫会要他们学学。对了，你还记得咱们在平阳侯府时，教授歌舞的那个女教习，叫甚来着？"

"女教习？对，是有这么个人，是叫窈……窈娘，怎么？"

"对，是叫窈娘。我想召她进长乐宫，做本宫这边鼓吹的教习。"

自打元光初年离开京师后，李嫣就再没有见过窈娘，也不曾互通音信，去哪里找她呢？李嫣摇摇头，沉吟道：

"几十年不见了，也不知她的下落，上哪里去找她呢？"

倚华走进殿来，敛衽为礼道："未央宫的郭公公请问夫人还要在这里待多久，要不要起驾？"

卫子夫道："哪个郭公公，郭彤吗？"

李嫣道："是郭彤的侄儿，才进宫不久，叫郭穰。"

她站起身，行礼如仪，抱歉地向皇后笑了笑，"髃儿见不到我，时间稍久就会哭闹，臣妾得回去了。"

卫子夫颔首道："好的。我们说过的那件事儿就拜托了。"

李嫣点点头，走出几步，忽然想起了什么，转过身道：

"殿下可以差人去东市的河洛酒家看看，我记得窈娘从前曾在那里帮夫君打理过酒店，现在是不是还在那里不知道，可应该能打听出她的下落。"

三

听过王恢的报告，刘彻觉得是时候经营西域了。

张骞再赴西域回来后，他就有了这个打算，不料第二年张骞便病逝于长安，没有了最佳人选，这件事也就放了下来。此后对南越、东越、西羌和朝鲜的征伐不断，朝廷受制于财力，只能先稳步开发河西，可也并未放弃与西域诸国的交通。这四五年来，朝廷相继派出了十几拨使者，主要目的是搞清楚西域诸国的人口物产、地理形胜、道路远近与国力强弱，特别是想要找到通往大宛的可靠通路，目的当然还是汗血宝马。以西域之良马，改良中原的马种，他执念已久，有了具有杂交优势的马匹，在与匈奴驱驰较胜时，汉军才能拥有更强的机动性，从而在交战时制敌机先。

朝鲜的征战即将收尾，本该息兵几年，与民休息，恢复国家的元气，孰料这些年来，汉使在去往葱岭的路途上，每每遭受西域小国的冷遇甚至刁难，或借口国小负担不起，拒予饮水、食物、向导，或与匈奴暗通消息，乃至劫杀汉使。长此以往，非但难以祛除匈奴对西域的影响，去往大宛的通路也会成为畏途，甚或遭到这些小国的嗤笑，汉家的尊严何在？此次他派往大宛的使者王恢一行，出阳关不久，竟在楼兰境内遭遇堵劫与追杀，就再清楚不过地凸显了这一局面。楼兰是西域最东面的城邦国家，距汉军新筑的阳关约一千六百里，这个人口不足两万，士兵将够三千的蕞尔小国，不识天高地厚，竟敢在大汉头上动土，是可忍，孰不可忍！他决定出兵，以迅雷之势予以报复，由此慑服这些城邦国家，强力打通前往大宛的道路，以最终实现断匈奴左臂的大计。楼兰在南，姑师在北，分别占据着前往西域南北两路的要冲，尤其是楼兰，不拔去这颗钉子，大汉的声威就难出河西。

闻鼙鼓而思良将，此战出河西千余里，地利人和都不在自己一边，楼兰虽是个小国，但背后有匈奴人的支持，不可小觑。胜机在于速战速决，在胡骑未及赴援之前就拿下楼兰，为此带兵出征者不光要有勇气，还须有谋略，方有胜算。刘彻思忖着可以充任统帅的人选，主持河西各郡屯田的强弩将军路博德，老成有余，魄力不足；护羌校尉李息则驻扎在枹罕①，威慑西羌，一时难以离开；刘彻最属意的是屯驻酒泉，校练楚勇的李陵，这个青年将军谋勇兼优，颇得其祖李广之风。可惜两月前，他命李陵率八百骑深入匈奴查勘地势，觇察敌情，短期内难以赶回。思来索去，只有匈河将军赵破奴了，此人年富力强，作战亦颇有霍去病之风，勇于孤军深入，出敌不意。赵破奴于霍去病麾下屡立战功，曾受封为从骠侯，可元鼎五年，因酎金事夺爵。刘彻早想给他个机会，立功自赎，曾于次年派其率军出塞，寻机作战，但他深入胡地二千余里，直至匈河，也没见到匈奴人的影子，而粮草不继，只得败兴而归。

"赵破奴现在何处？"刘彻望着面前的一干大臣，问道。

看来皇帝是要动武了，丞相石庆望了眼身旁的御史大夫儿宽，儿宽向前一步，揖手道："赵将军现在池阳，统领胡骑校尉。"

"苏文。"

"奴才在。"

"你去北军传朕的口谕，要赵破奴马上进宫。"

小黄门苏文顿首称诺，起身而去。

"王恢……"

"小臣在。"王恢顿首。报告过使团遭楼兰人堵劫的经过后，他一直等候在殿内，听候处置。

"汝等堂堂大汉的使臣，却被楼兰此等蕞尔小国驱赶得狼奔豕突，使朝

---

① 枹罕，汉代陇西郡属县，地望在今甘肃临夏一带。

廷蒙羞，你知罪吗？"刘彻面色冷峻，问话的语气沉重。

"小臣知罪，可楼兰截路者不下数百骑，小臣等加起来不足二十人，众寡悬殊，实在是力有未逮……"王恢面色发灰，额头沁出了细汗。

"尔等但见张骞封侯，光宗耀祖，却不想他一路之艰难困苦，两次身陷匈奴，仅余两人，亦能不负使命，完成凿空之旅，将西域诸国的消息带回来。汝等遇险即逃，弃朝廷使命于不顾，等同临阵脱逃，你说该当何罪？"

"小臣回来，为的是将遇阻的消息报告给陛下，绝非畏难脱逃，小臣愿再往西域，完成陛下与朝廷的托付。"王恢频频顿首，汗出如洗，浑身抖个不停。

看到王恢战栗觳觫的样子，刘彻心里好笑，面色却依旧严峻。

自张骞以凿空西域封侯以来，其随从吏卒争相上书称言西域诸国之奇风异俗、物产宝藏，请求出使。西域绝远，沿途风霜雨雪，艰难险阻难以名状，汉人安土重迁，所谓父母在，不远游，常人绝不会也不肯冒此等风险。有此勇气胆识者，多为三辅恶少年，都是些想借出使绝域博取功名富贵者。此等人平日不事生产，聚众任侠，专好斗殴生事，搅扰民间的安定，令地方头疼，被朝廷视为莠民。但此辈既有出使绝国以图富贵的愿望，于朝廷并非坏事，正可因材器使，用其所长，作为朝廷开拓西域的先锋。

于是来者不拒，不问出身，凡上书言事者刘彻皆召见询问，有见地者辄授予使或副使，给以符节，使之自行组团；有勇无识者亦可凭借所长加入使团，同赴西域。刘彻给出的原则是：自愿出使者车马川资自筹，冒险犯难者风险自担，朝廷仅予使节名义与符节，立功者厚赏，偾事者必罚，唯可以再次出使自赎，直至完成使命；如此，则可用之人源源不绝。一时间，自告奋勇者颇为踊跃，数年间朝廷已派出此类使团十余个，王恢这个使团就是其中之一。

"好，你既愿再往，将功折罪，朕就再给你个一雪前耻的机会。朕会派赵破奴主持征伐楼兰的军事，派你为副使。即日前往河西各属国都尉，持节传朕口谕，调集骑兵，俟匈河将军赶到后，你即以向导随军出征。楼兰破后，朕自不吝爵赏，尔等好自为之。下去吧。"

危急关头，生机重现，王恢喜出望外，连声称诺，一路蹀躞着退了出去。

"桑弘羊。"

"臣在。"桑弘羊出班揖手，肃立待命。

"兵马未动，粮秣先行，此番出征，决胜在阳关千里之外，粮草辎重必须跟上，你要责成大农属吏，悉力供给，不可有误。"

"臣记住了，陛下放心，一定贻误不了军机。"桑弘羊垂首敛容，恭敬而沉着，嗓音厚重，透着一股自信。他商贾出身，自幼耳濡目染，对理财无师自通。十三岁入赀为郎，刘彻因材施用，起初长年派他参与朝廷上计①，他亦由此了解了各郡国的物产经济、民生利弊。元朔以降，朝廷对匈奴及四夷数次大动刀兵，天下靡费，官库支绌，朝廷财用艰困之际，他的才干方猛然凸显。张汤、孔仅、东郭咸阳之辈，力行盐铁专卖，强推白金皮币，乃至算缗告缗，竭泽而渔，搞得人人自危，经济凋敝，难以持续。而桑弘羊自被皇帝拔擢为搜粟都尉后，相继提出均输、平准、以入粟补官赎罪三策，不仅促进了各地货物的流通，成功平抑了物价，国家财用也渐渐丰饶了起来。近年来的几场战事与刘彻连年的巡狩与赏赐，费用浩繁，数以亿计，尽管朝廷废止了告缗，用度仍能取足于大农。而入粟补官赎罪令的施行，更是从根本上解决了粮食问题。一岁之中，太仓、甘泉等官仓皆满；边疆屯田富余的谷物还能通过均输，换来布帛五百万匹，真正做到了民不益赋而天下用饶。

困扰朝廷多年的财用问题一朝解困，刘彻极为欣慰，桑弘羊也成了他最为看重与依赖的助手之一。对这个理财的行家里手，他自然不吝爵赏，先是赐其左庶长爵位与黄金百斤，后来更命其以搜粟都尉兼领大农，管理天下之盐铁。

刘彻看了看侍立于身旁的太子，问道："对此次用兵，据儿以为如何？"

刘据唯唯，俯首不语。

"国之大事，在祀与戎，你已成年，是国之储君，朕肩上的这副担子，总有一日要卸给你，要你每日出廷历练，你以为为的是甚！你以前尚勇于言事，最近怎么了？这么副畏葸的样子！"刘彻心有不惬，脸色也沉了下来。

---

① 上计，古代地方向朝廷上报施政情况的报告，由各县将辖区户口、田赋、钱谷出入等，编为计簿，呈送郡国守、相，再由郡国汇总，编制副本上呈于中央的丞相，或由皇帝亲自受计。上计时间通常在岁终之月。

生于深宫之中，长于妇人之手，宫人皆称太子仁恕温谨，刘彻却觉得这个儿子缺乏血性，不像自己，故命其出席朝会，自己外出巡视时，亦有意识地将朝政托付于太子，以增广其历练。儿子处分的一些事情，尽管不合己意，他也并不干预，为的就是要儿子品尝使用权力的滋味，在国事上慢慢建立起信心。

"楼兰区区小国，不当我朝一县，不值得大动干戈，且以大军挞伐，胜之不武，有以大欺小、恃强凌弱之嫌，王者所不为也。儿臣以为应先派使者责之以理，而非以力服人，更何论不教而诛。"被父皇当众指为懦弱，刘据的脸涨红了，心跳得仿佛要炸开，他决意据理力争，母后的告诫，他顾不上了。

殿内的空气一下子紧绷起来，大臣们皆俯首噤声，眼观鼻、鼻观心，不时偷觑这父子俩一眼。

儿子竟敢顶撞自己，而其理据出于儒家，一时竟难以置辩。刘彻有些吃惊，儿子若满脑子这种想法，国家危矣！刘彻蹙额不语，思忖着如何向儿子与群臣阐明远征楼兰的道理，良久，方颔首道：

"楼兰是个小国，本不值得大动干戈，可你只知其一，不知其二。站在它后面的那股势力，是我大汉的劲敌，由此而言，讨伐楼兰乃势所必然。朕自即位起，几十年来，孜孜以求的就是摧垮这个对手。战争是个你死我活的事情，你不杀他，他会杀你，哪里有甚仁义可言？你口中的那些道理，朕年少时也曾一度痴迷，可比权量力，现实中看的是谁的力量强、拳头硬，朕若一味讲甚王道，塞内诸夏，怕早已是披发左衽①之地了。

"楼兰既是小国，就当谨守本分，可却有胆劫杀我大汉的使团，为甚，你想过吗？对此若不惩戒，会是个甚后果，你想过吗！西域数十国都在观望，看朕怎样处置此事。不断然处置，它们或会以为朝廷会因路途险远，所费不赀而不了了之，之后就会有样学样，行险侥幸，轻侮我朝。即便有几个想与我朝通好的国家，势单力孤，也不得不随大流，整个西域就会成为匈奴的势力范围。若在大势上落了下风，备多力分，敌我态势将会逆转，对我朝极为

---

① 披发左衽，古代概括游牧民族样貌的用词。

不利。

　　"朕派任使团时，都交代他们要怀柔远人，与各国建立起长久和睦的关系；所需粮草，所行交易，都要按价，不，是厚价给偿。而楼兰、姑师之流，还我以劫杀，劫杀乃盗匪所为，以邦国而行盗匪之事，不征讨惩戒，我皇皇中夏，颜面何存！"

　　刘据不敢强辩，而心里不服，嗫嚅道："可征伐终究是以力服人，以力服人者，口服而心不服；以德服人，方能使之心悦诚服。"

　　"你这是书呆子的迂腐之见！楼兰暗中派人劫杀使团，你还想同它讲道理？还想要它心悦诚服？"刘彻怒视着儿子，脑中却浮现出当年的往事，据儿不是读书读成了狄山一样的愚儒了吧？

　　元狩四年，汉军分两路深入漠北，重创了匈奴，匈奴元气大伤，遂派使和亲。朝廷就此举办廷议，博士狄山以为兵凶战危，力主和亲为宜，称先帝不言兵，天下富实；陛下击匈奴，而黔首困苦，中国空虚。御史大夫张汤则认为，匈奴求和亲，无非是遭受重创之后的缓兵之计，指责狄山是个无知的愚儒。狄山怒甚，抨击张汤大奸似忠，治狱深文周纳，秽声遍天下。狄山公然否定自己的国策，而丑诋张汤亦暗示自己重用张汤，不辨忠奸，刘彻心头火起，决意给这书呆子一个教训。他问狄山，给你一个边郡，你能做到不使胡虏入塞为盗吗？狄山答称不能；那么给一个县呢？狄山仍称不能；最后问给他一障可能固守无虞，狄山自度回绝会惹来天子的不测之怒，遂勉称可以。于是刘彻真的指派他去边塞驻守障城。刘彻的本意，是想要他到下面体会一下与匈奴对峙的氛围，从而理解现实的复杂与残酷，绝非简策记载中的那么简单。不料一个多月后，那障城竟遭匈奴攻破，狄山也成了胡人的刀下之鬼。而那次和亲外交，亦以汉使任敞被扣而告终结。

　　元封元年，刘彻以御史大夫卜式不通文学，难以胜任封禅大事为由，以兒宽取而代之，另简任卜式出任太傅，辅佐太子。现在他有些后悔，不该在作育上放任自流，让卜式的拘执迂阔影响了太子。

　　春秋战国的那种百家争鸣，纵横之士游走于诸侯门下的局面，不利于汉家的大一统，他接受董仲舒的对策，罢黜百家，独尊儒术，立五经博士于学官，定儒家于一尊，为的就是强化大一统的格局。不想有一利也有一弊，儿子受此濡染，每每以儒学理念衡量国政，儒学可以教化人心，可治国要的是通权达变，所谓王霸杂用之。太子不明了这个道理，就不是个合格的储君。

正思忖间，苏文复命，报告赵破奴应召候见，刘彻按下内心的不快，吩咐散朝，于延清室①接见赵破奴，交代了楼兰的军事。

召见完赵破奴，王温舒又自甘泉来报，通天台业已落成，请刘彻莅临视察。王温舒在征伐东越之战时，失期，回廷后讳过狡辩而遭免职。其时，奉命于甘泉候神的公孙卿，提出仙人来去皆自空中，且好楼居，应建高台相候。王温舒待罪赋闲，闻讯自告奋勇督工建台，并称不烦劳动百姓，可自狱中征集罪囚从事营建，刘彻大喜，遂复其官为少府，主持修建通天台。年初鸠工庀材，八九个月时间，竟已落成。据王温舒报称，此台规模宏大，高三十余丈，比长安柏梁台高出二倍有余，站在台顶，云雨悉在其下；天气晴好时，极目远眺，可以望见长安。又报称甘泉宫采获九茎灵芝，应为上天感皇帝敬神之诚，特降的祥瑞。刘彻大喜，诏命以天降祥瑞，大赦殊死以下，数日后起驾亲莅甘泉，郊祀太一。

李嫣一手执梳，轻轻地将皇帝的头发拢齐，熟练地绾成一个发髻，插入一支玉簪以固定住发束。刘彻斜倚在她怀中，伸臂寻找着那双纤纤素手，李嫣打开他的手，嗔道：

"别乱动！快五十的人了，还爱赖在人家怀里，像个小孩子。"

近来每次朝会后，刘彻都会来掖庭殿，看望幼子而外，最喜欢的就是躺在李嫣怀中，让她为自己梳理头发。这是久违了的一种感觉，似乎带他回到了几十年前。小时候他由母亲的婢女大萍侍候，每日沐发后，大萍都会为他梳理头发，他也是这样斜躺在她怀里，感受着女人酮体的温暖与指上的轻柔。

"巧笑倩兮，美目盼兮……手如柔荑，肤如凝脂。"刘彻还是把那双手抓在手里，边吟，边轻轻地抚摸着。

---

① 延清室，一名清凉殿，地板下储有冰块以降温，是皇帝夏日炎炎之际的寝休之处，在未央宫北。

"放开，让宫人看到，哪里还有个皇帝的样子！"

"呵呵，看到又如何，皇帝也是人，也得有时候放松一下自己，不对吗？"

刘彻转身而起，与李嬿造膝对坐，李嬿含笑看着他，摇摇头，不再言语。

"今日去长乐宫，观感如何？皇后没难为你吧？"

"没有。很久没去请安，以为皇后会不悦，不想全无芥蒂，还与臣妾姊妹相称，娓娓话旧呢。"

刘彻颔首道："皇后领袖后宫，母仪天下，本就该含容有度。"

李嬿微笑道："倒是臣妾有违后庭礼数，心下愧报，今后倒是要日日去皇后处请安了。"

刘彻不以为然道："夫人无须拘礼，平日时时要伴驾随行，皇后也知道，不会责怪你的。明日你要替朕打理行装，伴朕赴甘泉一行，请安的事就免了，我自会交代给皇后的。"

"去甘泉？作甚？"

"少府报告说通天台落成了，比起长安的柏梁台，要高出两倍之多，据称台顶云蒸霞蔚，景色颇佳，朕要前往验看。此番工程浩大，感动了上天，甘泉竟出现了九茎灵芝的祥瑞！或许感朕礼神之诚，仙人会来与朕相会，接引朕升仙。朕升仙后即可长生不老，与汝世世相守，夫人可高兴？"

"陛下升仙，丢下吾母子在人间，谈何相守呢？"李嬿闷闷不乐，黯然道。

刘彻握住李嬿的双手，大笑道："哪里的话！朕升天，若只可带一人相伴，除君而外，决不作他想，那时候朕与夫人就是神仙眷侣，生生世世永远相伴，好不好？"

李嬿眉毛一挑，不觉莞尔，可话语却颇决绝："好是好，可留髆儿一人在人间，孤弱无依，我放不下。陛下不将此事安置好，我是不会随陛下登仙的。"

刘彻哈哈大笑道："髆儿怎会一人？朕还要和你再给他生几个弟弟妹妹呢！"

李嬿的脸羞红了，握拳轻轻捶在刘彻身上，"没正经。我是说，爹娘不在了，髆儿自己在宫里，不也得有个依靠吗？"

刘彻沉吟了片刻，抬眼望定李嬿道："你是指安置你的兄弟？"

李嬿颔首道：“正是。臣妾伴陛下升仙，髆儿以后就只能指望他的几个舅舅，他们也与陛下有郎舅之亲，朝廷一向厚待皇亲，赐以恩典，史有成例。”

刘彻捋髯笑道：“夫人振振有辞，看不出还这么看顾家人。汝兄延年，朕用其所长，简任协律都尉，两千石的大员，还不够吗？”

“看顾谈不上，是报恩。”

“报恩？怎么说？”

“臣妾年少时，遭地方无赖调戏逼婚，吾兄广利怒而杀之，长兄延年自首顶罪，被处以宫刑，大质亏残，只能寄身宫内以了残生。陛下虽赐爵二千石，不过倡优处之。无两兄长，即无今日之李嬿，臣妾既蒙错爱，陛下或爱屋及乌，肯为吾报昔日之恩，故不避嫌疑，代兄长求恩典，使髆儿将来有所依靠。”

有汉以降，有条不成文的规矩，太子的娘舅都会拜爵封侯，以示荣宠，以固国本，如田蚡，如卫青。而李家并不是这种情况，虽然李嬿是自己宠爱的女人，髆儿是自己最喜欢的儿子，可他们终究还不是皇后与太子；就亲贵而言，嫡庶有分，李氏兄弟的功劳也远不及卫青，更何况祖上定下的规矩，非刘氏不王、无功不侯行之已久，若仅以外戚即加恩封侯，势必引起朝野之侧目，名不正，言不顺，不可为也。但他也决不愿伤所爱女人之心，在某种程度上，他甚至对李嬿的直率颇为欣赏，这件事他会好好想一想，给女人一个妥帖的答复。

“封个恩泽侯，吃一份俸禄，这好办，可若真想成为朝廷的栋梁之臣，非做过大事、立下大功者不成，譬如卫青、霍去病，娘舅们成为这样的柱石之臣，髆儿才算是真的有了依靠。这件事情不能急，事缓则圆，你要给朕一点时间。延年、广利而外，你还有兄弟吗？”

“还有个幼弟，叫李季，姊妹中排行第六，今年二十二。”

“先这样，像广利一样，也先安排他进宫做郎官，历练几年，一旦有机会，朕自会量材器使，哪怕有一得之见、一技之长，都不难出头的，但看他们是不是争气。”

见到皇帝答应了自己的请求，李嬿转忧为喜，顿首道：“谢陛下，髆儿有了依靠，臣妾的心也就放下了。”

刘彻伸了个懒腰，笑道：“阿嬿放得下心，朕才放得下心，髆儿母子都是朕的至爱，我会用心安排的。"

"对了，今日离开长乐宫前，皇后还有话，要臣妾带给陛下。"见到刘彻心情好，李嫣决定将皇后的传话告知皇帝。

"哦？甚事不能当面讲，还要托你带话？"刘彻收起笑容，蹙额道。想到除去朝会，卫子夫平日难得见到自己的面，摇摇头道：

"甚话，讲来。"

"皇后要我告知陛下，身边有小人离间父子，潜毁太子。"

刘彻面色沉重起来，盯着李嫣的眼睛，连声问道："小人？是谁？如何潜毁太子？"

李嫣顿觉心里发紧，若如实说出，就会得罪御前的一干侍从，事情可能会一发不可收拾，于是敛容道：

"皇上卧病甘泉时，遣常融赴长安召太子侍奉汤药，常融却回报称，太子闻讯面露喜色，是这样吗？"

"常融吗？"确曾有此事，可刘彻觉得常融一个小小黄门，绝无胆量诬陷太子，而衡以常情，太子也完全有可能盼着早些继位。可太子到后，他却发现他脸上有未及擦净的泪痕，问其为何流泪，答称闻皇父罹病，忧恐惶急，不觉而泪下。那么常融与太子，孰是孰非呢？此事除郭彤、所忠，自己并未向第三人讲过，卫子夫又从何得知？刘彻极为不悦，身边一定有人把常融的话传给了皇后。

"常融为甚要潜毁太子，他不想活了吗！你以后少代人传话，后宫里面的水深，你不要掺和到里面去……"刘彻沉着脸，声色俱厉，李嫣凛然，顿首请罪。

刘彻不忍，于是将李嫣揽在怀中，拊背笑道："好了，朕会留意的。你还年轻，宫里很多事情你不懂，这件事不许再提了。"

看来这几年出巡访仙在外，忽视了太子、皇后与卫氏这一面的外戚，致使他们惴惴难以自安，倒是要早些安抚住他们，还宫里一个清静祥和的气氛呢。

四

敦煌郡治设于敦煌县，由此西北行七十里，可至玉门关，西南行约同样里数，可至阳关；阳关与玉门，一南一北，是河西四郡的门户，重兵把守而外，还有不少自关东迁徙至此屯田的流民。

这些日子风传朝廷将出兵讨伐楼兰，大军将自玉门出塞，不断有河西属国都尉的胡骑来此集结待命，各军屯每日里前往河仓城输送粮草的牛车络绎于途。为防走漏风声，玉门关实施戒严，不容外人滞留，沿线障塞，包括阳关，都是只许进不许出，致使往来长安与西域的胡汉客商，麇集于阳关，偌大一个阳关驿，人满为患，不少商队寻不到住处，干脆在驿站周边搭起了帐幕。

驿站东面不远，有丛胡杨树，郁郁葱葱，遮下了一大片阴凉，五六个人盘坐于树下，正说着什么。从装束看，这些人编发或椎髻，戴尖顶帽，身着窄袖短衫，交领左衽，长裤束腰，足蹬短靴，与自西域过来的胡商无异；可近看，除一人高鼻深目，余者皆是汉人面孔。他们半月前自敦煌抵达玉门，正逢大军于此集结，整个边塞戒严，于是南下阳关，孰料这里也已封关，且驿舍满员，好在他们自备有帐篷，遂于驿舍近旁扎营，每日里打探何时开关放行的消息。

自营帐向西二里处就是阳关，一个年近六旬的精瘦汉子坐在树阴下，漫无目的地望着关城，在思量着什么。一个五十出头的男人走过来，在他身旁坐下，男人左颊有条明显的刀疤，须发皆苍，形容狞恶。

"朱叔，这一仗打下来，少则数月，多则半年，这么坐困愁城不是办法。

听说朝廷前不久大赦，关津道路多少会松些，我想告个假，去关东找寻阿陵她们的尸骸，带去合肥她父王陵墓那里安葬，如此魂归故里，与爷娘相守，阿陵九泉下也可瞑目了。"

瘦子瞟了他一眼，摇摇头道："大赦殊死 ① 以下，你我被阿陵卷进谋逆大罪，我们没份的。"

被称作"朱叔"的瘦子，就是朱安世，那须发斑白的刀疤男就是自泰山逃得性命的张次公，一年多辗转流亡，回到长安后，由钟三处得知朱安世一伙人在敦煌打点生意，遂投奔而来。看着张次公一脸的沮丧与失望，朱安世拍了拍他的肩头，笑道：

"你以为我对这事儿不上心？哪能呢，她爹亲手将她托付于我，阿陵复仇心切，冒险以求一逞，丢了性命，我也为她难过。你逃了出来，朝廷一定不肯放过，关东与长安缉查必严，或许官军就在阿陵埋骨处等着你送上门去呢。我不是不放你走，而是不想你再出事。阿陵她们已入土为安，再等几年，时机适宜，我答应你，定与你一起完成这个宿愿，如何？"

张次公无奈地点了点头。朱安世回过头，招呼道："都过这边来，听靡生讲讲此番经行的道路情况。"

靡生，四十余岁，月氏国人，高鼻深目，美须髯，通汉语，一年多前随月氏商队来大汉做贸易，不想行至白龙堆，遭遇黑风暴，商队死的死，失踪的失踪，他一人一驼逃出生天，流落到敦煌，将仅有的骆驼卖掉，在敦煌打些零工度日，希望能遇到返回西域的商队，搭伴还乡。恰逢朱安世等人打算去西域开拓"天马"的贸易，途径敦煌时遇到靡生，一拍即合，遂许下厚偿，聘其为商队向导兼通译。加入这趟远行的还有樊无忌、赵王孙，再就是袁苋，自家产被抄，父亲瘐死狱中后，他一直跟从朱安世，出入塞内外，做走私生意，他家世代业商，头脑又精明，已经是朱安世生意上不可或缺的助手。

靡生将朱安世脚前的一块空地上的浮尘扫平，用胡杨枝在上面点出两个

---

① 殊死，汉代法律用语，指谋反一类被归为大逆不道的罪行，处死方式为腰斩，一般不在大赦之列。

点。"各位请看，这两个点，上边的是玉门，下面的是阳关。出了玉门与阳关，有三条路可通西域。"

他自上面的点，用树枝向西北画出一道长长的直线，"这条线就好比北道。出玉门关，向西北，过伊吾，行经大海道，出五船北，可至姑师，自姑师折向西南，可至龟兹。去乌孙、大宛，这条道最近，也最好走，可惜要行经匈奴及其与国①境内，故少有人行……"

"既然这条道走不了，你还是给大伙说说另外两条道吧。"朱安世皱了皱眉，若非汉军麇集玉门，其实他最想尝试的，正是这条道。一般商人视此为畏途，他则不然。多年来在边塞一带走私，对如何同匈奴人交涉，他成竹在胸，更何况他还有乌维单于亲授的腰牌，这是行经匈奴时最靠得住的护身符。

靡生又在下面画出一道直线，指画道："出玉门往西，经白龙堆沙碛，至盐泽②西头，是为楼兰，自楼兰循河西行，可至渠犁、龟兹，越葱岭而达乌孙、大宛，这是中道，秦人③又称东西道，小人随商队来中国，所走即为此道。此道自阳关至楼兰，约千六百里，所经白龙堆，怪崖嶙峋，沙碛漫漫，地多盐卤，无水草，且多风暴，遇之多迷途，非死即伤。过楼兰往西，则可傍河而行，沿途多绿洲邦国，无虞水草，走起来要容易得多。可贵国大军征讨楼兰，则此路正值兵燹，眼下也行不通了。"

朱安世点点头，示意他继续讲下去。靡生于是又自阳关那个点向南画出一条迂曲的长线。

"再就是南道了，秦人亦称西南道，出阳关西南行，可绕开白龙堆，南下至扜泥城，扜泥亦属楼兰，自此循河西南行数千里，途径且末、精绝、杅弥、于阗、莎车、疏勒、捐毒、休循诸国，越葱岭，亦可抵大宛、月氏、安息诸大国，唯路途遥远，所耗时日当东西道两倍有余，人吃马喂的成本太高，故商队皆乐走中道。"

樊无忌叹了口气道："可行之路既仅此一条，咱家看也没甚好选的了，朱兄，

---

① 与国，有邦交或友好的国家。

② 盐泽，新疆罗布泊之古称。

③ 秦人，古代外国人对中国人的称呼。

就走南道好了。"

赵王孙则大摇其头，哂笑道："你先得出得了阳关，才谈得上上路。我看生意也不急在这一时，我们干脆回敦煌，等战事过了，再走东西道也不迟。"

樊无忌道："我与朱大哥这几日把这阳关左右的形势摸了一遍，驿站西南十数里就是渥洼水，周边都是军屯新垦的田地，城墙还没有建到这里，现下麦田还没有收割，青黄弥望，可趁夜摸出去……"

赵王孙笑道："谈何容易！要就咱们几个人倒好办了，可货呢？大牲口呢？"

此番去西域，他们购买了不少马匹与骆驼，准备了十几驮丝绸与茶叶，显然，若想偷渡过关，这些牲畜与货物是带不过去的。

朱安世扫了众人一眼，笑道："王孙说的在理，牲口和货是带不出关的，即便带了出去，南道那么远，这趟买卖也得不偿失。可活人也不能让尿憋死不是！兄弟们跟我走南闯北这些年，都是见过世面的。碰上这么个形势，我苦思了几日，干脆这么办。咱们人分两路，货走一边，老赵、袁苋你俩押着货回敦煌，在那里租几间房，建个货栈，把咱们的丝绸、茶叶卖给西域来的商贾，卖得的钱再去长安东市找钟三囤货。我、仲子、次公与靡生，各带马驮，走南道探路，将来到了大宛，再让靡生在那里建个货栈，有了长安、敦煌与大宛这三个点，甭管是向西域出货，还是从大宛进马，全程就都有了照应，生意就顺了。"

樊无忌额首道："也只能这么办了，我听大哥的。"

赵王孙亦额首称是，而袁苋则更愿意赴西域探路。朱安世笑笑道："不是不带大侄子去，你是倒腾买卖的好手，我当然愿意带着你，可咱们这些货咋办？王孙武勇，又通官面上的事儿，可买进卖出，还得大侄子你把着我才放心。这回委屈你，看在叔面上，你和老赵把敦煌的事情办妥，咱们这条财路就完满了。下回去大宛倒腾马，叔肯定带你，到时候你想不去都不成。"

袁苋无奈地笑笑，点头应允了。

正说话间，但见关城方向过来一队骑兵，直奔他们而来，众人皆欲起身应变，朱安世低声喝道："都坐下，少安毋躁。别乱动。"

骑兵有二十余人，皆汉军装束，为首一人，黑衣博带，头戴两梁的进贤冠，一望而知品级不低。身旁一佩戴武弁大冠者扫视着他们，问道：

"尔等何许人？在此聚会，不知道边关戒严了吗？"

朱安世眯着眼，赔笑道："知道，知道。这不才从玉门过来，想去西域做些茶叶、丝绸买卖，不想这里也封了关，驿站也住不下，在这阴凉地儿歇歇脚。"

那武弁警觉地望着他们，一挥手，骑兵们呈散兵线散开，将他们团团围住，张弓搭箭，瞄住了他们。

"听你的口音是三辅一带的，既是汉人，何以胡人装束？拿通关的传牒来看。"

"关传吗？有，有。"朱安世并不慌，从怀中掏出关传，递给那武弁。武弁细验关传，是太仆寺发的，称此行人等乃赴西域寻购天马者。看过关传，武弁脸色和缓了些，将关传递给那为首的官员，示意部下收起弓箭。

"知道了还不赶紧着打道回家，这仗马上就要开打，一时半会完不了，边塞全都戒严了，尔等在此干等无益，赶紧回家吧，走晚了被拘起来可别说咱们没提醒你们。"

朱安世连连称是，招呼大家起身收拾行装。

那官员却摆了摆手，满腹狐疑地望着朱安世道："慢着。你叫甚名字，与太仆寺甚关系？"

朱安世揖手赔笑道："小的骆原，原隶太仆寺牧监，后来公孙大人派我在河西马苑从事，皇上好西域天马，公孙大人派咱家带帮人去大宛探路，顺便买些好马带给宫里，不想遇到战事。"

皇帝好西域之马，人所共知，太仆为讨皇帝欢心，派人去西域淘换马匹，顺理成章，没甚毛病。那官员将关传丢给朱安世，又问道：

"尔等汉人，却着胡服，所为何来？"

朱安世看了下自己，又扫视了同伴们一眼，笑道："闻听东西道上常有外夷抢掠汉人的，小的们改换胡服，为的是不引人注目，以防劫抢。"

"哦，那些小国不抢胡人吗？"

朱安世拉过靡生，颔首道："这位是我们在敦煌雇下的向导靡生，月氏人，他们商队在白龙堆遇黑风暴走散，他流落敦煌，楼兰、姑师不甚为难过路胡商，吾等乃听他所言。"

那靡生亦连连点头，操着口音很重的汉话答道："是的，是的，胡商路过，不会抢劫，还卖食物、马料，给水喝的。"

那官员目光一亮，若有所思地看着他们，良久方道："走，去玉门。"径自勒转马头，奔官道而去。诸骑士皆随之而去，唯有一人，彳亍相顾。朱安世看过去，那人与一般骑士不同，头戴兜鍪，着皮铠甲，腰间佩剑，眉眼似曾相识，于是揖手道："将军还有事情吗？"

那人不语，翻身下马，摘下兜鍪，笑道："朱大侠，别来无恙，不认得我了吗？"

朱安世细细端详了一回，猛然笑道："韩……兄弟，你怎么在这里？"

韩毋辟望了望远去的那伙官军，揖手对拜道："吾侪从军于河西，与李陵将军在酒泉练兵。此番朝廷出征楼兰，戍守河西的军卒皆受赵破奴将军节制。刚才那位长官是大军的副使王恢，我奉命随其巡察边塞，正要返回玉门，不想于此巧遇。"

"是巧遇，难得，难得……"两人上次相遇，还是在去蓝田的路上，屈指算来，又是五六年过去了。他乡遇故人，朱安世颇为感慨，提出请韩饮宴，盘桓话旧。韩毋辟摇摇头道：

"大侠的心意我领了，公务在身，不敢耽搁。但有一事相告，可否借一步说话？"

两人走出十余步，韩毋辟牵马站下，低声道："前日我在敦煌，见到过中尉府的缇骑，会不会是奔着你们来的？今日幸遇，江湖道义，我不能不知会你一声。敦煌你是不能去了，寻个去处，早早避开为好。"

朱安世心头一震，略作沉吟，点点头道："不怕一万，就怕万一，兄弟够仗义，大恩不言谢，山不转水转，你我终有相会之日，届时在下当涌泉相报……"

"不客气，阁下好自为之。"韩毋辟淡淡一笑，戴上头盔，跃身上马，揖手道别后，抖了抖缰绳，马匹昂首长嘶一声，绝尘而去。

五

　　西域的军事，十分顺利，汉军十二月初出关，数日就攻破楼兰，擒获国王，姑师的援军则闻讯败退，汉军声威大震，胜利而归。元封三年正月初一日，汉军回到长安，刘彻十分高兴，召见主帅赵破奴与副使王恢，详细询问拿下楼兰的经过。

　　"赵将军，这一仗，闻报你抛下数万大军，独挟七百骑兵出击，为甚？楼兰虽小，也有胜兵数千，你孤军深入千里，一战而胜，把握何来？"

　　赵破奴顿首道："伐楼兰必得经过白龙堆，路途艰险，若挟数万士卒、辎重远征，声势虽大，可行动必缓，楼兰一旦闻知，或婴城固守，或弃城逃亡，都会使战事旷日持久。而轻骑驰骋，数日可达，出敌不意，故可收一击中的效果。"

　　刘彻满意地点了点头，捋髯大笑道："说得好，孤军深入，有胆色，不愧是霍去病带出来的人。你们怎么进的城，难道那楼兰竟全无防范吗？"

　　赵破奴斜睨了一眼身旁的王恢，揖手道："此番完胜，副使王恢赞画军事，功不可没。"

　　"哦，王恢吗？他赞画了甚？"刘彻看了眼王恢，问道。

　　"是王恢提议，选属国都尉的胡骑三十人为前队，装束成西域胡人商队，混入楼兰，先夺下城门，而后我军一拥而入，敌军猝不及防，遂作鸟兽散，而酋王亦成瓮中之鳖。"

　　"哦，王恢，你怎么会想出这么个主意来？"

“小臣自胡商处探得，楼兰生计所需，不能自足，要靠与他国的贸易补足，且能收取交易的规费，故对往来过路的胡人商队，颇为友善。小臣觉得这是个机会，故向赵将军献议。”

“看不出你还是个有心人，这个议献得好！”刘彻看着侍立在旁的丞相石庆，吩咐道：“此番我军远征楼兰，以伸天讨，赵将军破奴胆识过人，孤军挺进，以寡击众，一举破敌，敌酋就缚，扬我大汉声威于西域，诸夷宾服；副使王恢，赞画军事，智计足用，亦有功于国。以二千户封赵破奴浞野侯，以五百户封王恢浩侯。”

翌日，刘彻命于未央宫北阙行献俘大典，梁王刘襄来京朝觐，躬逢其盛。阙外横门街的百姓人山人海，观者如堵，献俘后，以露布宣示楼兰王罪状，斩首后头颅被悬于北阙示众。之后，刘彻于北阙检阅奇袭楼兰的骑兵方阵，并由大司马大将军卫青宣读诏旨，丞相石庆与御史大夫儿宽分别赐封授爵于有功将士。

初四日，刘彻于柏梁台凤阙置酒高会，宴请梁王刘襄，三公九卿皆作陪客。刘襄是皇帝的亲侄儿，也是梁孝王刘武这一支的长房长孙，于皇室是最为近支的诸侯王。席间，刘彻诗性大起，提议以七言联诗，二千石职任以上，能联句者方得上座，不称者罚酒三盅。难得皇帝兴致如此之高，众臣纷纷响应，争相凑趣。刘彻含笑看着刘襄：

“侄儿，吾等领袖群伦，且倡议自我，朕带头吟诗，你接下句，如何？”

刘襄微笑揖手道：“臣虽不才，谨遵皇命，陛下请。”

刘彻略作思忖，深吸了口气，吟道：“日月星辰和四时。”刘襄接口道：“骖驾驷马从梁来。”

刘彻笑道：“你这哪里像诗，顺口而诌罢了，不过机敏可嘉。”他看了眼身后侍候的谒者令郭彤，吩咐道：“你告诉司马迁，今日柏梁诗会，君臣同乐，乃本朝盛事，要他记下来。”随即扫视了一眼众臣，大声问道：“众爱卿，下一句，哪个接上？”

卫青起身，揖手道：“陛下神武天纵，我军将士英勇，出师克捷，老臣以此为题。联句是，郡国士马羽林材。”

刘彻捋髯颔首，会心一笑，目光望向丞相石庆。石庆心里一急，口不择言道：

"总领天下诚难治。"

"怎么，掌承天子，助理万机，丞相倦勤了吗？"刘彻的笑容僵住了，不悦道。

卫青见状，呵呵一笑道："我再接丞相一句：和抚四夷不易哉。"言毕，又对儿宽使了个眼色。儿宽会意，紧接着吟道："刀笔之吏臣执之。"三公和诗后，九卿随之，一句紧接一句，倒也热闹，之后则是三辅的长官，不知是有意讽谏还是怎的，三人的联句分别是"三辅盗贼天下尤""盗阻南山为民灾"和"外家公主不可治"，直指京师内外贵戚不法、盗贼横行的现实。

丞相讽喻天下难治，三辅长官讽谏治安恶化，看来大臣中颇有忧国者，只不过不像汲黯那样直言敢谏而已。一念至此，刘彻反倒释然，民间的乱象他了然于胸，尽管直指四出，不断移民实边，民间，尤其是关东诸郡，老百姓愈来愈不把犯法当回事，南阳、齐楚、燕赵等地，多则逾千，少则数百，大群攻城邑，掠库兵，杀官吏，释死囚，乃至竖旗立号，割据一方；小群则掳掠乡里，残害百姓，四处流窜，煽动民变。起初，他诏命丞相长史、御史中丞一对一督办，各郡亦皆重用酷吏，大开杀戒，却仍难以遏制。于是设立直指绣衣使者，分授符节，派至各地督查案件，直接对皇帝负责。一时间，颇有起色，渠魁授首，被斩杀的盗匪叛民过万，而与之交通、提供饮食者亦株连数千。数年间，治安貌似向好，可寻即死灰复燃，那些逃脱的党羽，又渐渐聚集，藏身于山川险阻之处，时不时复出打家劫舍，袭击官吏，来去无踪，地方上竟也拿他们无可奈何，于是对上敷衍塞责，干脆瞒报或不报，表面上太平无事，事实上狼烟地火，由明转暗，仍在缓缓蔓延。

可纸包不住火，瞒报一事终为朝廷所知，刘彻怒甚，责令再作《沉命法》，规定隐匿贼情，员吏知情不举，郡守隐瞒不报，或缉捕不利者，上下同坐，皆为死罪。为落实该法，他拔擢杜周为廷尉，重任王温舒为中尉，要求他们不讲情面，严格执法。据杜周陈奏，几年来，因地方不靖而遭诏狱的郡守、都尉等二千石品级的高官新旧相因，已不下百余名，指证郡吏大府的举报每年不下千起，以"不道"罪名逮入诏狱者前后六七万，京师各监狱已人满为患，可即便如此，仍难以从根本上扑灭叛乱。"夫火烈，民望而畏之，故鲜死焉；

水懦弱，民狎而玩之，则多死焉。"①他自来欣赏子产的治道，也赞同他将执法的宽严形诸水火的比喻。但令他苦恼的是，他东巡期间，朝政由太子主持，王温舒、杜周等奏报的定谳案件每每以株连太广遭太子驳回。太子的仁恕抵消了他们的努力，乱象非但没有改观，而且正在一点点延烧渗透至关中三辅一带。

为何民变频仍？他苦思不得其解。或言朝廷收盐铁，禁铸钱，与民争利所致，这他心里是排拒的，士农工商，农为本，朝廷收山海鼓铸之利，一在潜削诸侯割据的本钱，二就是抑商兴农，本分农民安于土地耕作，受到盐铁专卖打击的无非是那些游手好闲的莠民；或言征战频仍，赋役过重所致，而他可是一直执守祖制，坚持民不加赋这一条的。近二十年来，确乎每隔几年就有一场大战，也着实给国家财力带来了重压，但桑弘羊理财有道，通过一系列财政措施，局面已大为改观。目前匈奴远遁，四夷宾服，正是外攘四夷的大政所致，虽代价不菲，也是值得的。

师傅若活至今日，会怎样看？一定也会像这些大臣，唱衰时局吧。汲黯出任淮阳太守，元鼎五年殁于任所，刘彻听到这个消息时，心里空落落的，回想起当年为学时的情形，温馨感伤兼而有之。邦国殄瘁，老成云亡，霍去病已死，卫青老病缠身，想想过去的几十年，真如白驹过隙，而人才亦渐渐凋零殆尽。刘彻感伤地摇了摇头，文武之道，有张有弛，或许真的是该偃武修文了。

"迫窘诘屈几穷哉！"东方朔夸张的动作引得满座哄笑，也将刘彻从沉思中拉了回来。

"迫窘诘屈？大个子，你有甚不满吗？"

"臣也是个人，也有功名心，人家立功封侯，臣年逾不惑，蹉跎了半生，仍不过是个六百石的郎中，心里憋屈嘛。"

"立功封侯，固人之所愿，可大个子你没个正经，使酒撒疯，随地小解，玷污宫廷，再就是整日在宫里插科打诨，君以滑稽自处，朕自以弄臣待之，

①出自《左传·昭公二十年》。

1450

给你六百石粮食吃，朕还觉得是糟蹋了呢！"

东方朔脸红了，连连请罪，见到皇帝不悦，宴席上一下子静了下来。刘彻也没了兴致，挥挥手道："散了吧，太常寺在北阙前安排了角抵与百戏杂耍，各位可前往观看，与民同乐。"

众臣纷纷告退，刘彻单独留下了卫青，两人沿着凤阙的栏杆漫步，向下望着北阙前的广场。广场上人如蚁聚，鱼龙曼衍，百戏杂陈，一阵阵爆发出喝彩之声。

"仲卿这一向身体如何，可好些了？"

"承陛下之福，臣近来服的几副汤药，效果甚佳，虽不时仍有隐痛，可肝气已是舒缓多了。"

"舒缓了就好。三辅减宣他们那几句诗，仲卿怎么看？"刘彻看了卫青一眼，漫不经心地问道。

卫青字斟句酌，拿捏了很久，方道："京师三辅，八方辐辏，良莠不齐，历称难治，想来他们也是有感而发。"

"你觉得这世道要乱吗？"

"乱？不可能，陛下英明神武，大汉正当盛世，鸿运当头，哪里可能乱！至于鸡鸣狗盗之徒，无世不有，徒然制造些乱象，成不了气候的！"

"朕有一事没想通，关东的那些流离失所的灾民倒也罢了，而各地迁居至三辅陵县的人家，本都是些富户，朝廷又予钱予田，可这些个乱民，放着好好的地不种，偏要啸聚山林，他们图的个甚？"

"我朝开国迄今百年，生齿日繁，闾里乡曲颇多无赖少年，自张汤推行白金，这些人皆以大利可图，纷纷私相鼓铸，各郡国穷治，臣听石丞相言，先后捕获下狱者不啻数十万，因自首免罪者亦逾百万，无知跟从者更是不可胜计。这些人原就不事生产，遇乱则作奸犯科，官家以重典惩之，则销声匿迹；稍有松弛，则故态复萌，无所不为。所以丞相感叹'难治'。"

"你是说恶少年！"

"正是。此等人好任侠，年轻气盛，轻死重义，杀不胜杀，倒不如用其所长，导其向善。"

"用其所长，导其向善，怎么说？"

"天下熙熙，皆为利来，天下攘攘，皆为利往。恶少年犯法，多为争利所致，而血气方刚，好勇斗狠，向慕勇武，不计生死为其长。我朝连年对外用兵，征讨南越、东越、西南夷与朝鲜，所用罪囚者，多为此辈。陛下赏罚并用，使此辈改邪归正，为国家所用，既免于征调农民，又解决了兵源的不足，一举两得，诚为上策。"

刘彻诏命罪囚充军的初心，实在是兵源不足，而又不愿征调农户，耽误农时，乃不得已而为之。不想卫青却归纳出诸多好处，显然是种趋奉，但他心里很受用，脸上仍不动声色，淡然处之。

他停下脚步，转过身，看着卫青。"仲卿，若有属下擅权，不从调度，作为大军统帅，汝当作何处置？"

"校尉以下，于军前处斩，以肃军纪；校尉以上，羁押，报请陛下定夺。"

"荀彘在你麾下有年，这个人怎样？"

"作战勇敢有余，气度偏小，好与人争功……"

"朕拔擢他为左将军，本想给他个机会，看看他可堪重任。他顿兵坚城数月，无所作为，还是靠了杨仆招降纳叛，才能拿下王险城。与赵破奴相比，有天地之差！而他为揽权争功，竟说动公孙遂，诱捕大将，罪在专擅，而造意①者为荀彘，是为首恶。"

"陛下所言极是，将帅专擅，如朝廷何！"卫青心里一紧，看来自己不幸言中，荀彘命不久矣。

"皇后托人带话给朕，事关太子，你知道吗？"

卫青敛容俯首，很干脆地答道："臣一向卧病在家，消息闭塞。不知皇后带了甚话。"

刘彻道："她以为朕有了好几个儿子，与她疏远了，意不自安，其实是疑心生暗鬼，庸人自扰。"

是福不是祸，是祸躲不过。卫青不知皇帝什么意思，偷觑了一眼，但见皇帝神色如常，鼓勇进言道："可陛下确实在朝会上说过，太子不类陛下。"

---

① 造意，汉代法律术语，意为最先倡议，是为首恶。

"怎么，不类我就不能做皇帝？岂有此理！"

"太子刚刚成人，长于深宫，见闻不广，假以时日，会成为合格的储君的。"

"你这话说得在理。汉家承秦之敝，一切草创，迄今不过百年，先帝以无为治国，与民休息，四夷凭陵，亦多隐忍不发。而时移世变，朕自当与时俱进，不变更制度，无以为后世法，不出师征伐，则天下不安。有些事情劳民伤财，诚为弊政，可总得有人去做，朕实不得已而为之。所以我对据儿说过，吾承其敝，汝享其利；吾当其劳，汝受其逸，不亦可乎！当然，朕亦不愿子孙再有人为此，走亡秦的旧路，是不可以的。"

卫青悬着的心一下子放下了，长揖道："臣愚陋，还是陛下见得深，想得远，为子孙开辟万年基业。"

"朕的儿子，朕能不了解吗！吾观察许久，据儿敦重好静，必能安定天下，使朕无身后之忧。大汉有创业之君，也得有守成之君，求守成之君，还有比太子者更适合的吗！如你所言，他还太年轻，历练不够，假以时日，必能出落为一代明君。至于皇后，朕自会给她一个交代。仲卿，你要把朕的话告知皇后与太子，天下本无事，切勿自寻烦恼。"

卫青激动得热泪盈眶，连连顿首称诺。

刘彻扶起卫青，拍拍他的手臂道："据儿已行冠礼，是个成人了，但历练不够，处事迂阔。城南杜门外五里处，有思贤苑，是孝文皇帝为太子所立，先帝曾在此读书，广接宾客，后来闲置了许多年。朕已派人将此处收拾出来，更名博望苑，作为据儿交通宾客的处所。朕仔细拣选，又为他配了一位少傅，是丞相家的老二，叫石德，人很聪明，学识也渊博。据儿的作育，你也有责任，毕竟你还是他娘舅，有空也多去走走，要他为学不可一味拘泥，儒法须兼通，将来治国理政，二者不可偏废。"

之后君臣娓娓话旧，盘桓多时，将至晡时，卫青告退。皇帝对太子有信心，对卫氏一族，这不啻天大的喜讯，卫青迫不及待地想要赴长乐宫，亲口向卫子夫告知这个喜讯。离开宣室殿后，他顺着宫内的甬道一直向东而行，未央宫的东门与长乐宫的西门，仅隔着一条安门大街，未央宫的东阙，正对着长乐宫的西阙，往来十分便捷。

过了司马门，就是东阙，卫青正待出宫，却见所忠急匆匆自东阙走进宫来，身后还跟着一个小宦官。宫内的宦者只有两人得到皇帝特许，在宫外置有自己的房产，一是中书谒者令郭彤，另一个就是黄门令所忠，不当值时，可以在宫外休沐。他们都是侍奉了皇帝几十年，最得信任的近臣。

卫青停下脚步，揖手道："好久不见，所公公好。"

所忠见到卫青，犹豫了一下，还是停住脚步，揖手回礼道："大将军别来无恙，身子可好些了？"

"好多了。公公这是要去哪儿，这么急？"

所忠四顾无人，挥手示意那小宦官先走，然后走到卫青近前，蹙额低语道："今日我休沐，皇帝特派小黄门召我入宫，看来是有大事情。皇后前些日子托李夫人带话给皇帝，说中涓①有人造谣离间父子，皇帝一直在查这个事，看来是有了结果。"

"这不是好事嘛，公公你紧张甚？"

所忠叹了口气道："皇上很生气，不光要查常融是否说谎，还要查是谁将这些消息透露给长乐宫那边的。"

皇帝最忌讳身边人走漏消息，更忌讳大臣交通宫禁，一旦查实，泄密者与交通内侍者的下场可想而知。一念至此，所忠的紧张瞬间就感染了卫青，他顿觉浑身发软，呼吸困难，面色灰败，额头沁出了冷汗，一时间竟说不出话来。

所忠见状，一面扶住卫青，一面大声招呼司马门的卫士："来人啊，快招呼公车来，送大将军回府。"

卫青但觉得气血上涌，头脑昏昏沉沉地被卫士们扶上安车，他意识中最后记得的，就是所忠附在他耳边说的那句话：

"大将军保重，不会有事的，可为了避嫌，一时半会儿，下官不能够再与大将军通消息了。"

---

① 中涓，汉代用语，指侍奉皇帝的亲信近侍。

六

　　少府占据着未央宫西北角的一大片排列整齐的平房，所属官署也大都设于此处。在紧靠西北角宫城的墙脚下，有十余间房舍，是黄门寺所在，黄门是侍奉皇帝的宦者，因少年居多，故又被称作小黄门。黄门寺后院的几间房屋，被当作关押有过失或有罪宦官的监室，时称若卢狱 ①。

　　若卢狱令黄安走到一间监室前，隔着木栅望着蜷缩在房旮旯里的犯人，皮笑肉不笑地调侃道：

　　"常公公，昨夜过得可好？"

　　常融年方二九，头发散乱，形容憔悴，额头青肿，全没有了往日的风光。他抬起头，看着黄安，用手拢了拢乱发，拍拍身下破烂的草席，苦笑道："睡这上能好吗？让黄公公笑话了。"

　　"你那么风光的一个人，怎的一下子就成了咱家的客人，究竟犯了甚事儿？"

　　常融盯着黄安，惯常的傲然又浮现在目光中。"黄狱令，现下不是说笑的时候，我常融有件事，你帮忙，我会报答你；你不帮，以后的日子会很惨。"

　　阶下囚还摆得个什么威风？黄安刚想发作，猛然想到御前的小黄门，有好几个与这常融关系热络，于是很亲热地问道：

――――――――――

　　① 若卢狱，属少府黄门寺管辖，设有狱令。

“常公公的忙咱能不帮吗？你说，只要咱家能办到的，一定帮。”

常融眼中也现出笑意，点点头道：“黄公公请到黄门寺署看看苏公公在不在，要是在，请告诉苏公公我在这儿，要见他。”

苏公公指的是苏文，时任黄门寺丞，是所有小黄门的长官，侍奉皇帝有年，很得信任。黄安凛然，显然这些个御前的黄门不好惹，于是连连颔首，露出巴结的笑容。“得嘞，赔好吧常公公，咱家这就去传话！”

还没走出几步，迎头进来一个人，正是黄门寺丞苏文。他看了眼黄安，要他出去把住院门，自己向监室走来。

常融望见苏文，如大旱之见云霓，一叠声叫道：“苏大人，救救奴才！”

苏文昨日未在御前当值，听到常融以欺诳之罪被下在若卢狱候审，皇帝指定郭彤、所忠查审的消息，忧心如捣，一早赶来，怕的就是常融扛不住，把他人牵连进来。

苏文面色阴沉，紧盯着常融，问道：“你沉住气，说说，怎么回事？”

常融呆呆地望着苏文。自被下狱，脑中翻江倒海，片刻不得安静，昨晚发生的事情一次次浮现，可事发突然，他也理不出个头绪。昨日晡时，皇帝本想留卫青用饭，卫青以病中须节酒食告退，他伺候皇帝用膳，收拾盘盏时，皇帝忽然沉下脸，喝问道：

“常融，你好大的胆子，竟敢欺诳天子，离间父子，你知罪吗！”

常融魂飞魄散，伏地叩头如捣蒜，坚称不敢。皇帝也没有再问，吩咐将他押去若卢狱候审。

听过昨晚的经过，苏文顿觉严重，搞不好会牵连到所有在御前打太子小报告的人。“事出不会无因，你好好想想，为甚皇帝会说你离间父子？”

“我想了一晚上，脑子都乱了，能和这事搭上界的只有去年皇上卧病甘泉宫，差我传召御医和太子那件事儿了，可想想又不对……”

“甚事？你说来我听听，才能帮你拿主意。”

“我跟皇帝说，太子听到陛下不豫时，面带笑意。”

“太子真的笑了？”

“我也没看真着，好像是欣悦的样子。”

“皇帝听了怎么说？”

"皇帝当然不快，只是哼了一声，未置可否。可这事过去半年多了，皇帝从未就此追究过，所以又不像是这事儿，可我再也想不出甚时候说过太子的闲话，也没说过甚谎话，咋就犯了欺诳罪呢？"

苏文知道，御前的宦者是皇帝消息的一个重要来源，闲来无事时，皇帝喜欢与侍从们闲聊，从中了解宫内宫外、朝野民间的轶闻，对那些望风捕影，特别是事关太子、大臣们的流言，尤为注意，虽不置可否，可心里肯定是存了一本账。苏文、常融、王弼一伙，本能地视自己为天子的耳目，打小报告自然也就成了他们的义务，皇帝则把这视作忠心的表现，即便不实，也从不责难他们。这次处置常融，肯定事出有因，到底为的是甚呢？

"昨天卫青来了？"

"来了，酒宴之后，皇上留他闲话，晡时才走。"

"看来是卫家和长乐宫那头搞的名堂，可你在御前讲的话，他们怎么会知道呢？"

常融呆呆地望着苏文，努力搜索着记忆中的每个角落，却茫然没有头绪。

苏文道："只有听到过你话的人，才有可能传出去，你细细地想，你对今上说太子之事时，还有谁在场？"

"皇上在甘泉卧病时，御前伺候的就郭公公、所公公，再就是我和王弼。"

院门一响，黄安探进头来，"苏公公，郭公公他们从掖庭署往这边来了。"

苏文点点头，示意黄安出去，然后看定常融，一字一句地叮嘱道："大当家的就要到了，你记住，不管上边怎么审，你得抵死咬定没说谎，反正没有证人，承认你就死定了。"

常融被带到黄门令署，见到端坐于席上的郭彤、所忠，一下子扑倒在地，叫道："二位大人明鉴，奴才冤枉啊。"

"所大人，你问吧。"郭彤看了眼所忠，点了点头，兀自闭目养神，不再言语。

"常融，你且慢喊冤，先老实回话。太子得知皇上有病，面露喜色，这话是你对皇上说的，对吧？"

常融点点头道："是有这么个话，可这是真的啊！"

"真的？谁能证实？"

"证实？皇上卧病甘泉，我报与太子时，就我俩面对面，太子宫的人都随侍于后，太子面露喜色，奴才看得真真的。"

见到常融咬死不认，所忠加重了语气："你自证清白没用，没有旁证，你空口无凭，就是欺诳。你一个奴才，竟敢以下犯上，信口雌黄，离间父子，真是狗胆包天！"

"所公公说奴才欺诳，奴才不认，奴才没有旁证，公公可有奴才说谎的人证呢？蝼蚁尚且贪生，奴才职事卑微，若凭空诬蔑太子，不啻自寻死路，这合常理吗？"

所忠冷笑道："看不出你好一张利口！你既自知没有好结果，为甚还在皇上面前播弄是非？"

"皇上就是奴才心中的天，日夕跟从，亲逾父母，不妥之事，奴才断不能隐忍不报，说奴才拨弄是非，奴才不认，奴才对皇上，有的只是一片忠心！"

所忠呵呵一笑，不屑道："忠心？我看是蛇蝎之心，拨弄是非，污蔑太子的事情你们做的还少吗！你若想活命，就举发同伙，将汝等所为、由谁主使，——交代明白。"

郭彤猛然睁开眼睛，斜睨着所忠，摇了摇头。

"小融子，你在宫里也有年头了，怎么不识轻重！你只回答所大人一句话，太子的事，你是不是对皇上撒谎了？"

常融的脸涨红了，梗起脖子道："郭公公，你老看着我常融长大的，我是那说谎的人吗？"

所忠怒喝道："大胆的奴才，还敢犟，看来不用刑你是不肯吐口的了，来人啊……"

黄安与几个狱吏冲进屋来，架起常融，打算押去刑房。郭彤沉下脸，摆摆手道："不必了，今日到这里吧，押他回监室。"

所忠本意，是由常融牵连出那些与太子作对的内监，再顺藤摸瓜，曝光那些诋毁太子的酷吏，皇帝知晓了内中黑幕，这些人就不敢不收敛，太子的处境会好很多，而他会成为皇帝与太子眼中的能臣。

"郭大人，皇上交办的案子，就这么草草了事，御前如何交代？"

郭彤转过身，移席相就，拍了拍所忠的膝盖，笑道："小融子交代也好，不交代也好，都不免一死。人死了，也就交代得过去了。反倒是老弟的办法，搞到最后会骑虎难下，交代不下去。"

所忠的脸慢慢红了，郭彤的资格比他老得多，也最受皇帝信任，是他得罪不起的人，于是强作微笑道："今上要查的这件事，咱们做奴才的，自当尽心尽力，一查到底，怎么会交代不下去呢？"

"那好，我问你，你口中的'你们'指谁？能跟皇帝说上话的，不就是御前这些个弟兄们吗？都是些苦人家的子弟，少小进宫，朝夕过从，这么些年处下来，总有点情谊吧？把他们都牵扯进去，大人心里能过得去？"郭彤仍是副煦煦和易的表情，言语中却加了分量。

所忠不服，强辩道："家人有悖逆之行，尚应大义灭亲，常融一伙造意污蔑中伤太子，是为不道，为人臣者又岂可为其遮掩呢？"

"怎么是遮掩？皇上要个交代，咱们就给他一个交代。所君节外生枝，就不怕这把火烧到自己身上吗？"

"烧到我自己，凭甚？"

郭彤摇了摇头，苦笑道："所君入宫几十年，还这么不知深浅？也好，我就跟你摊开了说，你以为皇上为甚要咱们查这个案子？"

"为甚？"

"当然是为了给皇后和大将军一个交代。"

所忠心里一激灵，问道："皇后与大将军？为甚？"

"因为有人向皇后和大将军通了消息，皇后告到皇帝那里，皇帝自然要查，给她一个交代。"

所忠的脸红了，嗫嚅道："有人通消息？是谁？"

郭彤眼露精光，似笑非笑地看定所忠，问道："所大人心里明镜似的，还用老朽说出名字来吗？"

所忠瞠目结舌，一时竟说不出话来，而后强作镇定，与郭彤对视道："听郭大人的口风，莫不是指下官？"

郭彤嘿嘿一笑道："难道不是吗？！"

所忠的脸红一阵，白一阵，本能地反诘道："郭大人有何证据，说我交通外臣？拿不出证据，我不与你干休！"

"所大人少安毋躁……"郭彤拍了拍所忠的手臂，好整以暇地抿了口茶，面色也严肃起来。

"我年轻那会儿，有位前辈常提醒我们，在宫里服侍最要紧的就是管住自己的嘴巴，低调做人。几十年过去了，现在回过头看，他说的真对。吃宫里这碗饭，我比你年头长多了，有些话你不爱听，可我若是不说，是没尽到老人儿的义务。"

"小融子说太子那些话是在甘泉，去年的事儿了，皇帝为甚现在才追究，所君想过吗？"

所忠茫然，摇摇头道："为甚？"

"因为话真不真无所谓，奴才们忠不忠才更要紧。皇上同奴才聊天，你以为是闲得无聊？不是的，皇上正是由此得悉宫里宫外的各种流言，无风不起浪，流言里未必没有一点真相。今上聪明睿智，孰真孰假，他自会判断……"

所忠哂笑道："皇上若不在乎真假，为甚要查常融？"

"因为皇后告小融子中伤太子，今上得给她个交代，小融子的脑袋本已足够交代了，可所大人不依不饶，偏要把御前的同人们都牵扯进来，皇上肯定想要知道，你这是为甚。我想皇上更想知道的，是谁把御前的消息透露给了椒房殿与长乐宫！"

"是谁？"所忠心跳得不行，面色惨沮，交通宫闱与外臣是死罪，他决意硬着头皮顶住。

郭彤冷笑道："所大人与卫家走得近，也不是一年两年了，今上而外，御前无人不知，能风平浪静地走到现在，为甚？还不是大家都当你是自己人，替你遮着掩着，不然你有十个脑袋也不够掉的！"

所忠真的怕了，欺君冈上，交通宫闱，罪在不道①。他津津汗出，但口气仍然很硬："所忠糊涂，皇后、太子与皇上难道不是一家人？常融中伤太子，今上诏命你我查办，认真有错吗？"

"普天之下，莫非王臣，即便皇后、太子也莫不如此。我们御前的人，

---

① 不道，汉代重罪罪名，如"亏损上恩，以结信贵戚；背君向臣，倾乱政治，奸人之雄；附上冈下，为臣不忠不道"。参见程树德《九朝律考·汉律考四·律令杂考上》。

效忠的只能是皇上！"

郭彤摇了摇头，当年的庄助、霍去病都是为此丢了性命，如此点拨，所忠仍矢口不悟，是咎由自取了。他揖揖手道："道不同，不相与谋，大人固执己见，老夫没甚话好说了，所君好自为之。"

言毕，径自拂袖而去。

当晚，刘彻屏退侍从，单独召见了郭彤。

"常融的案子查清楚了？"

郭彤将问案的经过详叙一过，但省略掉了与所忠的争执。刘彻冷笑道：

"据儿来甘泉时，虽勉强说笑，可朕见他面带泪痕，曾细细地问过他，早知道常融所言不实。"

郭彤凛然，不解道："陛下既早知常融欺诳，何以不治他的罪，而拖到现在？"

"这些个奴才，都是朕的耳目，为了讨朕的欢心，报来的消息，多是些望风捕影、添油加醋的东西。所言实不实，朕自会判断，可若因不实就处置，众人噤口，朕岂不又成了闭目塞听的孤家寡人！"

"那陛下现在又为何查办常融？这小子其实是表忠心表过了头。"郭彤心里，还是希望留常融一条命。

"皇后托李夫人告他的状，他信口胡言，自有取死之道，所以用他的脑袋给东宫一个交代。但这不是重点。"刘彻的面色严肃起来，他盯着郭彤，一字一句地说道：

"重点是，查出是谁将这些奴才的话透露给了东宫，这个人是朕身边的坐探，比常融更可恶。"

"陛下圣明，知道这个人是谁了吗？"

刘彻笑笑，颔首道："派他随你去审案，就是想看看他的表现，果如所料，他自己跳了出来。"

"陛下打算如何处置他们，请示下。"郭彤凛然道，言毕，眼观鼻，鼻观心，静候刘彻的决断。

"常融处斩，首级送去长乐宫皇后处验看。至于所忠，念他是朕跟前的老人，以三尺白绫赐其自尽。听说卫青中了风，你明日去长乐宫将朕为太子立博望苑，派任新师傅一事知会皇后，说朕对据儿有信心，要他们各安于位，毋再无事自扰。"

见到郭彤期期艾艾、欲言又止的样子，刘彻道："有甚话你莫掖着藏着，尽管说出来，朕不怪罪于你。"

"常融对陛下，忠诚得就像一条狗；所忠伺候陛下多年，实属一时糊涂，陛下可否恩出格外，留他们一条性命，赶出宫门，放其回乡呢？"

"不成。他们不死，朕如何放消息给东宫？他们死了，宫里头才能太平。"

郭彤一下子明白了，这二人必死无疑。常融之死，既是给皇后的交代，也是对身边人不可欺谩的警告；而所忠之死，更是对窥伺天子者一种无言的警告。

翌日，长乐宫收到了装于木函中的首级，听过郭彤宣示的皇帝口谕，卫子夫脱簪跪地，喜极而泣，山呼万岁，称颂天子之大公至正。

可当晚，所忠的死讯传来后，刚刚松弛下来的心境又如铅压般的沉重，她辗转反侧，夜不能寐，内心愈加忐忑，次日，宫女们在侍奉皇后盥沐之际，吃惊地发现，卫子夫形容憔悴，仿佛一下子老去了十年。

七

　　元封四年秋七月，代郡太守苏建病故于任上，灵柩送到杜陵的家后，陈列于中堂，供亲友吊唁。这日，京师来了三人：李禹，侍中，尚书郎，代表皇帝前来吊唁；李陵，字少卿，李禹的堂兄，时任骑都尉，率所部深入匈奴查勘敌情后，回京复命，适闻苏建死讯，苏李两家原为通家之好，于是跟来致祭；二李出城时，路遇司马迁，三人结伴前来。

　　苏建有三子，长子苏嘉，字长君，时任奉车都尉①，以嫡长子身份担任丧主②，将三人迎入灵堂，与侍丧的家人们见礼问候，致送赙赠③后，三人于灵前致祭，家人哭踊④。李禹当值，须回朝复命，先走。苏嘉命苏武将李陵与司马迁带到厢房小憩。

　　苏武为苏建次子，字子卿，自小与李陵交好，在宫中为郎多年，后来李陵被派去河西练兵，苏武则派任大行丞，专司蛮夷事务，这二年朝廷欲招抚匈奴，他作为随员数次出使匈奴，见闻颇广，司马迁致祭而外，此番来杜陵的一个重要目的，就是了解对匈奴外交的进展情况，以补充进尚未完稿的《匈

---

　　① 奉车都尉，掌管皇家乘舆座车的主官，秩比二千石。

　　② 丧主，即丧事主持人。

　　③ 赙赠，音扶奉，送给办丧事人家的钱财物品。

　　④ 哭踊，古代家人守丧时，吊客来时必守的丧仪，曰哭踊，以示哀痛。哭者，无声为泣，有声为哭，大哭曰号。哭号而外，还须擗踊：捶胸为擗，顿足称踊，一般为男踊女擗。

奴列传》中去。

三人少时皆在宫中为郎，熟络非常，相与唏嘘一番后，苏武以茶点待客，话题自然转到近日的朝政上来。征伐朝鲜的大军振旅还师，抵达京城后，归降的朝鲜大臣们，有功之士卒皆得封赏，唯独大军统帅一弃世，一赎为庶人。面对皇帝的震怒，众臣噤口，皆凛于皇帝执法之无情。

"临阵最怕将帅不和，力量相互抵消，前前后后将及一年才拿下朝鲜，看人家赵破奴伐楼兰，收功仅一个月，也难怪今上动怒。"

李陵摇摇头，叹息道。阴差阳错，他勘胡塞北，错过了这次征战。他于河西练兵数年，自信精锐无匹，皇帝命他率八百骑深入塞北，查勘匈奴地理形势。胡人远匿漠北，汉军深入二千余里，仍不见胡虏踪影。等到返回河西，得知赵破奴大破楼兰，建功封侯，他既羡慕，又心有不甘。难道李家真如世人所言，命蹇时乖，注定与功名擦肩而过？不可能，他迟早会用事实打破这一宿命，实现父祖的期望。

他长吁一口气，叹息道："余奉今上之命，于河西教练了一支精兵，无奈西境乂安①，竟不得施展，好不容易有次征战，却又被我错过，天乎？天乎！"

苏武拍了拍李陵的肩头，笑道："莫郁闷，以吾之见，汉匈各执己见，终难和亲，迟早不免一战，少卿终会有用武之地的！"

自元封初年以来，皇帝一心致力于招抚匈奴，双方使节往来频繁，边境安定，已数年不见烽烟。

司马迁望定苏武，似信似疑道："匈奴此番派来的使者身份贵重，可见甚有诚意，子卿说汉胡早晚一战，何以见得？"

"彼此诉求相去甚远，谈不拢。"两年多来，苏武随使匈奴，跑了两个来回，这次虽然请回了一位匈奴贵人，可他心里知道，匈奴人是在虚以委蛇，绝无臣服的可能。

司马迁揖手道："家大人亡故后，下走忝代父职，子卿可否详叙出使经过，下走当笔之于书，录入史乘，如何？"

---

① 乂安，乂，音亦；汉代习用词，意谓太平无事。

苏武颔首道："子长既有此心，敝人自当从命。今上自登单于台阅兵后，认为匈奴元气大伤，蛰伏于漠北，其势甚难与大汉较力，当可不战而屈人之兵，故几次派使，所授意者皆为招抚胡虏，内附最佳，自认藩国亦可，只要胡人肯自认藩屏，朝廷会厚赐絮缯酒食，大开关市，重修旧好。"

李陵摇摇头，问道："胡人肯吗？"

苏武捋髯笑道："当然不肯，可也不直接回绝，而是好词甘言以求和亲。和亲，是过去朝廷处于下风时，不得已之举，匈奴以此要挟，皇帝自然不会允准。"

"子卿出使，可见到乌维单于了吗？"李陵问道。

"我头一次随使，跟的是中郎将王乌王大人。王大人北地人，熟悉胡俗，知道单于托大，异国使臣若不去节旄，墨黥双面，根本进不去大帐，而见不到单于本人，则没办法完成圣上的交托。在抵达单于庭的当晚，王大人将节旄交与我，称明日一早，他将依胡俗入见。我质疑这么做，不光是他个人的屈辱，也有损朝廷的声光，王大人苦笑道，为达成使命，顾不得了。"

司马迁问道："王大人卑躬折节如此，乌维作何反应？"

为完成使命，维持汉匈的和平局面，作为优势一方的使节，王乌肯于低首下心，其气度当令对手感佩。乌维若也能退一步，重修旧好可望实现。

"乌维自然大悦，当即许愿，称愿以太子入质朝廷，以求和亲。"

以太子入质，如同原来南越等国一样，等于事实上接受了招抚，承认了自己的藩属地位，如此，王乌的卑躬折节亦可算不辱使命。

"可为甚又功败垂成了呢？是那乌维背信吗？"

"王大人回报单于愿以太子为质，今上大喜，随即派大行丞杨信前往单于庭落实此事。杨大人儒生出身，为人刚直倔强，单于召其入穹庐议事，他既不肯去节，又不肯黥面，认为有辱汉家尊严。结果小不忍而乱大谋，乌维怒甚，于是改在穹庐帐外接见汉使。这样从一开始，气氛就绷紧了。"

"具体又是怎么交涉的呢？"

"杨大人传达皇帝的旨意，说和亲可以，但须如单于所言，以匈奴太子质于长安。不想乌维根本不提他早先的承诺，而是一口咬定，胡汉往来，有成例可循，和亲一事，亦须照故约办理。"

司马迁一边奋笔疾书，一边好奇地问道："敢问子卿，何为故约？"

"故约，就是从汉初至先帝时几次和亲时遵从的规矩。乌维称，汉家以公主嫁与单于，同时须常川提供缯絮食物酒醴，则匈奴以不扰边为报。如今一反故约，胁以太子为质，是想断吾之后吗！"

"乌维既然食言，皇帝作何反应？"

"今上自然怒甚，而王乌坚称乌维有心和好，于是再派他出使匈奴，看看乌维可能反口。可皇帝确想招降匈奴，此番去，朝廷赏赐甚厚，我也又随王大人去了一回。"

"当着王大人的面，乌维还不认账吗？"

"见到天子的赏赐，乌维大喜过望，复诒以甘言。说儿子乌师庐年纪尚幼，不宜入朝，他自己倒是很想入见天子，当面结为兄弟。其实他很狡猾，太子入质，显然是臣服；而结为兄弟，双方仍为敌体，是平等的。可单于若能不远数千里，来长安入觐天子，在声光上，自是输给了汉家。"

李陵不解道："结为兄弟？那乌维岂不是托大，汉匈不是舅甥之亲吗？"

苏武道："南宫嫁与军臣为妻，论辈分军臣之子当称天子为舅舅，可乌维是伊稚斜之子，没有这层关系。"

"乌维食言在先，他的话还能信吗？"

"王大人也有这个担心，所以要乌维派重臣入朝为证。乌维遣左大都尉为使来朝，接洽和亲事宜，向天子解释原委，说是杨信官职卑小且无礼，单于自不肯践言，天子推诚相与，他亦会以诚相见，所以才会派贵人出使长安。今上接受了乌维的说法，并如其他藩国一样，为单于入觐在长安新建了下榻的宅邸。"

司马迁拈起一支新简，又用笔头蘸了些墨汁，颔首道："以子卿之见，今上会与那乌维结为兄弟之好，答应与匈奴和亲吗？"

苏武沉吟片刻，摇头道："我看不会，今上厚待匈奴，不过是羁縻之道，我朝马匹不足，难以深入漠北，想打却够不着敌虏；而匈奴提出和亲，亦不过是缓兵之计，他们蛰伏漠北，生聚教训，为的是有一日重与我大汉一较短长……"

李陵击节叹息道："子卿所言甚是，汉家缺的就是马。吾于张掖、酒泉教练丹阳楚勇五千，早已成为一支精兵，可马却只有区区数百匹，步兵难于机动，又何能与匈奴角逐于漠北！”

苏武颔首道：“少卿说的是。今上派赵破奴伐楼兰，为的就是打通西域，一以断匈奴左臂，一以获取西域良马，也是为汉匈决战做准备。”

司马迁似有所悟，道：“天子欲嫁汉家翁主于乌孙，也该是这个道理了。”

张骞第二次出使西域时，曾力劝乌孙老王昆莫举国迁回河西故土，并许诺朝廷会将一位诸侯王的女儿嫁与王室，孰料乌孙安土重迁，久拖不决，但得知汉朝广土众民强大富庶后，乌孙开始主动与汉交往。匈奴得知消息后，屡屡威胁乌孙，乌孙方决意远交近攻，与汉联姻，作为抵御匈奴的奥援。

李陵常年在河西，还是第一次听到这个消息，问道：“有这事？哪家的翁主？”

司马迁道：“前江都王刘建之女刘细君。刘建祝诅谋反，事发自杀，其女尚幼，被送入宫中教养，据说皇帝原打算将她作为宗室翁主，或许给乌维，或嫁去乌孙，眼下尚在未定之天。”

苏武面露忧色，摇摇头道：“眼下匈奴左大都尉卧病不起，这次的和亲怕是无望了……”

“怎么呢？”司马迁不解道。

“无论和亲与否，今上厚待左大都尉，本意是要求乌维放回历年来扣押的汉使，如任敞、郭吉等，现下此人沉疴不起，一旦薨逝于长安，单于怨汉，必思报复。如此烽烟复起，塞上又不得安宁了。”

果如苏武所料，左大都尉半个月后一病不起，刘彻厚赐赙赠，加路充国以二千石印绶，出任送丧使，冀望维持双方之往来互通，殊不知这个偶发事件正中乌维的下怀，胡汉之交恶，预示着势如疾风暴雨般的大战即将到来。

八月的漠北，已入深秋，随着瑟瑟凉风，草木亦渐渐褪去青色。单于庭的一座富丽的毡帐中，一个须发皆白、形容枯槁的老人蜷缩于絮有厚厚驼绒的锦被之中，几名女侍不停地为其拭汗。老人卧病多日，时而瑟缩发抖，时而高热不退，汗出如浆。近两日更是饮食不进，看样子已拖不了几日了。

"姑父，姑父……"乌维等一干名王贵族，围在老者身边，轻声呼唤着。

老者用力抬起眼皮，浑浊的目光盯着乌维，伸出一只枯瘦的胳膊挥了挥，嗫嚅着："水……水，渴啊……"

乌维接过侍女递上的奶茶，小心翼翼地将一小勺奶茶送至老人嘴边。老人无力地摇摇头，"要水，水……"

一阵忙乱后，侍女捧过一樽清水，乌维将老人扶起，倚在一摞靠枕上，然后将那樽清水送至他嘴边。老人一口接一口地啜饮，直至喝干，他闭上眼，叹了口气，很满足的样子，高热退去，额上也不再出汗。就这样倚着，良久，他睁开眼，望了望周围的人群，握住乌维的手道：

"我要与大单于说说话，你要他们退下吧。"

众人退出毡帐后，他望着乌维，无力地笑笑："老朽不能再侍奉大单于了，昨夜我梦见了你父亲、你姑姑，我要随他们去了。"

乌维一阵难过，低下头不知说什么好。这个被他称作姑父的老者就是匈奴的相国、自次王赵信，伊稚斜把姊姊嫁给了他，两代单于都倚之如腹心，现在他要去了，乌维顿觉自己没了主心骨。

"我走前，有些要紧话要交代与你。我病这些日子，与汉朝的和亲有甚进展吗？"

乌维摇了摇头，眼中有了恨意，"那汉家的皇帝一心要吾等臣服，根本就没打算与咱家和亲！据说咱家派去的左大都尉，也不明不白地死在了长安。乌孙那里有消息说，昆莫那老儿也欲与汉家和亲，打算以良马千匹作为聘礼。看来他们是想要在西域与咱家一争雄长，姑父，我正想请教，咱们该怎么办？"

"西域决不可失去，失去了，胡人就再难强盛，大单于，你说呢？"

"当然不能失去，依我的意思，我们休养生息了这么些年，马匹、生口都增加了不少，虽还比不上军臣单于时，可也足以与汉军一较短长，我看，干脆就干他一家伙！"

赵信目中又现精悍之色，颔首道："干，可以，但要待天时地利都于我有利时，方可一击中的。在这之前，大单于还是要与汉人周旋，以有足够的时间积蓄力量……你，你要答应我……"

乌维连连点头道："姑父放心，我们不会蛮干的。"

"至于乌孙那边，还是以拉为好，汉人嫁过去一个公主，我们也同样可以嫁过去一个公主。稳住了西域，我们与汉人就还是一对一的格局……"

　　"嗯，就按姑父说的办，我会认下个女儿，封她作居次①，送至乌孙和亲的。"

　　"还有一事，大单于要记住，若不得已与汉军开战，一定不要在漠北草原，不要在平旷地带……汉军训练有素，在平旷地方开战，我们会落下风。"

　　"那在哪里？在边塞上，汉军有依托，我们岂不是更吃亏。"

　　"最好能将汉军引向西方，在天山、燕然山、涿邪山、浚稽山一线，那里是山地，汉军不熟悉地势，地利在我军一边，或可以一战而重创汉军的有生力量……"

　　赵信剧烈地咳了起来，吐出一大摊带血丝的痰液，很是吓人。乌维起身欲招呼侍从，赵信疲惫地摆摆手，气若游丝。

　　"大单于听……听我讲完……汉军若是深入漠北，你要坚壁清野，将老弱妇孺和畜群全数迁往郅居水②以北，不要蛮干，要先与汉军周旋数日，待其粮草消耗殆尽，人马疲敝时，再集中兵力……与之决战。战，就一定要有胜算了再打，'避其锋锐，击其惰归'，这是兵法上一定不易的道理，你要记住了……"

　　他用自己枯瘦的手抓住乌维的小臂，费力地喘着气，断断续续地嘱咐道："大单于一定要……要记住，决不……可与汉人硬拼，汉人巴不得……咱们和他们决……决战，杀吾生口，掳吾牲群是汉军的战法，我们人少，跟他们耗……耗不起……"

　　赵信颧红，额头汗液津津，高热复起，乌维扶他躺下，又加盖了一床驼绒被。望着蜷缩在被中、神志渐渐模糊的老人，乌维心里空落落的，可也掠过一丝莫名的轻松，今后，他可以由着自己的心意行事了。

　　赵信在夜半时死去，乌维召集诸部名王贵族，为之举办了盛大的葬礼。

---

①居次，匈奴语音译，意谓单于之女，即匈奴之公主。

②郅居水，即今蒙古国之色楞格河，向东北注入北海（今贝加尔湖）。

十日后，当路充国将左大都尉的尸体送到时，乌维一口咬定他是被害死的，不由分说扣押了汉使路充国，并指责汉家皇帝一女托两家，无和亲诚意：

"你家皇帝欲许嫁给乌孙，尽管嫁好了。回去告诉他，我们不会为个和亲上赶着，别想拿个女子吊我强胡的胃口，咱家不稀罕！"

八

　　见到常融的人头，又听到所忠投缳自尽的消息，卫子夫的感觉，犹如冰火两重天，一时间怔在那里，脑中一片空白……

　　"殿下……殿下！"郭彤的呼叫把她唤回到现实中来。她定了定神，强作微笑道："郭公公，那所忠为甚自尽呢？"

　　郭彤面无表情，摇摇头道："奴才不知，陛下还有口谕让老奴知会皇后殿下。"

　　卫子夫赶忙跪下，陪侍的女官与宫人随后跪了一地。

　　"陛下要老奴告知殿下，皇帝曾告知大将军说，太子既行冠礼，是个成年人了，但历练不够，为此将长安杜门外孝文皇帝所立的思贤苑更名为博望苑，作为太子读书与交通宾客之用，并以丞相之子石德为少傅，辅佐太子，假以时日，相信太子必能成为一代守成之君。陛下于太子有信心，望皇后、太子各安于位，毋无事自扰。"

　　卫子夫满面通红，解脱簪珥，伏地叩首请罪 ①。郭彤摇摇头，蔼然道："殿下请起，皇上并无责备之意，也不会听信谗言，望皇后、太子知所进退，做好自己就好。"

---

　　① 脱簪请罪，古代后妃因犯有重大过错而请罪时的仪节。通常要摘去簪珥珠饰，散开头发，去华衣，着素服，伏地顿首请罪。这里卫子夫是为自己怀疑皇帝有易储之心而请罪。

郭彤走后，卫子夫忧心忡忡，绕室彷徨。皇帝杀了常融，并将首级交她验看，显然是为了给自己一个交代，尽管可以一吐腌臜之气，可所忠之死，却使她心头蒙上了更为沉重的阴影。所忠在大内侍奉皇帝多年，身居掖庭令，是地位很高的大太监，绝无可能平白无故地自杀，难道是皇帝发觉了他交通后宫？可又不像，若是被发现了向东宫通消息，那就不只是一个所忠，连带东宫与太子宫都会遭受严谴。可常融等中伤太子的消息又确是所忠透露给他们的，也许是皇帝怀疑所忠走漏消息，致其畏罪自尽，以免牵连到他们。

这么要紧的关头，身边却没有一个靠得住的人可资顾问。卫青中风后，卫氏的主心骨仿佛被抽去了一半。作为皇后，去探视卫青必得请示皇帝，她不想为此再引起麻烦，决定刘据来请安时，交代给儿子，要他听听卫青对此的意见。

翌日，刘据去了戚里的大将军府，得知太子来到，卫青招呼家仆为自己穿戴停当，然后将自己架到卧榻上，倚着一堆靠枕，方能勉强坐住。见到刘据时，卫青用右手拍了拍左臂，苦笑道：

"殿下恕罪，在下左半身偏枯①，动弹不得了。"

刘据望着卫青，心里酸酸的，双眼不觉湿润了。这哪还是当年那个威风凛凛的大将军！卫青形销骨立，额头上围着一方丝帕，须发苍然，看得出已多日不曾打理。他问侍立一旁的医官，卫青的症候如何，要多久才能恢复。

医官俯首敛容，揖手道："大将军左肢不仁②，邪气深入腠理，客于五内，发为偏枯，而谈吐清楚，情志不乱，就中风者而言，已是万幸的了。"

卫青命家人在榻前放了只木枰③，招呼太子坐过来，又命家人奉茶，之后挥了挥右手道：

"我与太子殿下说说话，尔等退下。"

室内只余甥舅相对时，刘据的泪水终于夺眶而出，潸潸泣下道："二舅

———————

① 偏枯，古代医家用语，泛指半身不遂。

② 不仁，古代医家用语，指肢体麻木。

③ 枰，汉代可供单人踞坐的坐具。

何以如是，吾等今后该怎么办啊？"

卫青目光中掠过一丝忧虑，摇摇头道："我一时半会儿还走不了。据儿，眼下的事情要紧得多，还不是哭的时候。皇后要你来，有甚话交代？"

得知皇帝口谕太子于博望苑开府揽客，卫青长吁了口气，皇帝兑现了自己的承诺，最起码短时间内储位不会再有威胁了。

"常融被斩首，是其妄进谗言，取死有道；可所忠自尽，不明所以，母后为此甚为忧心，要我请教二舅，这里面有甚可能的凶险？"

"凶险？所忠既死，就算有凶险，线索也已经断掉了。现在有了机会，据儿你要沉潜下来，积累自己的本事，未来天下之兴衰、卫家之安危，皆系于据儿一身啊！"卫青目光灼灼，语重心长。

刘据则满脸疑惑，不解道："沉潜？甚沉潜？我不明白。"

"庄周之书，据儿可曾读过？"

刘据摇摇头道："庄周就是庄子吧？他的书，没读过。"

"对，庄子。《庄子》开篇的文章是《逍遥游》，里面讲的就是个'沉潜'的故事。说是北海里面生活着一条大鱼，叫鲲；不知过了多少年，变身为一只大鸟，叫鹏，出水后扶摇直上九万里，背负青天而游于南冥，振翅一飞，击水三千里。鲲在海中，就是沉潜，据儿眼下备位东宫，也是沉潜。沉潜并非无所作为，而是要为将来积蓄力量。你是太子，大汉的江山，迟早会交到你手里，那就是据儿一飞冲天的时候……"

刘据亦喜亦忧，沉吟道："可母后尝说，我们母子在宫中犹如众矢之的，经不起小人的谗毁与中伤……"

"大鹏扶摇万里，尚有鸣蝉与鹦雀在嘲笑。殿下不必理会那些小人，只要洁身自好，谨慎行事，他们自然无隙可乘。更何况你父皇斩杀常融，是一种警告，这些人会收敛许多的。"

"舅舅，父皇是不是不喜欢我？"

"怎么会！皇帝特命开博望苑，供据儿接纳宾客之用，为的就是让你增加历练，招纳人才。柏台之会时，皇帝亲口对我说，假以时日，太子必能成为一代明君啊！"

"父皇真是这样说？可父皇也尝对臣下说我不像他，不是心有不惬于我吗？"

"你父皇雄才大略，开疆拓土，自然希望儿孙承继他的事业，据儿也当然该向父皇看齐，他说你不像他，你就要努力学着像他，像他，他才会放心啊。"

"我该怎么做才能像父皇，博取父皇的欢心？请舅舅有以教我。"

"皇帝要我告诉你，为学不可拘泥，当儒法兼通，将来治国理政，二者不可偏废。皇帝为你找的少傅石德，是石丞相的次子，博览群书，学兼百家，据儿要好好礼遇师傅，虚心求教，学以致用，并通过师傅引见宾客，吸纳更多的人才作为臂助，将来大任在肩，方能施展抱负，一飞冲天啊。"

"我该怎么做呢？请舅舅指教。"刘据既鼓舞，又茫然，很郑重地揖揖手，问道。

卫青略作思忖，将尚能动作的右手握住，先伸出拇指道："首先要交好于少傅。天子派石德来博望苑，既有作育之责，亦有监管之意，就好比是皇帝的耳目。殿下切记，要礼敬师傅，与之亲近，慢慢将他变作你的人。有少傅在天子面前维护，殿下方可无虞，安心于学业。"

卫青再伸出食指，道："天子允准据儿交通宾客，殿下正可借此广揽人才。要像你父皇一样，不拘一格，上至饱学的士大夫，下至引车贩浆、操刀屠狗之徒，但有一技之长，皆不妨纳入门下，时时留心考察，因材器使，以备将来之用。尤其要结纳一些勇于效死之士，缓急相助，可得大用。这是二。"

刘据连连颔首，又问道："可以结交一些大臣吗？"

"万万不可！朝廷百官与殿下一样，都是皇帝的臣子，以臣子而结交外藩，皇帝会认为你有二心，心怀不轨，是不道的重罪。太子朝会而外，切不可与大臣们有私交。当然，殿下可以观察他们，默记于心，承继大位之后，择其贤能者为己所用。"卫青面色凝重，他想到了为此早殇的霍去病，长长地吁了口气。

刘据受到了极大的鼓舞，端起小几上的茶杯，一饮而尽，意颇洋洋："将来若得承继大位，江充、苏文这些个佞臣与奸险小人，我定会用他们祭刀，以纾旧恨！"

显然太子心中有了阴影，而记恨既深，冲动之下，难免会有甚不慎之举，被对手抓到把柄。卫青皱了皱眉头，忧形于色。

"据儿你听舅舅一劝，你现如海中之鲲，蓄力不足，沉潜中难得施展。那些奸佞小人无时无刻不在暗中窥伺，据儿切不可为仇恨蒙蔽了理智，一旦露了行迹，被他们媒孽于天子，殿下或不再有机会翻飞于天了。小不忍则乱大谋，殿下要做的就是沉潜，忍辱负重，以待将来！这是三。"

刘据极为困惑，蹙额道："吾堂堂大汉储君，难不成怕了这些小人不成！依舅舅之见，沉潜又当如何？"

"清虚自守，卑弱自持。殿下是大汉的储君，当知此君人南面之术。清虚，就是克制自身的欲望和情绪，虚己方能下人……"卫青指了指小几上的耳杯，作譬道："殿下刚刚用过的这只杯子，是空的，空杯方能续水。人也是一样，不放下自己的成见，就听不进他人的意见。殿下将要交通的宾客，个个想要贡献意见，博取青睐，殿下虚己下人，方能凝聚人心，得宾客之用。"

"那么卑弱自持又当如何，是要我在那群小人面前做一只缩头乌龟吗！"刘据又问道，语气愤愤不平。

"非也。卑弱自持并非示弱，而是自行韬晦。强而示之以弱，能而示之为不能，为甚？为的是迷惑敌人，使之松懈，疏于防备。为甚要行韬晦之计？什么事情要做成，都离不开两样东西：时与位。时者天时，位者权位，在大汉，只有皇帝有治国的权位，殿下没有这个位，有抱负也是空的。但殿下身为储君，离时与位是最近的，只要耐心等下去，大汉的江山迟早是殿下的。可这等待也是最为艰难的，妒忌、觊觎者甚众，这些人会关注殿下的一言一行，一旦出错，告讦、中伤乃至于诬陷，会无所不用其极。小人的可怕，就在这里。"

"可本宫可以向父皇揭破这些奸佞小人的谎言，要父皇像杀常融一般杀掉他们啊！"

太子长于深宫之中，不谙世事的险恶，深可忧虑。可他是太子，皇后与卫氏未来的贵贱安危，系于刘据一身。卫青长叹一声，看来不得不向这个外甥挑明利害，要他知所警惕了。

"殿下可曾想过，皇帝为甚会杀常融，而所忠又为甚会自杀？"

"常融撒谎中伤本宫，是为诬罔无道，当然该杀，至于所忠……"

"常融该杀不错，可在皇帝面前说太子坏话、假话的宦官多了去了，皇帝为何不杀？甚至明知道是不实之词，却不予追究，为甚，太子想过吗？"

刘据目光茫然，摇了摇头。

"皇帝知道，这些人是自己的耳目，亟思有以表现，打小报告为的是表忠心，尽管多是望风捕影的不实之词。皇帝聪明睿智，对此了然于心，可追究起来，就会断了一个消息来源，所以他放任不管。这次杀掉常融，是皇后告发了他们，皇帝才借常融的脑袋作个交代。"

刘据面色泛红，紧握双手，胸中回荡起一股暖意，母后为其做主，是他在宫中的依靠，而舅舅病体支离，不知还能支撑多久，他的双眼湿润了。

"可所忠为甚自杀，太子想过吗？"

"为甚？"

"御前的那些宦官中伤太子，是所忠透露给长乐宫的。皇帝要查身边甚人走漏的消息，所忠才会畏罪自杀。皇帝最恨的就是身边有人交通宫禁，杀常融是不得已，而所忠则是非杀不可。这以后，小人依旧，而能给吾等通消息的人却没有了。太子在明处，那些人在暗处，他们很清楚自己的所为伤害了太子，今上一旦不讳，就是他们覆亡之时，所以他们会把潜毁①太子的事情一直做下去，直至扳倒殿下……"

刘据如梦初醒，凛然道："他们这么做，父皇会允许吗？"

卫青苦笑道："皇帝神机默运，自认一切都在掌握之中，可小人的谗言很可怕，所谓众口铄金，积毁销骨，那种日复一日、水滴石穿的功夫，没有人能扛得住。"

"可卑弱自持，他们就能放过本宫吗？"

"可能会，也可能不会。黄老学主张以柔克刚，殿下谦退，给他们一种软弱无能的错觉，感到你没有了威胁，他们或许会转而相安无事。皇帝对殿下有信心，允准殿下交通宾客，正是避开这些个小人的机会。望殿下善用之。"

刘据虽不情愿，还是嗯了一声，颔首承教。

卫青略作沉吟，又伸出一指道："住到博望苑，殿下要多读些刑名律法之书，了解古人治理国家的方法，为将来做些知识上的积累储备。这是四。"

---

① 潜毁，谗言诽谤。

"可本宫读董仲舒所上之天人三策，言治世当为政以德，人君率先垂范，以正朝廷百官，进而化民成俗。又曰王者以天意从事，故任德教而不任刑，刑者不可任以治世，为政任刑，不顺于天。我就不明白，当今是治世，本该任德不任刑，父皇为甚总爱用江充之流的酷吏呢？"

"当然是使着顺手。要感化一个人很难，不知要耗费多少时日，而任刑，死生两条路，就不由人不屈服，不做当下的抉择。董先生理想虽高，可迂阔不近于世情，本朝王霸杂用之，当然有其道理。"卫青叹了口气，太子头脑单纯，不通世故，不补上这一课，将来会很吃亏。

"儒家那一套是说给黔首听的，纲常伦理，君君臣臣父父子子各安于位，则天下乂安。至于为人君者，非任刑法不能驱除害群之马，以维持国家的长治久安。害群之马是谁？贪官污吏与百姓中的莠民是也，对付他们，就要有皮鞭与快刀，酷吏起的就是皮鞭与快刀的作用。人君治国，必得有两手，以德政安百姓，以刑名律法治莠民，二者不可偏废。这个道理，是皇帝要我告诉太子的，也是皇帝寄望于太子的。"

"儒家既不切实用，父皇又何以黜退百家，独尊儒术呢？"

"如殿下所言，汉家大一统，又时逢治世，当然需用儒学整齐风俗。而百家杂说，都是乱世的方药，春秋战国几百年间，群雄争霸，于富国强兵之术，趋之若鹜，故许多策士们各以其所学游说列国，以博取功名富贵为鹄的，所言贵诈力而贱仁义。不禁止这些邪说，国家不就乱了吗？"

"既然如此，舅舅又为何要我读这些书？"

"这些书黔首不可以读，而人君却不可不读，无论现在潜邸还是将来承继大位，这里面许多的道理，殿下都不可不知。譬如如何识别、对付殿下深恶痛绝的那些小人，书中就有答案，否则固位尚且不能，更何论治国！"

刘据凛然，问道："敢问舅舅，该从哪些书读起呢？"

卫青略作思忖，沉吟道："我读书也不多，可以从《管子》开篇，之后可读《商君》《韩子》诸书，前两个人都曾成功辅佐君王治国，如管仲辅佐齐桓公，九合诸侯，一匡天下；又如商鞅辅秦孝公变法，行之十年，秦国崛起为强国，为日后的统一打下了基础。这两人不仅有学问，而且有实践，都以成功证明了自己。韩非则综贯众说，对法术势何以为君主驭臣治国的利器，说得透彻。

殿下有所疑难，少傅石德，博览百家，学养深厚，可以帮你解惑，据儿只要虚心求教，必能精进不已……"

　　望着刘据年轻的面孔，想到自己身患沉疴，已难再支撑卫氏，卫青不觉悲从中来，他噙着泪水，语重心长地叮嘱道："二舅中风偏枯的样子你见到了，医家说，再发作一次，就救不回来了。殿下今后一定要听皇后的话，切不可使气任性，要记住舅舅嘱咐的这些话，虚静以自守，卑弱以自持，再难心的的事情也要忍下来，直到扬眉吐气的那一日。如此，吾虽死犹生，而卫家幸甚，汉室幸甚矣。"

九

　　元封五年夏五月，自长安城横门出城通往茂陵的道路上，一辆轺车踽踽独行，执辔驾车者是一中年男子，眉目清朗，一口美髯在风中微微拂动。半个多时辰后，远远望见一座状如覆斗的巨大封土堆，那就是茂陵了，封土周边是陵工工地，轺车转入一条岔道，走不多远，进入了一座仅有几条街区的小城，稍作问询，轺车拐入一条窄巷，在一座门前停了下来，男子下车，拍了拍门，自怀中抽出一支名谒，递了进去。

　　中厅中一苍颜皓首而又精神矍铄的老人，正坐于书案之前，展读一卷简牍，他就是致仕多年的董仲舒。得知有客来访，他接过名谒，在长约一尺的名谒正面写着"进子大夫　董"，再看背面，则是"太史令迁再拜　问起居"。太史令？司马谈已故去数年，莫不是司马迁？于是吩咐僮仆，快请客人来中厅叙话。

　　主客见礼后，董仲舒边令家人看茶，边细细端详着司马迁，叹息道："公子风骨褎然①，太史公后继有人，当可含笑于九泉了。"

　　司马迁敛容称谢道："老师谬奖了。弟子自元封以降，一直随侍天子巡狩，没能早些来看望老师，于心惭怍不安。此番南巡回京，假休沐日，特来拜望，见得老师安好，精神健旺，弟子不胜喜悦。"

　　董仲舒摆摆手，微笑道："老夫僻处陋巷，耳目闭塞，子长既随圣上巡狩，

---

① 褎然，褎音修，卓越、杰出之义。

不妨谈谈一路上的见闻与心得。"

于是司马迁将皇帝出巡南郡，自江陵顺江东下，于潜山望祭天柱山，赐号为南岳。之后桴江浔阳、彭蠡，祭礼名山，复北上琅邪，于海边伺神无果，复于泰山修封的经过细细叙述一过。

"圣驾途径云梦时，学生遍访沿途父老，询问前秦始皇帝巡游往事，深感老师天人感应之说的重要，有老天管着，始皇帝尚且如此任性，没有天管着，真不敢想会发生甚事情。"

董仲舒眯着双眼，捋髯笑道："哦，怎么说？"

"始皇帝二十八年，于东海寻仙不得，琅邪刻石后，南游江汉，溯江而上过湘山，遇风不得渡，以为湘君作祟，一怒而使刑徒三千登山伐树殆尽，湘山遂成光秃秃的童山①。这种任性，一旦用在国事上，拒谏禁言，焚书坑儒，势所必至，不是很可怕吗！"

董仲舒捋捋胡须，笑了，"子长举一反三，不读死书，难得。"

"老师，弟子敢问，天心其实指的就是民心，对吧？"

"哦，子长何出此言？"

"《书》中有'天聪明自我民聪明''天听自我民听，天视自我民视'之语，弟子想，既如此，天心也就表现为民心，失民心也就是失天心，天心一转移，则大势去矣。汤、武革命以小取大，之所以能够成功，就是得益于民心转移到他们那里去了，故能振臂一呼，四海风从。弟子理解得对吗？"

"子长说得对。皇帝富有四海，言出法随，可却要自称天子，天子者，天之子也。皇帝承继大统，称顺天承运，以示君权神授，天，就是其合法性的来源。皇帝带你们去封禅巡狩，拜祭山川，为的也是向上天报告自己的政绩。皇帝坐天下，拿甚去统治？当然是百姓，没了老百姓，他连饭都没得吃，谈何统治！古圣先贤早就明于这个道理，所以在《书》经中才会有那么多警示君主的箴言。好的君主要恤民，时时关怀百姓的饱暖安危。诚如孔子所言'敬事而信，节用而爱人，使民以时'，为的都是维持住老百姓对朝廷的信心，

---

① 童山，喻指光秃秃的山。

也就是民心。民心一失，如百姓诅咒夏桀，‘时日曷丧，予及汝偕亡’，到了大伙宁愿与之同归于尽的局面，朝廷就像是坐落在流沙之上，覆亡就在旋踵之间。天人感应，就是告诉为人君者要知所进退，有所敬畏，不可一意孤行，为所欲为啊。”

“老师终身致力于《公羊春秋》，就是为了发掘其中的微言大义，以儆天下吧？”

“是，又不全是。古称‘左史记言，右史纪事’，记言者《尚书》，纪事者《春秋》，言辞必要有史实佐证。可《春秋》又非单纯的纪事，而是要察天人之际，通古今之变，找寻出历史的轨迹，作为当世的殷鉴。”

董仲舒伸出三指，“譬如公羊主张‘三世’之说，何为三世？据乱世、升平世、太平世是也。三世由何判断？则‘内其国而外诸夏’，诸侯以邻为壑，互争雄长，战乱频仍，民不聊生，是为据乱世，这是我们从史册中得知的，我称其为‘所传闻世’，自春秋以降至秦末，都在这个世道中。那么接下来就进入到升平世了，何为‘升平世’？‘内诸夏而外夷狄’是也，诸夏一统，比权量力于中国者，夷狄也。高皇帝肇造皇基，迄今百年，与民休息，国泰民安，虽还有种种的不如意，总算得上是物阜民安，这都是你我听到见到的，所以我又称其为‘所闻世’。这个世道要兴盛，要延续，子长你说靠的是甚？”

司马迁略作思忖道：“孔子作《春秋》，是非二百四十二年间，兴灭国，继绝世，举逸民，以为天下仪表，乱世既去，应该是靠儒学复兴礼乐德政以致太平吧？”

董仲舒摇了摇头，蔼然道：“子长说对了一半。老夫对策天子，与时俱进，力倡大一统之说。大一统，天地常经，古今通义，是合乎升平世，也就是治世的学说。国家大一统，要配合以学术的大一统，朝野方能一心一德，据乱世那些个百家杂说，足以淆乱人心，所以老夫建议天子拨乱反正，黜退百家，独尊儒术，为后王立法。如此则统纪可一，法度可明，民之可从。复兴儒学的目的，为的是维持大一统的局面啊。”

“那么公羊所说的太平世，又是甚样子的呢？”

“太平世，公羊称‘夷狄进至于爵，天下远近大小若一’，甚意思？柔远能迩，夷狄来归，四海归心，也就是《礼运》篇所说的天下为公的大同境界。

这个境界，你我是赶不上了，现今勉强算得上是小康世道，来日方长，望诸君努力。"

司马迁犹豫了许久，还是决定提出心中的疑窦，于是揖手道："学生有一事不明。今上既采纳老师建议，立五经于学官，号称独尊儒术，可在很多事情上，却是'王霸杂用之'，这么做道理何在，老师又怎么看呢？"

董仲舒笑眯眯地望着司马迁，问道："老夫先问你一个问题，子长以为，今上是个怎样的人呢？"

"今上吗……"司马迁略费踌躇，轻声道，"今上天赋异禀，雄才大略，尤为人所称道的是用人不拘一格，唯才能是举，故能得天下人之用。"

董仲舒颔首道："嗯，还有呢？"

再深入下去，背后议论人君是非，是大不敬的罪名，司马迁低下了头，面色慢慢地红了。

董仲舒拍了拍司马迁的肩头，笑道："你我忘年之交，子长尽管说，你说出的话进到我耳朵，便只有天知，地知，你知，我知矣。"

司马迁长吁了口气，鼓起勇气说道："今上的文治武功，都足有可称，不足者，好大喜功，不恤民力耳。"

董仲舒捋髯笑道："子长心有所畏，言有未尽矣。其实，对今上最贴切的评语，还数汲师傅当年那句话。"

"汲师傅，汲黯吗？"

"对，就是汲黯。今上刚刚即位时，欲大兴儒学，汲师傅称其'内多欲而外施仁义'，这句话鞭辟入里，说到了肯綮①上。"

司马迁恍然，唯唯称是。

"天子征伐四夷，开疆拓土，这是要花大钱的，官库钱不足用，怎么办？搜刮，搜刮朝野必起怨言，要封口禁言，这等事情正人君子不屑办也办不了，肯办又能办的，是甚人呢？酷吏是也。如张汤、赵禹、王温舒、杜周之流，皆出身刀笔小吏，既熟悉刑名律法，又无道德顾忌，一切以上意为转移，皇

---

① 肯綮，意谓关键、要害处。

帝用着当然顺手。而儒学对风俗的整齐，对百姓的教化作用，远非严刑酷法所能取代，如此儒法交相为用、互为表里，王霸杂用的局面就自然形成了。其实更要命的是，征战之外，今上热衷于营建宫室，寻仙求药，耗费之巨，令人咋舌。难怪汲长孺说他多欲，成不了尧舜之君。"

司马迁不觉面露忧色，叹息道："'内作色荒，外作禽荒。甘酒嗜音，峻宇雕墙。有一于此，未或不亡。'①大禹所戒，今上差不多都犯到了。传闻关东许多郡县，民乱四起，皇帝派任绣衣直指督办平乱，可剿不胜剿。学生真的忧心，长此以往，大汉会步亡秦的覆辙。"

董仲舒摇摇头，笑道："不会的，子长毋乃过虑了。"

"关东民变而外，朝廷与匈奴的外交也失败了，自去年起，胡骑已数次犯边，内忧外患，接踵而来，由不得人不忧啊。"

"天地万物，莫贵于人，人性之初皆有善端，而为性情所蔽，即所谓'多欲'，多欲则贪，陷入欲望的泥沼难以自拔。老夫对今上有信心，即在于其向善之心未泯。汲长孺当众揭其要害，情何以堪！有劾长孺大不敬者，而今上称他为社稷之臣，这说明天子深明良言逆耳的道理。又譬如盐铁官卖，算缗算车船，所谓与民争利，其所指向者，皆商贾富民也，而务农者三十税一，锱铢不增，说明甚？民为邦本，本固邦宁的道理，简在帝心也。

"暴秦之君，为求富国强兵，所宗皆管子商君申韩之术，或倡'利出一孔'②，或曰'民弱则国强'③，而今上则宅心仁厚，时有惠民之举，非暴秦能比。有这一线灵明在，皇帝迟早会知所悔悟，不会一条道走到黑的。"

司马迁若有所思，或如俗语所说，仆从眼中无英雄，天天侍奉皇帝的人，

①"训有之，内作色荒，外作禽荒。甘酒嗜音，峻宇雕墙。有一于此，未或不亡。"《尚书·五子之歌》所载大禹对子孙们的训诫之辞。

②利出一孔，《管子·国蓄》中提出的一种治国方法，即由国家控制尽可能多的资源（利出一孔），控制住饭碗，也就控制住了老百姓。

③民弱则国强，《商君书·弱民》中的理论，是管子学说的延伸，主张有道之国务在弱民，百姓为衣食奔走不遑，愈弱愈易于受国家意志之支配。其政策为后世专制国家愚弄、驱策老百姓之滥觞。

看到的多是些与常人无异的喜怒哀乐，无形中消解了其光辉。于是苦笑道："诚能如此，则国家幸甚，百姓幸甚。"

"孔仲儒近况如何，有他的消息吗？"仲儒是孔安国的字，以古文经学为博士，后任谏大夫，董仲舒是今文经学的巨擘，孔安国则是古文经学的大师，两人是知交。几年前，孔安国派任临淮太守，没有了切磋学问的伙伴，董仲舒颇觉寂寞。

司马迁摇摇头，黯然道："还记得五经初立学官时，老师与仲儒师在石渠阁讲学，与众学子切磋问难时的情形，历历如在目前。三十年过去，师生风流云散，故人之思，不胜惆怅。"

董仲舒双目灼灼，注视着司马迁，"仲儒离京前，来敝寓道别，说起子长，有厚望矣。"

"哦，敢问老师，仲儒师说些甚？"

"他告诉我，他曾去探视卧病的太史公，得知他有一个撰述《史记》的宏图大愿，以沉疴不起，要交由子长接续，以成全璧。仲儒喜甚，说春秋以降，各国史记或佚于战乱，或销于秦火，断简残篇，不足以承载三皇五帝以来的历史，而子长自少壮游名山大川，足迹几遍于中国，且勤于读书，识见超群，定能克绍箕裘①。老夫与仲儒可都盼着早一日读到子长的大作，不知道眼下进度如何？"

想到父亲生前的嘱托，司马迁心有戚戚，赧然道："老师们谬奖了！小子愧对家大人，经年碌碌，一无所成。弟子接任太史令后，思今上封禅后正朔未改，服色未易，遂随兒大夫②等擘画新历，于《史记》则仅限于搜罗史料，考订轶闻，一直没有动笔……"

"哦？"董仲舒面色肃然，颔首道，"改正朔，易服色，也是件大事啊。《公羊》开宗明义，第一句就是'春王正月'，其中的笔法，子长没有忘记吧？"

"孔子著鲁国《春秋》，可仍奉周历为正朔，故曰'王正月'，暗喻周

---

① 克绍箕裘，成语，典出《礼记·学记》，意谓子承父业。

② 兒大夫，指兒宽，时任御史大夫。

天子之大一统地位，是这样吧？请老师指教。"司马迁揖手敛容，神色甚为恭敬。

"好，好！"董仲舒极为满意，捋髯大笑道，"擘画新历，撰述《史记》，两件经天纬地的大事情，成于子长之手，今生可以无憾了！"

"尤其是第二件，完成它，不仅是令尊的嘱托，也是为师们的厚望。君王之任性胡来，所忌惮者，除去天，就是史啊。太史秩禄不过六百石，可他手中那支笔力过万钧，如齐太史、晋董狐，又如孔子作《春秋》，贬天子，退诸侯，讨大夫，而乱臣贼子惧，天子亦然，千秋万代的人们会通过尔等之史笔评判古人的功过是非。子长，克昌厥后，斯文在兹①，你要努力啊！"

回到宫里时，日色已暮，进入司马门，正遇到行色匆匆、一脸疲惫的郭彤。这个整日伺候在皇帝身边的人，难得有出宫的时候。二人揖手见礼后，司马迁道："公公出宫，出甚大事了吗？"

郭彤面色沉重，看了眼他，叹息道："大将军旧疾复发，已于晡时薨逝了。"

---

① 全句勉励之意，意谓，造福于后世，全在于此了。

十

"靡生，那地里绿油油的一片，是甚？"朱安世用手里的马鞭，指着远处一群马匹埋头食草之处，问道。

靡生看了看，俯身自道旁掰下一根草茎，递给朱安世。"苜蓿，西域各国饲马皆用此物，马和牲畜都极喜食，吾国稻麦、葡萄而外，种得最多的就是这个。"

朱安世细细端详着草茎，羽叶带齿，茎尖已生出的花蕾隐隐看得出紫色，置于鼻前嗅嗅，并无异味，嚼嚼茎叶，颇似豆类。他又望了望那群食草的马匹，那片草田后面，可以看到一条蜿蜒土路，通向几椽茅屋。

"既然可种，就一定会有种子，走，我们去淘换几斤。"朱安世抖了抖缰绳，坐骑一路小跑着奔土路而去，靡生与另外两人亦策马随行，一行直奔茅屋而去。

大宛国两山夹峙，东北面是天山，东南面是葱岭，发源于山中的两条支流汇合而成一条大河，冲积出一块宽广而肥沃的谷地，极适宜农耕，因此与它北面与西面的乌孙①、康居②、奄蔡③不同，大宛不是逐水草而居的行国④，而是个农牧兼业的国家，境内城邑甚多，国都是贵山城。

---

① 乌孙，西域古国，地望在今哈萨克斯坦一带。

② 康居，西域古国，地望在今锡尔河中下游一带，东南与大宛相接壤。

③ 奄蔡，西域古国，地望在今咸海与里海之间，又称阿兰。

④ 行国，汉代用语，指那些逐水草而生的游牧民族国家。

朱安世与樊无忌、张次公等来到大宛后，几大都邑的马市跑了个遍，却没能觅到纯种的汗血宝马。时逾半载，一无所获。于是在贵山城开设货栈一座，囤积了大量的葡萄酒，这酒在汉地是个稀罕物，朱安世算准了它能对豪门女眷们的胃口，打算得便时运回关中，大发利市。钱快花光了，又听闻汉军已获大胜，楼兰屈服，东西道已通，几个人一合计，遂决意东归，先搞十驮葡萄酒回去，牛刀小试，看看市场反应如何。

这次西域之行，算上路程耗时几近一年，却没能搞到汗血马，朱安世心有不甘，通过靡生向大宛的商家打听，才知道大宛的纯种汗血马也不多，国王视为国宝，严禁交易。汗血马与其他良马皆养在贰师城，由王家马苑饲喂，戒备森严，无王家特许，根本接近不了。

经过那片苜蓿田时，食草的马儿受惊，跑动起来，朱安世的目光一下子被跑在前面的黑马吸引住了。那马的头颈明显高出一头，肌肉强健，四腿颀长，黑鬃猎猎，缎子般的肌肤散发着黝黝的光亮。朱安世曾见到过上林御马苑饲养的天马，第一眼他就肯定了这是匹汗血马，真是得来全不费功夫。正待勒转马头，追踪那匹黑马，草丛中却猛然跳出个高鼻深目、面相英俊的年轻人，边厉声呵斥，边张弓瞄向他。

靡生凑到朱安世耳旁低声道：“他说让咱们退回去，不然就会要咱们的命……”

朱安世边摆手示意，要众人退后，边向那人做出副笑脸，“靡生，要他别误会，我们是来同他谈生意的。”

年轻人的神色略见缓和，呼哨一声，跑散的马匹聚拢过来，他用手指指远处的茅舍，示意他们过去谈。朱安世斜睨着那匹黑马，凭借多年练就的眼风，他一眼就可以看出，这是匹六岁口的儿马。在大宛半载，这是最令他心动的马，他一定要搞到手。

茅屋数椽，被一道篱笆围着，一只狗迎出来狂吠不止，年轻人边呵斥，边高声喊着什么，边摆头示意他们进去，手中的弓箭仍瞄着他们。

“他在招呼谁？”朱安世跳下马，低声问道。

靡生道：“在招呼他父亲，胡语管父亲叫阿塔。”

一个老者走出茅屋，听儿子说明了这些人的来意，笑逐颜开，很高兴地向他们行礼致意，朱安世亦揖手向前，大大地唱了个肥喏。

听到来客想要买那匹黑马，老者的目光顿生警惕之色，连连摇头摆手。靡生传译道："家长称那马乃心爱之物，不卖，要咱们另选。"

朱安世微笑道："大宛胡都是天生的买卖人，只要钱给到了，没什么不可以卖的。你告诉他，我就喜欢上了那匹马，价钱可以随他。"

老者听了靡生所言，意态踌躇，看样子有些动心。朱安世索性走到老者身旁，直接用肩膀触碰了那老者的肩头，这是边塞关市买卖马匹与牲畜时，牙人①或交易双方通用的动作，示意一对一地私下议价，即便彼此语言不通，也能顺利交易。

老者会意，向他点了点头，二人袖筒对袖筒，只手相接，以手语议价。你来我往一番之后，在千金上下成交，朱安世大喜，自马背上卸下一驮包裹，打开来看，里面是满满的五铢钱。

老者则大摇其头，从怀中摸出一枚钱币，丢给他，示意只接受这个。金币颇重，一面是王的头像，另一面铸有番文，朱安世掂量着这枚金币，货主拒收五铢，行囊中所余的瓜子金不足百金，身处异国，头寸无从挹注，一时间真难住了他。

老汉频频回首，朱安世随着他的目光看去，一个妇人的身影在门后一闪而过，应该是老汉的妻子。朱安世猛然间有了主意，他要靡生转告老汉，马买不成，苜蓿种子总买得成，买卖不成仁义在，他诚心交他这个朋友。他走到张次公的坐骑旁，解开马鞍上的褡裢，貌似不经意地取出一提茶砖，却不慎将一块彩帛带出，眼看彩帛掉落于地，张次公惊呼了一声，飞步上前拾起，抖落沾染上的灰土，原来是一方蜀锦，展开后的蜀锦上飞云流彩，五色斑斓，在晴空下熠熠生辉。

这是当年与刘陵她们在广州经商时收进的，蜀锦上绣有吉语"王侯合婚千秋万代宜子孙"，蜀锦以染色后的蚕丝织就，既轻且薄，展开五尺，收拢仅一握。刘陵极为喜爱，总是带在身边。泰山行刺前夜，刘陵以此锦相赠，

---

① 牙人，古代交易时撮合双方的中间人，即今日之中介。

说是感谢他这么多年一直守在身边，不离不弃，此番若大难不死，一定会托付终身，这条蜀锦就是信物……

"赛里①，赛里……"门内的女人猛地跑出来，边呼喊，边抓过蜀锦，细细端详，轻轻摩挲着，爱不释手。老者与那年轻人也凑上前，啧啧称叹。张次公欲取回蜀锦，被朱安世拦住。他拉靡生走到妇人近旁，收回蜀锦，折叠成团，轻轻握在掌中，笑道："你所说的'赛里'就是汉地的蜀锦。"

"蜀锦？蜀锦……就是赛里？"妇人似懂非懂，重复着。

"对，就是赛里。"朱安世伸出拇指与食指，比量着蚕茧的样子。"一只茧，缫出来的丝，一根有几十里长，练染成束后上机，一个熟练的织工，一日之内也只能织出这么一小片，所以有寸锦寸金的说法，很宝贵的……"朱安世掏出一枚五铢钱，边比画着，边做出要将蜀锦放回褡裢内的样子。

那妇人满脸的不舍，略作沉吟道："这件赛里……不，蜀锦，我想买下，客官开个价……我们好商量。"

听到靡生的传译，朱安世、张次公皆大摇其头，"夫人，此物乃我这位兄弟的爱物，正像那匹黑马是贵夫君的爱物，都是不卖的。"

妇人瞪了那老者一眼，示意他说话，老者面带畏葸，显然他妻子才真正是当家的。犹豫再三后，老者期期艾艾道："既……既然如此，莫不如……做……做个交换，赛里留下，那匹黑马，你们可以牵走。"

张次公刚欲开口回绝，朱安世一把扣住了他的手腕，轻声道："兄弟，你要成全朱叔，别枉费了大伙儿这半载的心血！"

朱安世手上加了力，张次公感受到了腕部的疼痛，眉头微蹙道："可这是阿陵留给我唯一的信物，我断不能对不起她……"

"阿陵墓木已拱，孤魂野鬼，漂泊异乡，你若真想对得起她，要做的是找到其骨殖，回淮南她阿爹处安葬，而不是作小儿女态，整日守着块织锦怀旧。你成就了朱叔，朱叔答应你，回到关中，一定帮你把阿陵魂归故里这件事情

---

① 赛里，希腊文丝绸（ Sere ）之译音，希腊、罗马因中国产蚕丝，故以丝国相称为: 赛里斯（ 丝绸之国 ）。

办妥！"

张次公勉强点了点头，朱安世大喜，可脸上仍是副很为难的样子。他望了眼老者，走到妇人面前，问道："敢问是真的要换吗？我那位朋友很宝贝他的赛里的，并无意交换，若主人家不愿，我们不勉强的。"

大宛的风俗，家中女人主贵，买卖上的事，非经女主人点头，丈夫根本做不了主。与大宛人打交道半载，朱安世于此了然于心，故作姿态，为的是把这笔买卖砸实。

妇人将丈夫召唤到身边，与之耳语了一阵，老者满脸无奈，看得出不很情愿，可还是点头连连，答应下了这笔交易。朱安世以茶砖一提作为礼物，又从老汉处买下数十斤苜蓿种。交易既成，皆大欢喜，妇人端出酒肉待客，觥筹交错之际，朱安世问那老者：

"那匹黑马是贵国所产之汗血马吧？"

老者颔首，"不错，是汗血马。"

"都传汗血马产自大宛，可吾等游历半载，大的马市都曾去过，却没能一睹真容，后来才知道国王禁售此马，何以贵处独有？"

老者捋髯笑道："纯种汗血马自来就不多，举国算之，不过数百匹，若放开交易，早就没有了，所以国王不准许交易，专门安排地方放养，秘不示人。你们在马市上见到的，大都是乌苏马，最好的也不过是杂交马，根本没有血统纯的。至于我这匹……"

老者酒意渐浓，两颊酡红，乜斜着眼睛笑道："我就是御苑马监的牧人。几年前，御苑一匹牝马早产，生下的驹子先天不足，都以为活不了，打算扔掉，我捡了它回家，用羊奶喂它，细心呵护，让它缓了过来，后来愈长愈壮，用它与普通的牝马交配，生下的后代也很强健。我年岁渐长，就辞了工，回乡饲马为生。我不想卖，因为它是我生财的本钱，可老婆子爱上那赛里，没办法，只能割爱喽。"

樊无忌道："以老丈所言，那汗血马，即便肯出再大的价钱，国王也不肯卖啰？"

老者醉眼蒙眬，酒兴一来，很是健谈，连连摇头道："最多整些混血的杂种糊弄外人一下，纯汗血马，你见都别想见。咱家这匹，你们走时也莫带过京城，否则被人看到，举报到王那里，麻烦就大了。"

朱安世心里一紧，问道："敢问吾等该走哪条路？还望老丈指示。"

"由我家径直向东，经过一个名为郁成的属国，就是通往赤谷城^①与龟兹的大路，也就是你们汉人说的东西道，循河而行，可以一直通到楼兰，都传说那里的仗已经打完了，如此，路上想必也安逸太平了。"

酒阑人散，朱安世决定明日一早离开。他命靡生与樊无忌赶回贵山城，靡生留下主持货栈，樊无忌则须雇佣伙计押运驼队上路，他则与张次公携汗血马先行，约定在赤谷城会合，走东西道返国。

几乎就在这同时，甘泉宫内，刘彻正与丞相石庆、御史大夫兒宽讨论卫青薨后的人事。

"卫青这些年虽一直卧病，终究有大功于国，可与骠骑将军比肩。朕欲同等加恩于卫氏，其山陵与霍去病相对，皆陪葬于茂陵，封土可堆若庐山，以军阵出殡，其长平侯爵位由长子卫伉承袭。二位以为如何？"

石庆、兒宽皆敛容揖手称诺。

刘彻自得知卫青病故后，心情多日来一直沉重。当下正值汉胡交恶，自己酝酿中的打通西域，深入漠北，以攻为守的战略即将施行之际，而手中可用的人才，寥寥可数，这令他头痛，也是念念于心的大事。

元光至元狩之际，文臣武将济济一堂，而国运亦蒸蒸日上，那几乎是他抱负最得施展，也最为意气风发的年代。曾几何时，老成宿望，凋零殆尽，元封三年，汲黯卒于淮阳任上，二年后，卫青病逝，而据司马迁报告，董仲舒亦已沉疴在床，势将不起。

日月如梭，自己也已岁当知命，而当年追随在身旁的青年人，也大都年逾不惑，朝气不再。时不我待，是时候起用新的人才了，坐等各郡国的贡献，缓不济急，刘彻决意不循常规，直接于全国张榜征召，不拘资质，凡自负才学武勇者，皆可随时伏阙自荐，由朝廷量才使用。

---

① 赤谷城，西域古国乌孙的国都。

他屏息凝神，构思着诏书的用词，自己要做大事，实现雪耻匈奴的夙愿，将这个老对头打服，需要的是勇于任事，敢于深入敌后作战，或出使绝国而不辱使命的人，而郡县多年来，往往拘守成宪，求全责备，于荐选人才不求有功，但求无过，推送上来的多是些磨去棱角的庸才。一念至此，刘彻有了定见，他饱蘸浓墨，在案头铺就的一方素帛上奋笔疾书，文不加点，一气呵成了这道《求人才诏》：

盖有非常之功，必待非常之人。故马或奔踶①而至千里，士或有负俗之累而立功名。夫泛驾之马，跅弛②之士，亦在御之而已。其令州郡察吏，民有茂才、异等可为将、相及使绝国者。

展读过这方诏旨，石庆、儿宽瞠目相视，不知说什么好。良久，方揖手称诺，将诏书交与长史，命分头缮写后发布到各郡国县邑。

退朝后，刘彻站起身，吩咐预备起驾，去长乐宫皇后处吊唁慰问，却见郭彤匆匆赶上殿来，满头是汗，一脸喜色，显然是有要事奏报。

"陛下大喜了，李夫人又有了身孕，御医说又是位皇子！"

"哦，怎么回事？"刘彻错愕。昨晚掖庭游宴时，李嫣还与之共舞，尽极而欢，没有一点不适的样子。

"夫人午前于御苑中散步，忽觉不适，旋即上吐下泻。老奴等即送夫人回宫，传御医看视，把脉后，吴太医称左脉稳而有力，如盘走珠，是有子之象。至于吐泻不适，乃妊娠常态，不足为虑，好好将养一时即可。"

汩汩暖流充溢于刘彻胸中，心爱的女人又怀上了自己的儿子，幸何如之。他长吁了一口气，吩咐道：

"要苏文代朕赴长乐宫吊唁，传命霍光，改乘肩舆去掖庭殿。"

---

① 奔踶，踶音第，形容马匹野性不驯的样子。

② 泛驾，不驯顺；跅弛，落拓不羁。

十一

得知皇帝欲亲临吊唁，卫子夫就心似悬旌，片刻难安。除去每年例行的朝会，她已多年没能与皇帝面对面了，早年夫妻间的情好无间，只是些梦中褪了色的碎片。她心里系念的，只剩下儿女与家族的荣辱安危。卫青之死，使卫氏失去了朝中的顶梁柱，她虽然还是皇后，儿子虽然还是太子，可心中的隐忧非但没有减轻，反而愈来愈重。难得有与皇帝聚首的机会，她将儿女们召集到一起，期望能以亲情化解夫君的疏离，维系太子的地位不坠。

卫子夫为刘彻育有三女一子。长女当利公主，先与平阳侯家结了门姑舅亲，嫁给了平阳公主的养子曹襄，曹襄早死，新寡不久的她又被皇帝指婚下嫁于乐通侯栾大，夫妻间倒是情好无间，不想次年栾大就因欺罔被腰斩于东市。当利公主蒙此羞辱，郁郁寡欢，拒绝再嫁，常住长信宫陪伴母后。次女诸邑公主、三女阳石公主，都下嫁给了列侯，其中阳石公主年仅廿八，也是新寡，没有儿女，独居于侯府。儿子刘据，七岁时被立为太子，眼下已经满二十五岁了。

被立为太子的十八年中，刘据的地位一度遭遇严重威胁。先是齐王刘闳，是宠冠后宫的王夫人之子，好在王夫人命短，刘闳亦早殇。卫子夫刚松口气，却不料又来了个李嫣，宠擅专房，比王夫人有过之而无不及。皇帝爱屋及乌，李夫人之子刘髆亦备受宠爱，随着他一年年长大，迟早会威胁到据儿的储位。她曾极为努力地笼络过李嫣，可那女人承欢侍宴，刻无暇暑，竟再也没有来长乐宫请过安。李嫣显然代她传了话，皇帝由此处死了常融，可更可怕的事情接踵而来，所忠忽然不明不白地死了，她不单失去了未央宫的消息来源，在皇帝身边也再没有靠己的人了。

刘据身为太子，在正式的朝会上，可以见到皇帝。但军国大政，往往只有丞相和相关大臣参与，刘据得到的大都是事后的消息，可无论如何，他是卫子夫现在主要的消息来源。

"据儿，最近去朝会了吗？你父皇对你二舅的过世，说过些甚？"

刘据摇摇头道："这一向没去朝会，儿臣每日都在博望苑随师傅读书。"他极不愿去朝会，得推就推，尤其在江充自关东返朝，被父皇拔擢为水衡都尉，主管上林三官①后。对这个人，刘据有种生理上的厌恶，每每朝会时，总觉得他那双眼睛时时窥视着自己，令他如芒刺在背。

这孩子二十大几了还这么幼稚，卫子夫叹了口气道："儿啊，莫把朝会不当事儿，朝廷上不知有多少颗脑袋在打咱们母子的主意。你大舅二舅都殁了，朝廷上没有了帮咱们主事儿的人，你再不常去，咱们岂不是成了聋子、瞎子，一点儿消息也得不着了吗？"

"不是还有大姨夫、二姨夫②吗？"

"你大姨夫身兼着将军，时常要外出巡视边塞、马苑；你二姨父主管太子宫事，不奉召见不到皇帝。所忠一死，咱卫家在皇帝身边再没有靠己的人了。就一个你，还总不在跟前，时日一久，父子间不是越来越生分了吗！生分了就会有隔阂，有隔阂那些个小人就会使坏，让你做不成太子……"

刘据凛然，叹息道："这些人都是父皇信用之人，我就是在朝，也奈何不得他们。"

"错！你在朝，他们就没办法当你的面进谗，就不敢肆无忌惮。你是储君，是未来的皇帝，你站在朝堂之上，这件事本身对他们就是个莫大的威慑。"

刘据猛然间想起了几日前的一件事。散朝后，他走出前殿时，江充从后面赶上来，恭恭敬敬地向他行礼，明显是示好，却碰了一鼻子灰。刘据赧颜颔首道："母后说的是。那个江充，当年那么张狂的家伙，也会向儿臣示好呢。"

_____

①上林三官，即钟官、技巧、辨铜三官署，元鼎四年由武帝设立，主持铸币，因设于上林苑内，故有是称。

②指卫子夫的大姊卫君孺之夫公孙贺，时任太仆，和二姊卫少儿之夫陈掌，时任詹事。

卫子夫一怔，"江充？当年扣押太子宫车马驭手，不肯通融，还在皇帝面前告你刁状的那个？"

"嗯，就是他。"

"哦，你怎么说？"

"我说江大人，何前倨而后恭？你的礼，我受不起。"

卫子夫皱起了眉头，"唉，这么大的事儿你也不告诉娘一声，心可真大！据儿你错了，这种小人，虚以委蛇可矣，得罪了，后患无穷的。他怎么说？"

"他赔着笑脸，解释说皇帝派给他的活儿，他不敢不尽职，得罪之处，望本宫宽谅这类的废话……"

"你呢？"

"儿臣自是扬长而去，把这恶人晾在那里发愣。"

卫子夫长吁了口气，叹息道："这回，这个梁子结得更深了，怕是再难以解开了。"

"解不开有甚怕的？他现在已经不再是绣衣直指，改任了水衡都尉①，在上林督造五铢，翻不起甚大浪了。"

"水衡都尉秩比二千石，他升官了，说明他仍得皇帝信任，还有机会进谗使坏。你是储君，这种小人知道你还记恨着他，会怎么做，你想不到吗？"

刘据不以为然，负气道："他会怎样？他又能怎样！"

"他会想尽一切办法，抓住一切机会在你父皇面前中伤你，搞掉你，因为你登上皇位那一日，就意味着他的死期到了。"儿子太无城府，好恶都摆在脸上，会吃大亏的。感叹于儿子的天真，卫子夫的语气也加重了。

"娘，干甚这样说阿据？阿据是嫡长子，与咱们、父皇都是一家子，疏不间亲，阿爹胳膊肘能向外拐？那些小人有何能为！"阳石公主不知何时走到近前，她与刘据都披着细麻衣丧服，作为卫青之甥，要服缌麻②之期。卫子

---

① 水衡都尉，西汉官名，秩比二千石，执掌上林苑等皇家园林与货币铸造。

② 缌麻，古代丧服第五等，也是最低的一等，外甥为舅舅所服三个月的丧期，穿细麻织就的丧服，是为缌麻。

夫与卫青为兄妹，要服大功①之期。

卫子夫瞪了阳石一眼，斥道："你知道甚？"又看定刘据道，"虚静以自持，卑弱以自守，你二舅生前叮嘱你的话，这么快就丢到脑后去了？"

刘据默然，好一会儿才揖手道："母后教训的是，儿臣知错了。"

长御倚华面色苍白，气喘咻咻地从殿外赶来，"殿下，未央宫那边来人了，已经到宫门了。"

"皇帝过来了？"

倚华摇了摇头，"不是皇帝，是新晋的黄门令苏文。"

卫子夫心中一沉，不再说什么，带着儿女们一起到长信殿的宫门迎候，当看到苏文时，她率先跪倒，太子、公主与随侍的宫人呼啦啦跪倒一片。

苏文四十出头，身材瘦削，长着张马脸，两目狭长，炯炯有神。他入宫二十多年，靠着伶俐勤勉，由小黄门升至黄门令，颇得刘彻的信任。看到跪在身前的皇后与太子，他微微一笑，很有些解恨的感觉，这就是皇权的威力，身份贵重如此的人物也得在他这个阉人面前跪倒。他的恨出自常融的被杀，常融是他的同乡，也是由他选入宫的，行前苏文曾向其父母夸下海口，会为他们的儿子谋一份富贵。不想皇后告了常融一状，竟要了他的命。

奉天承运，皇帝诏曰：大司马、大将军卫青有大功于国，柱石之臣，遽尔薨逝，朕甚悲焉。着赐卫青谥号为烈，陪葬茂陵，堆封土若庐山，与霍去病对等。其长平侯爵位由长子卫伉承继，以副国家顾念功臣之意。钦此。

待众人谢恩完毕，苏文又到卫青的灵位前代皇帝上了炷香，正待离去时，卫子夫问道："苏公公，皇上不来了吗？"

苏文俯身揖手，态度上谦恭了许多，赔笑道："皇上有要紧事，今儿个过不来了，所以派下官代为吊唁。"

---

① 大功，古代丧制五服之第三等，女子为兄弟之丧服丧九个月，穿戴熟麻布织就的丧服，是为大功。

"甚要紧事？"

苏文似充耳不闻，俯首道："在下皇命在身，还要前往大将军府上吊唁，不敢耽搁，望殿下宽谅……"

卫子夫眼中一亮，问道："卫伉回来了？"卫青逝后，嫡长子卫伉适在塞北公干，家中无人主丧，所以卫子夫才在长信殿设立了祭堂。苏文欲去卫府致祭，显然是卫家有了丧主①。

苏文点点头道："听说是今日一早赶回来的。"言毕转身，快步离去。走到殿门时，却猛然转过身，望着卫子夫、刘据等，冷然道："我还是实话告诉了殿下吧。掖庭殿李夫人有喜，皇上等不及要过去探视，不会过来了！"

卫子夫一阵眩晕，几乎倒下去，被随侍的宫人们扶住，由刘据与公主们簇拥着回到寝宫。躺倒在卧榻上，卫子夫方长吁了口气，叹道："儿啊，汝等今后要戒慎恐惧，小心做人，我们难过的日子还长呢！"

"母亲哪里不适，要不要传太医？"刘据道，焦虑之情溢于言表。他自小依赖母亲，母亲就是他的主心骨，他不敢想没有了母后，自己会怎么样。

卫子夫摆了摆手，示意侍从的宫女们退下，又招呼儿女们过来，用手指了指胸口，苦笑道："是心里难受，不碍的。你们都坐过来，我有话说。"

听到父皇去探视李夫人，母后几乎晕厥，阳石不解，问道："那个李嫣怀了个孩子有甚大不了？母后为甚焦虑，以至于此？"

卫子夫坐起身，将靠枕倚在身后，凝视着儿女们，良久方道："你们都大了，也都懂事了，这里面的事情，为娘的该向你们交代了。"

"你们的曾祖父孝文皇帝，晚年宠爱一个姓慎的女人，出则同辇，入则同卧，除去上朝，和那女人几乎是形影不离。当时的皇后，也就是你们的祖奶奶太皇太后，是孝文皇帝的发妻，面对这种事情，也无可奈何，毕竟男人都喜新厌旧，那女人年轻许多，又擅长歌舞，有魅惑人的本事。后来，孝文皇帝和那女人生了个儿子，老来得子，爱屋及乌，宠爱得不得了，把最富最强的诸侯国——梁封给了他。还派朝内学问最好的贾谊做他的师傅，摆明了

---

① 丧主，古代人家主持丧事的人，一般为嫡长子。

就是要加意培养这个小儿子……"

刘据曾风闻过此事，但内情不详，阳石等则闻所未闻，但也明白了母亲的意思。"娘的意思是，那李嫣和她儿子，就如那慎姓女人那般，要夺走父皇的宠爱吗？"

卫子夫点点头，叹息道："她已经夺去了你父皇的宠爱，咱家眼下的处境，与当年窦太后母子一模一样。为了不惹怒皇帝，窦太后时时处处谦让慎夫人，尽管她身为皇后，是加过冕的正妻，那慎夫人不过是个小妾，她却忍字当头，对姓慎的礼敬如宾。窦太后母子这一忍就是十几年，可说是如临深渊，如履薄冰，战战兢兢，戒慎恐惧，不给对头抓到一丝把柄，直至梁怀王坠马身死，慎夫人也伤悼而亡，这压在他们头上的噩梦才散去。"

"今日的李嫣也是如此，歌舞俱精，年轻貌美，号称倾城倾国之色，比那慎夫人更高出一筹。她也给你父皇生了儿子，备受你父皇的宠爱，好在她儿子年岁尚幼，可他长大后呢？仍不免是储位的觊觎者，只要你父皇动了念头，没人挡得住他改立太子。一旦如此，我们就完了。所以为娘的要你们戒慎恐惧，小心做人，切不可骄奢淫逸，被对头们抓到短处，告讦到你父皇那里，使他动了易储之心……"

阳石涨红了脸，不等卫子夫话讲完，抢白道："那要忍到甚时候？那女人若有心扶她儿子做太子，怎知道她不会编排咱们，造谣生事？难不成我们就束手待毙吗？！"

"窦太后母子隐忍了十几年，天公保佑，笑到最后的是他们。兴废在你父皇一念之间，我们只能冀望于他会以大局为重，不会为了个人的好恶易储，动摇国本。再就是我们要像你们祖奶奶那般隐忍，挨过这段艰难岁月。"

诸邑公主道："阳石说的对。刚才那苏文就是个阴损坏的小人，说话时一副幸灾乐祸的样子，父皇身边净是这种小人，就算忍，谁能保证这些家伙不坏咱们？"

卫子夫蹙额道："不许这样说你们父皇。你们父皇天纵英明，小人的伎俩骗不到他。常融潜毁阿据，被你们父皇诛杀，就是为了警告这些个小人，这以后他们收敛了许多。娘担心的是你们，哪个不知戒慎，闯出祸来授人以柄，汉法无情，别以为皇子公主就可以例外，到时候娘也救不下你们。"

卫伉既已赶回来奔丧，卫子夫要刘据代她前往卫府致祭。刘据出得长信殿，正欲登车起行，阳石却追了出来，要跟着一起前去，刘据无奈，只得带上她。

两人默坐在安车中，一路无语，待要拐入戚里时，阳石捅了捅刘据的臂肘，指着车御，低声道："阿据，你的人靠己吗？"

刘据点点头，"当然，我自小就坐他的车，老把式，稳当着呢，你问这作甚？"

"靠己就好。阿据，我觉着像窦太后那样隐忍不是个事儿，就算咱们忍辱吞声，万一父皇变卦，还不是白费！你说呢？"

"不隐忍咋办？就先熬着呗。终究那女人也会老，不可能受宠一辈子，走一步看一步吧。"

"扬汤止沸，不如釜底抽薪？咱们与其这么忍着，何不先发制人！"

刘据斜睨着阳石，为她的大胆吃惊，摇摇头道："说得容易，那女人集万千宠爱于一身，势焰熏灼，吾等避之唯恐不及，你还敢去惹她！"

"那贱人在明处，我们在暗处，可以出其不意，总有办法让她倒霉的……"

刘据矍然，"你……你不是想要行巫蛊厌胜①之术吧？"

"嗯。我听诸邑说过，楚地有个叫李女须的女巫法术极灵验，可以坏人性命于无形之间，我们干吗不找她来试试？"

刘据怒容满面，低声呵斥道："住口！父皇最忌讳巫蛊，之前的皇后就是因为厌胜母后而被废黜，你竟还想重蹈覆辙？你不惜命，可母后与本宫也会因你牵连受死，你想这样吗！"

阳石赧然，"当然不。我是气不过那贱女人，想帮你们，随口一说，阿据你莫当真。"

"我身为太子，行得端，坐得正，小人能奈吾何！母后要我隐忍，我就隐忍。三姊，以后这种大逆无道的事情想都不能想，提也不要提，祸从口出，若被人听了去告变，吾等死无葬身之地矣！"

说话间，安车已到了卫府门前，通报间，但见卫伉兄弟三人身披粗麻衣服迎了出来，身后跟着一位身着素衣、高鼻深目、面相英俊的少年公子，尤

---

① 巫蛊，以巫术控制人；厌胜，以诅咒加害仇敌。

其令人瞩目。

　　"阿据，后面那人看着好眼熟，你认识吗？"阳石问。

　　"你不记得了吗？他是大姨的独子公孙敬声啊。"

十二

七月的长安，炎热依旧。位于戚里的隆虑侯府中，正在大张酒宴，席上珍馐美味、水陆杂陈，一位老妇人指挥着家僮上菜斟酒，席前十数乐伎鼓瑟吹笙，一队舞姬翩翩起舞，为酒宴助兴。

"师傅一路辛苦，弟子这杯酒，权当接风了。"昭平君陈珏满面笑容，双手举杯，恭恭敬敬奉于客人面前。继承家业后，无所事事的富家翁生活他已过了十年，心宽体胖，原本轮廓分明的脸变圆了，下颌的肥肉也叠成了双下巴。

那妇人偏过脸，注视着东向而坐的主客，移动了几步，极力想听清楚主客间的对话。

客人是朱安世一行，他们夏初回到长安。果如所料，西域葡萄酒备受豪门喜爱，大发利市，不过半月便已售罄。所得不仅足以将弟子们的本利还清，还颇有结余。陈珏本就富有，但这么一大笔钱还是令他喜出望外。

朱安世也注意到那妇人，目光相接之际，那妇人似意有所动，掉头而去。"陈公子，这妇人眼生，是府上甚人？"

"她吗？"陈珏瞟了那女人的背影一眼，漫言道，"婼① 娘，夷安的傅母② ，兼做管家，提点酒食宴席很有一套。"

---

① 婼，音妥，美好。

② 傅母，古代哺育贵族子女的保姆。

"以后莫在人前称我师傅，叫我朱先生就好。"陈珏的妻子夷安公主既回到侯府，朱安世担心人多嘴杂，泄露了行藏。

他接过酒杯，一饮而尽，照照杯，笑道："谢谢公子。公孙公子为甚还不到？"

陈珏呵呵一声，欣羡之色溢于言表，"敬声这二年是皇帝跟前的红人了，最近又升了太仆丞，主管御用车马与天子出行，忙得很。咱们慢慢饮着，他知道师傅——不，先生——来，这个饭局他笃定不会错过的。"

朱安世会意地笑笑，又抿了一口酒。他其实早已拜会过公孙贺父子，并以那匹大宛的汗血马相赠，并告知了此马在大宛的秘密饲喂之处。公孙贺大喜，皇室马苑中饲养的多是张骞带回来的乌孙马，现已老迈，皇帝已几次要他设法尽快搞到纯汗血马，但马在迢迢万里之外，不得要领，谈何容易。有了这匹马和所在消息，他交得了差了。今日就是公孙贺父子进宫献马的日子，朱安世盼着的，就是皇帝下一步会怎么做。

陈珏忽然想起了什么，直视着朱安世，笑道："先生可知道修成子仲的下落吗？"

朱安世心中一紧，但声色依旧，反问道："金仲？他现在如何？毕竟师徒一场，他现在还好吗？"

"元鼎五年以后他就下落不明，修成君闹到朝廷里，皇帝责成王温舒查找，折腾了半年多，还是生不见人，死不见尸，后来他娘郁郁而终，没人催办，案子一直拖着。我听敬声说，最后一次见到他，是与先生在河洛酒家的饭局上，之后就再无消息，先生可知道他的下落吗？"

朱安世目光茫然，摇摇头道："河洛酒家？有这事？我怎不记得……"

他顿生警惕，公孙敬声口风不紧，会坏大事。好在事过多年，那恶少早已化为一具枯骨，官家找不到人，这案子就成了无头案。但陈家作为藏身处已不再安全了，以后要少来了。

"先生人脉广，在江湖上就没听到甚风声吗？"

朱安世大摇其头，两手一摊道："吾等这几年一直在边塞、西域游走经商，金仲失踪的事情竟是闻所未闻。"

陈珏失望地叹了口气，他与金仲一对纨绔，自小玩到大，猛然间没了伴，还真有种物伤其类的感觉。

朱安世抿了口酒，漫不经意地问道："王温舒怎样，还在做中尉吗？"

"他现在是右内史①，兼着中尉府的差事，他是个明白人，轻易不再难为贵戚豪门。"

"那个稽查道路，害得你们不敢上街的江充呢？"

"那个恶人后来被派到关东做绣衣直指，杀人如麻，眼下被用为水衡都尉，在上林督造五铢。没有了他，京师安生了不少。"

正说话间，家人来报公孙大人到，只见公孙敬声满脸喜色，大喇喇地走入中厅。见到朱安世，他揖揖手，兴奋地坐到他身旁，掀髯笑道：

"朱先生，好消息。皇帝见到那匹汗血马，欢喜不置，已决意派专使出使大宛购买汗血马了。"

"哦？派何人出使？"

"车令，最近自荐上来的，人孔武有力，勇于任事……"

"他带多少人去？"

"二三百人吧。"

朱安世摇摇头，蹙额道："大宛号称西域大国，胜兵五六万，去这么点人，怕不足以迫其售马。"

公孙敬声道："我也是这么说的。无奈那些个大行的官员，都说西域国小兵少，不足为虑，又举赵破奴以数百人攻破楼兰事，说眼下西域各国震恐，没有敢与大汉作对的。皇帝心动了，说汉家是去交易，带足钱就是了，徒发大军，反会招致与国的反感。"

朱安世嘿然不语。大宛王视汗血马为国宝，绝不是有钱就能买到的，前往大宛的商队、使节络绎于途，却从没有人带回来过汗血马，原因即在于此。他所以献马，是他知道非以军事胁迫，大宛绝不会甘心交易宝马，这不是单纯的买与卖问题，而是国家意志的较量。可皇帝想当然，他也不妨坐看官家能否蹚出一条路子。

---

① 右内史，即京兆尹，汉代关中三辅之一，主管长安城的治安，秩二千石。

一念至此，朱安世转移了话题，他斟满一杯酒递给公孙敬声，问道："皇上没问到这匹马的来历吗？"

"当然问过。我按先生的话说买自胡商，皇上又想要传见胡商，询问大宛细况，我说胡商已经离开长安，可汗血马的所在已被我打探到，是集中放养在大宛的贰师城。我与我爹大费口舌，总算是敷衍过去了。"

"好，敷衍得好，我与你再饮一杯。"朱安世笑道，又为公孙敬声斟满了酒杯。

酒过数巡，陈珏使了个眼色，公孙敬声放下酒杯，笑眯眯地望着朱安世，问道："敢问先生，西域的商路既通，马匹生意必将大兴，先生何不搭上车令，一道前去，一起做成这桩大买卖？"

"大买卖？"朱安世摇摇头，好整以暇地吃了口菜，笑道，"这趟朝廷派人过去，汗血马买不买得成，还不好说。他们若顺顺当当把马买了回来，我自会跟进。"

"怎么，又不是要大宛白送，车令此番挟重货前往，皇帝还特以一匹纯金铸马赠与大宛王，只要价钱好，大宛为甚不做？"

"汗血马被大宛王视为国宝，价钱好也未必卖，况且大宛王不差钱。你知道我那匹是怎么搞到的吗？"

"怎么搞到的？"公孙敬声、陈珏好奇地望着朱安世。

"以蜀锦换的。"

"蜀锦？成都产的蜀锦？"

朱安世肯定地点了点头。"我出价百金，这马的主人根本不屑，可他婆娘稀罕蜀锦，以爱物换爱物，这才能搞到一匹汗血马。"

公孙敬声恍然，连声道："哦，那倒是要提醒车令，要他到少府多提些蜀锦带去了……"

"不可。"

"为甚？"

"此乃吾人独得之秘，岂可便宜他人！老夫最近要陪朋友赴关东一行，之后南下江汉，赴成都求购蜀锦。若风声传出去，必有众多商贾跟风，蜀锦必大涨，我们这碗独食还吃得上吗？"

他扫了眼众人，神色肃然：

"再说，马主人稀罕的，大宛王未必。吾等少安毋躁，看看无大军胁迫，车令能否成功买回汗血马，再动不迟。"

众人皆恍然称诺。

又过数巡，与宴者脸上都有了酒意。公孙敬声附在朱安世耳边，悄声道："我有一事，拜托先生。"

"甚事？说。"

"先生赴蜀地，江汉乃必经之地，敬声想托先生代为寻访一个人……"

"甚人？"

"是个女子，名叫李女须。"

"公子开玩笑，以江汉之大，茫茫人海中，哪里去找这么个女子！"

"这女人在那一带名声很响，先生江湖上人脉极广，不难打听得到。若能找到，请将这五十金交与她，就说有贵人邀她赴长安一游，这些是用来做盘缠的。"

"贵人？这女子是甚人，尔等请她来长安作甚？不讲明白，我是不会为你办这件事情的。"

"这……先生可能承诺此事绝不外泄？"

"笑话，江湖上一诺千金，我朱安世甚时对不起过朋友！信得过你就说，信不过就当没有过这事。"

公孙敬声嗫嚅再三，方才期期艾艾地说道："这女子……这女子是个巫师，邀她进京的……是卫家的公主，新死了夫婿，找女巫是为了接引亡灵。我知道的也就这么多。"

卫家的公主，有三位，当利、阳石与诸邑，作为皇室公主，接引亡灵完全可以召用太常①寺的巫师，舍近求远，必有不可告人的目的，很可能事关宫里女人间的争斗，当年的陈皇后就是因此被废黜。朱安世对宫斗没有兴趣，但皇后、太子皆出自卫家，卫氏多年来贵极人臣，炙手可热，在朝廷是一等

---

① 太常，秦汉九卿之一，其下属有太卜，管理宫内的巫师。

一的权门势要，帮了这个忙，卫家就欠了他一个人情，将来总有用得上的时候。朱安世略作思忖后，领首道：

"好的，我会帮你找到这个人的。"

公孙敬声见朱安世答应下来，喜不自胜，双手拊膝道："谢师……先生，我这个表妹非要我帮这个忙，我官事在身，哪里脱得开身，有先生帮忙，我可以交差了，容后图报。"

朱安世斜睨了他一眼，笑笑道："不过是个顺水人情，公子言重了。"

陈珏道："先生打算从蜀中回来，再赴西域吗？"

"那要看朝廷这趟买卖顺不顺。不顺，必会动干戈，我们生意人，犯不上冒这个险。顺，就开了条财路，那当然要跟进。"

陈珏闻言，兴奋得两眼放光，笑道："先生要做的话，别落下我们，如今不比从前了，家业我自个儿管着，敬声也是太仆寺的要员，可用来挹注的财源甚多，如今再做大生意，本钱不用愁了。"

"哦，那当然好。二位放心，但凡有大生意，我是不会忘记公子们的。"

公孙敬声与陈珏大喜，添酒举杯，邀朱安世共饮为贺。朱安世将空杯斟满，正待举杯，猛然觉出身后的屏风后面窸窣有声，于是一跃而起，喝问道："何人在此偷听！"

一阵窸窣声后，屏风后面闪出来的正是那个叫婿娘的老妇人，她面不改色，一双眼睛只在朱安世身上打转，强笑道："各位谈宴甚欢，不好意思打搅，酒食菜式够了吗……"

陈珏自觉大失颜面，厌烦地挥挥手道："酒菜不足，我自会召唤，这里用不到你，下去吧！"

朱安世盯着那女人的背影，目光阴冷，"你家傅母总这个样子，偷听主人家讲话吗？"

陈珏赧然，叹息道："夷安自小由她带大，在隆虑侍奉家母时，家中一应事情，皆由傅母打理，也不拿她当作下人看待。吾娘离世后，公主带她回来长安，还是事事都要过问，碍着公主，我也不好多说什么，惯出来的毛病。"

朱安世呵呵一笑道："原来如此。'牝鸡司晨，惟家之索'，昭成公子，你要当心啰！"

他心里隐隐不安，这女人绝不会无来由地偷听，他直觉有危险迫近，于是以有事为辞告退。公孙敬声亦觉扫兴，遂一同离去。好端端一次宴饮竟尔中辍，满席残羹剩炙，杯盘狼藉，望着这一切，陈珏觉得心头的怒火在一点点聚集，他自斟自饮，一杯接一杯，很快就醉倒了。

"公子……公子！"

陈珏睡眼惺忪，勉强睁开一条缝，原来是婿娘在招呼他。

"做甚？"

"刚才离去的客人，就是你从前的师傅朱安世吧？"

"朱安世……师傅，你咋知道的？"

"王大人告诉的。"

"王大人，哪个王大人？"

"中尉府的王温舒啊……"

听到王温舒的名字，陈珏一下子清醒了过来，他盯着婿娘，连声追问道："王温舒？我怎么不知道，王温舒甚时告诉你的？"

"我们回来长安后，一次公子去隆虑料理封邑的租税，不在家时，王大人来访时说起的。"

"来访？访甚？"

"是为修成公子的事。修成子失踪后，他娘哭成了泪人，闹到宫里，皇帝敕命王大人查这个案子，咱家与修成君家是两姨亲，公子又自少与修成君交好，人家当然会来查问。"

"查找金仲，咋又会扯到朱安世身上？"

"他们查寻了大半年，一无所获，疑点都聚到了姓朱的身上。王大人说，金仲失踪前不久，曾自告奋勇要帮官府抓捕姓朱的，他推断是被姓朱的发觉，杀人灭口……"

金仲欲助官府缉拿朱安世，尽管听上去匪夷所思，但想到那次在自家的聚赌，金仲输光赌资拂袖而去时的怨毒，想到公孙敬声对他说起过最后见到金仲时师傅也在场，陈珏心里不得不承认，王温舒的推断很准，朱安世嫌疑最大。可即便如此，他又为甚帮那个自己极度厌恶的酷吏，成就他的功名呢！

当年被诱捕入狱后的情景，如噩梦般又浮现于脑海，牢狱的阴暗酷刑，王温舒的恐吓逼供，狱吏老王的淫邪笑容，每每出现于梦中，使他汗湿重衣，大叫着醒来。而朱安世则不同，他是合伙人、摇钱树，是能够以钱生钱，源源不绝地向他们输送利益的自己人。一念至此，孰去孰从，陈珏有了决断。金仲虽是两姨兄弟，可他想要出卖师傅，选择了江湖上最容不得的行为——背叛，金仲这么做，是自取死路，怪不得朱安世。

"阿珏，今日的客人是朱安世，没错吧？"

"是的。"陈珏肯定地点了点头。

"那公子还不马上去中尉府告变，抓住这凶手，为阿仲报仇？"

陈珏宿酒未醒，一阵眩晕，摇摇头道："我与他有师生之谊，没有证据肯定是他杀了阿仲，为甚告变？我不去。"

"那阿仲还是你亲两姨兄弟呢！你俩是皇亲贵胄，姓朱的不过是个江湖上的杀手，王大人说他是朝廷缉拿已久的祸害，包庇他会触犯王法，掉脑袋不算，还会拖累家人，这个道理你不明白？"

"都不声张，有谁会知道？你莫无事生非！"陈珏脑袋昏沉，但觉气血上涌，恶狠狠地瞪着婧娘。

"公子好糊涂，一至如此！你不去告变，我去，我去告诉公主去……"

"你敢！你给我站住……"情急之下，陈珏猛然跨前一步，用臂肘紧紧扣住女人的脖颈，女人大喊救命，在他怀抱里用力挣扎。陈珏的臂肘愈扣愈紧，女人发不出声音，身子一点点瘫软下来。不知过了多久，他才松开臂肘，女人颓然倒伏于他脚下……

"阿珏，你这是作甚？你杀了婧娘！"

陈珏抬眼看去，门前的夷安公主大睁着眼睛，满脸惊恐地望着他，身后站着闻声赶来同样惊恐的侍女与家僮们。

十三

　　秋天的关东，金风送爽，气候宜人。朱安世与张次公一路晓行夜宿，一个多月后，赶到了黎县①。县邑附近的乡亭、邮亭仿佛刚刚经受过一场兵燹，断木颓梁，渺无人迹。两人不得已进了城，投宿于都亭，管事的啬夫②，狐疑地扫视着他们，反复验看关传。

　　两人皆商贾打扮，朱安世问道："怎么，有甚不对头吗？"

　　"眼下关东的世道不太平，路上盗匪甚多，你们两个还能有生意做吗？"

　　"难怪一路上的亭驿破败如是。吾等去临淄③贩鬻布帛鱼盐，没办法，指着这养家糊口，世道再乱，老婆孩子也得吃饭不是？"

　　"那倒是。不过往东边去，劫道的贼寇甚多，汝等须加小心。"那啬夫摇摇头，将关传递还给他们。

　　"朗朗乾坤，盗匪就敢上路打劫，那官军是干甚吃的！"

　　"官军嘛，盗匪如毛，官军剿不胜剿……东南边的大野泽④，乃崔荏

---

　　①黎县（今山东郓城一带），西汉置，隶于东郡。

　　②秦汉时县以下低级官吏之统称，都亭设在城邑之内，乡亭、邮亭设于城外；管理亭的官员一称亭啬夫。

　　③临淄，西汉时为齐国（齐王刘闳死后无子，国除为郡）首府，是海岱一带极为富庶的大城。

　　④大野泽，又名巨鹿泽，《禹贡》所载上古九泽之一，黄河改道后，渐涸，明清时淤为平川。

之地 ①，汝等若能平安过去前头一二百里，再往东面会好点儿。"啬夫无奈地挥挥手，吩咐驿卒将二人的马匹牵去饲喂，领着二人进到客舍。

安顿停当后，啬夫虎起一张脸，告诫道："若真是遇到匪人，为保性命，交出财物，自认倒霉为是，千万别报官！"

"为甚不能报官？"

那啬夫叹了口气，摆摆手道："个中隐情，不足为外人道。你们只要记得，遭抢别报官，回去关中后别将路上的见闻到处乱说即可。我话说在这儿了，听不听在你们，到时候后悔别怨咱家。"

啬夫言毕，扬长而去，两人面面相觑，想不透这一带发生了什么。

翌日，天将破晓，两人早早动身，没有走驰道，而是抄了条近路，前行百余里，是寿良 ②，自寿良往东北，离泰山就不远了。清晨的雾气很大，十数丈以外就一片模糊，行约一个时辰后，雾气渐渐散去，路上空旷不见一人，只有嘚嘚蹄声相伴，隐约间，仿佛远处亦有蹄声相随，驻足静听，则声息全无。

两人信马由缰，又前行了数十里，沿途的乡亭，或断壁残垣，或倾圮破败，渺无人踪，与昔年光景大不相同。行至日头高照，时已近午，身上也暖和起来，远远地看到前面道旁有座乡亭，似有炊烟，于是歇脚打尖，将马儿拴在树下吃草，两人一前一后，向乡亭走去。

"二位一路辛苦，快坐下落落（音涝）汗，喝碗凉茶……"一个中年男子赔笑搭讪着，一双眼睛上下打量着来客，透着股精悍。

乡亭看上去兴建不久，华表 ③ 梁柱之木还都是白茬，一张告示雨渍斑斑，只余残帛数缕，勉强可以看出上面的字句。

……周行郡国，省察治政，陟黜能否，断理冤狱，以六条问事……

———————

① 萑苻之地，萑苻，音还福，芦苇丛生之湿地沼泽，古代多为盗贼藏匿之地，后世用以喻指盗贼、草寇。

② 寿良，即今山东寿张一带，西汉县名，隶东郡。

③ 华表，古代用于指示路径的木柱。

扫了眼那告示，朱安世揖揖手，笑道："叨扰了，敢问这是甚地方？"

"这里是竹口，敝人贺三郎，是这里的啬夫。敢问二位是关中来的客商吗？"

"正是。自黎县过来这一路，沿途亭驿，有人招呼的贵驿还是第一家，敢问足下，这关东出甚事情了吗？"

贺三郎叹了口气，摇摇头道："关东这些年，大不如前喽。连年蝗旱水患，民不聊生，盗贼如毛，多者上千，攻劫县邑，夺取库兵，释放狱囚，杀害朝廷命官，甚至在地方摊派税捐；人少的盗伙也不下数百，掳掠乡里者，不可胜计。朝廷连派范昆、张德、江充等几位大人为绣衣直指，坐镇关东，督办平乱，杀人如麻，好歹算把面上的乱给平了，可是这些个被打散的匪盗化整为零，窜入深山僻野，出没无常，啸聚如故。如今地方残破，官家力不足以制之，徒呼奈何而已……"

二人随啬夫进了传舍，传舍也是新建的，两张席，一张食案而外，别无长物。见到二人诧异的神色，贺三郎吩咐仆役预备酒食，示意二人入席，自己也陪坐到了一旁。贺三郎很健谈，无待追问，径自道：

"老竹口亭就在半里多地外，为战乱所毁，这座是去年底新建的，陈设简陋，凑合着用吧。眼下除去驰道上，僻路上的邮亭多残破不堪，往前面直到寿良，都不会再有歇脚打尖的传舍了。"

朱安世点点头，揖手道："敢问大人，亭前华表上有块残帛，是朝廷的告示吗？"

"嗯，是去年颁下来的，搁那上边一年了。"

"上边讲甚呢？"

"去年敉平民乱后，朝廷撤回了绣衣直指，将全国划为十三州，每州设刺史，督察郡县，直接对朝廷负责。这告示就是昭告刺史的职任的。"

"我看那残片上有'以六条问事'的字样，不知是哪六条？"

"第一条管的就是强宗豪右田宅逾制，以强凌弱，以众暴寡；第二条管的是二千石背公向私，侵渔百姓，聚敛为奸；第三条，二千石治狱不遵成典，喜怒自恣，拿百姓的命不当命，冤狱遍地，怨声载道，至干天谴；第四条，二千石察举不公，致使贤才埋没，难以出头；第五条，二千石子弟依仗权势，请托干政；最后一条，二千石阿附豪强，通行货贿，损害政令。你们看皇上英明吧，条条直指要害。各州刺史每年秋季巡行郡国，录囚①徒，考课官吏殿最②，把结果上报给朝廷，若查到官员豪强的罪过，也会奏报朝廷处置。"

六条指向明确，颇令二人耳目一新，朱安世颔首道："这六条多针对二千石的大官，澄清吏治，皇帝看来决心不小……"

贺三郎摇了摇头，叹息道："上边以为，民变全是激出来的，是地方长官与强宗豪右上下其手，贪赃枉法，鱼肉百姓所致，所以设立刺史，常川督察地方。别看这刺史官不大，才六百石，可口含天宪，上自二千石的郡守、都尉，下至斗食小吏，只要犯到了那六条，都在他的查办范围之内，可以直达于天子，决人生死，地方上皆畏之如虎……可话又说回来，以一人一衙之力，顾得了东，顾不了西，皇上有恤民之心，地方有苟且敷衍之意，面上平静了，底下却还是老样子。"

"怎么个老样子……"

语声未落，一名驿卒神色慌张地推门进来，"亭舍门外的两匹马是二位的吗？"

"正是，怎的？"

"不知哪里闪出来的贼人，把客官的马骑跑了！"

朱安世闻言，一跃而起，心里为自己的大意暗暗叫苦，好在盛装银两与关传的行囊带在身边，可没了马，这路可怎么赶呢？

"你们干甚吃的？"啬夫面色凝重，斥问道。

驿卒满面通红，嗫嚅道："小……小的听到马嘶声，跑……跑去看时，那贼人已翻身上马，扬长而去了……"

事已至此，也只能另想办法了。朱安世摆摆手，问道："贵处可有闲着的马匹，卖两匹与我？"

啬夫面有赧色，摇头道："两匹脚力强的，两日前，亭长与求盗骑去了县里，

---

① 录囚，起于西汉的司法制度，对狱中囚犯审察复核，监督与检查各级官吏决狱状况及平反冤狱。

② 考课殿最，即考核官吏政绩，"上功曰最，下功曰殿"，殿最，意谓优劣。

余下的驽马都是不中用的，只能等到他们回来再想办法了。"

二人面面相觑，一时间竟没了主意。良久，朱安世问道："敢问大人，前面到寿良，还有多远？"

"远倒不甚远，六七十里地吧。"

"那好，请卖匹驽马与我驮带行囊，我们步行去寿良，脚程快的话，天黑前应能赶到。"

啬夫摇首道："贼人既敢白日盗马，很可能大股即在左近，前路凶险，客官还是在舍下暂避一二日，待到亭长回来再从长计议。"

啬夫之言，令朱安世灵犀一动，猛然记起早间那似有若无的蹄声，那贼人定是远远跟了他们许久，盗马为的是困住他们，以便伺机劫财，如今财物尚未到手，盗贼们不会甘心，仍会暗中窥伺，待客商上路后打劫。一念至此，朱安世有了主意，决意将计就计，夺回马匹。

于是婉拒了贺三郎的挽留，在厩中挑了匹驽马。贺三郎过意不去，执意不肯收钱，于是二人打点行装，重新上路。

步行了约莫一个时辰，身后果然有了动静。张次公回身一望，低声道："朱叔，咱们让人盯上了。"

朱安世转身望去，果然，千步之外，有个头戴竹笠的人跟在后面，见到他们驻足，也止步观望着他们。道旁林木葱茏，朱安世使了个眼色，两人牵着马匹，快步闪进了树林。

约莫一刻之后，一阵窸窣之声过后，那戴竹笠者亦蹑入林中，行商没了踪影，只有那匹驽马在垂头食草。他四处张望了一阵，走到驽马身旁，用手捏了捏马背上的驮囊，然后一声呼哨，但见另一身材瘦小、獐头鼠目之人不知从何处闪出，向他走过来。

"那俩吃张口饭的 ① 呢，不能撂下驮子跑掉了吧？"

"没有马，能跑到哪里去……"戴笠人卸下驮囊，解开后探手一摸，不由得喜上眉梢，"奶奶的，两匹好马，一驮银子，这趟不白忙活。"瘦子也

---

① 吃张口饭的，江湖隐语，意谓生意人。

凑过来，捧起一捧碎银，看它们从指缝中流下去，笑道："咱爷们儿今儿个总算逮到个大运，徐叔面前总算交代得过去了。"

戴笠人系好驮囊，用绳子在马肚上刹好，吩咐瘦子牵马过来。

"那俩空子①跑掉咋办？用不用搜搜……"

戴笠人摇摇头道："跑了，报官又咋的，当官的还不是多一事不如少一事？夜长梦多，既得了手，咱们还是先扯活着②！"

嘭、嘭两声，但见两道黑影从树上跃下，不待二人反应过来，两把利剑已分别抵住了二人的脊背。

朱安世缴下两人的环首刀，用剑挑掉斗笠，戴笠人原来是个圆脸后生，浓眉大眼，看上去孔武有力。

"听你俩说话，是齐地口音，在东郡的地界上打食吃，胆子不小。说，你家老大是谁？"

汉子直盯着朱安世，毫无惧色，狞笑道："老家伙，没防备着了你们的道儿，不过这周边二百里都是咱家的地盘，你俩留下银两，我们就放你们一条生路，咋样？"

话音未落，朱安世哼了一声，伸腿一别，汉子直挺挺摔了个嘴啃泥。朱安世单膝下跪，紧紧压住汉子的身体，三下五除二将他缚紧，扔在地下。随即起身，用剑指住另一人的脖颈，问道：

"怎么样，是听话还是绑起来送官，你选。"

其时大乱初弭，官府对于捕到的劫匪，皆杀之无赦。瘦子沉默有时，垂头道："好汉若能放过咱家，咱家可保二位一路无虞。"

"这附近还有你们的人吗？有多少？"

"在这条路上打食的兄弟有二十好几个，由此直到临淄，都是咱家的地盘。"

朱安世心里有点犯难，他们是在逃之身，非但不能求助于官府，而且须

---

① 空子，江湖隐语，意谓外人。

② 扯活着，江湖隐语，跑。

避开大道，而僻道往往是盗贼猖獗之地。若此人所言是真，那就意味着路上的麻烦会接连不断，冤家宜解不宜结，但他的面色依旧严厉。

"嗟，好大的势派！你家的老大是谁？"

"徐勃徐爷，在山东地界，一跺脚四郡乱颤的主儿……"

朱安世闻言双眼一亮，三十年前他逃亡齐地，在大盐商东郭咸阳府中做事时，曾结识过一个名姓皆同的侠士，为时虽不长，可两人情好无间。若是这个人，则一切艰窘将迎刃而解。于是挑眉问道："徐勃，也是齐郡的人吗？"

"嗯呢，你们关中来的不知道，可在齐鲁海岱跑买卖的，提起徐爷的大名，那是无人不晓……"

朱安世笑笑，"你们徐爷在左近吗？我倒想会会他。"

"好呀，你敢放我，我就给你去找，不过就凭你俩，未必请得动！"

"你就说三十年前在齐国东郭家管事儿的老熟人想要会会他，他管保来。"

于是将马缰绳递给瘦子，瘦子狐疑地看了看他们，纵身上马，一声吆喝，绝尘而去。

"你们最好放开我，待会儿徐爷来了，见我这个样子，有你们好受的……"圆脸后生费力扭过头，瞪着朱安世道。

"是吗？次公，堵上他嘴，给他来个鲤鱼打挺，看他消不消停。"

张次公用团麻布塞住后生的嘴，又将其双手与双脚缚在一处，整个身体弯曲得像条撅愣着的鱼，然后将绳索拴在树枝上，仅只肚皮着地，后生怒目圆睁，鼻孔咻咻出着粗气，无奈地扭动着。

张次公走到大树下，坐到朱安世身旁，"朱叔，那个徐勃你认识？万一有啥纰漏，他们人多，咱们怕是招架不住……"

朱安世点点头，拍了拍他的胳膊，淡然道："听上去像是个旧友。在这个地界，他若真有那么大势力，咱们的事情就好办了。若不是，你走你的，我留下来周旋，大不了来个鱼死网破，把性命交待在这里，走江湖这是常事儿。"

又过了一个时辰，日色将暮，林子里也更暗了，远远传来群马奔踏的蹄声。两人跳起身，朱安世要张次公骑上马，驮带银两去林深处暂避，自己则拔出长剑，倚树而立，静静地等候着……

一阵人语马嘶之后，林子里进来一伙人，有八九个，为首一人，长头大鼻，双目炯炯，须髯苍然，身后跟着的正是那瘦子。见到朱安世倚剑而立，瘦子高叫道："就是他！"众人散开成一半圆，拔刀霍霍，围将上来。

　　"慢着！"老者声音不高，众盗皆闻声止步。老者前出一步，上下打量着朱安世，良久，摇摇头道，"足下可是鲁朱家的后人，朱安世朱大侠吗？"

　　"正是敝人。来者可是徐勃，三十年前曾在东郭咸阳府上一同混过饭吃的小徐吗？"

　　老者朗声大笑，捋髯道："三十年弹指而过，再见面须发皆苍，都不敢认喽！"

　　朱安世亦露出笑意，揖手道："是老喽。"

　　他以剑挑断绳索，一把拽起脚下的后生，推向老者，"若非你弟兄打劫到吾等头上，你我还真不知何日再会，这也算是天意吧！"

　　老者瞪了那后生一眼，嗔怒道："有眼无珠的东西，还不快向朱大侠赔不是！"

　　后生不情愿地揖了揖手，嗫嚅道："在下冒犯了，大侠大人大量，恕徐某有眼无珠……"

　　朱安世微微一笑，摆摆手道："不知不为过，不打不相识，误会解开了，今后就是朋友了。你既姓徐，可与徐爷有亲吗？"

　　徐勃道："这是吾堂兄之子徐聪，家兄故去后，跟着我混口饭吃。"

　　朱安世笑笑，揖手道："得罪了，"又高声招呼道，"次公出来吧，都是道上的朋友！"

　　与张次公见过礼，徐勃转回身，对徒众们喝道："这位老先生是鲁朱家的后人，关中上数的大侠朱先生，也是我的故人。你们给我记住了，再遇到朱先生，帮得上的忙一定要帮，帮不上的就一边去，别找麻烦，记住了？！"

　　众盗皆揖手称是，朱安世、张次公也揖手还礼。

　　"咋样，日头就要落山了，到我那里住下，咱哥儿俩整点酒，叙叙旧？"

　　朱安世看了眼张次公，摇摇头道："我和这位兄弟有事，赶路要紧，这回就不叨扰了……"

　　"赶路，黑灯瞎火地赶夜路？就算不被盗贼打劫，保不齐也被官府给抓了。

关东这些年不太平，天一黑，道路阒无一人，遇到行夜路的，官府铁定会把你们当贼，一旦进去，再想活着出来就难了！"

徐勃带他们来到了大野泽，芦苇深处有座荒岛，岛上有座破败的神祠，是他们的落脚处，岸边泊着十余条划子，一旦有事，可以随时自水路逃遁，故被盗贼们当作老巢。

酒过三巡，朱安世问道："这一路过来，沿途人烟稀少，亭驿多有破败不堪者，看来经历过很大的劫难。问起来，官家的人多讳莫如深。记得老弟原在齐地，何时到这东郡讨生活？出了甚事吗？"

"说来话长，自打元光三年，大河于瓠子决口，改道南向，漫衍十六郡，百姓流离失所，逃荒要饭的多达二百万，朝廷赈济也好，移民也罢，仍不免饿殍遍野。几十年过去，灾患频仍，仍不见好转，听说石丞相还曾为此引咎辞职。流民没饭吃，饿极了，势必铤而走险，起初三五成群，四处乞讨，乞讨不成，转为偷盗，地方官吏狠如豺虎，视民命如草芥，诛杀无已，最后激起了民变。变民结成大帮，攻城掠地戕官，一时间烽烟遍地，关东乱了套。朝廷派出直指，辣手平乱，连容留变民饮食者也不放过，成千上万地杀戮，中原血流成河。变民被打散，化整为零，逃入深山僻壤，官军撤走后，仍时不时出山劫掠，而地方力有未逮，鞭长莫及，亦无可如何。尤其是在乡下，彼此心照不宣，竟是官做初一，贼做十五的局面……我们齐地好一些，可自封禅以来，皇帝几乎年年东巡，官府缉查甚严，难有作为。后来得知大野泽原来那帮人被官府打散了，于是来这里讨生活。"

朱安世恍然，叹道："难怪黎城的官吏告诫我们，即便被抢，也不要声张，更不要报官，真想不到，这关东竟成了这种局面，朝廷竟对此听之任之吗！"

"当然不会，朝廷督责得很严，不仅设立了刺史，还颁布了《沉命法》，规定地方上有讳盗不报，或虽报，但抓捕不满品①，自二千石的郡守、都尉，直至主事的小吏皆坐死罪。当官的没有不怕死的，这样一来，地方小吏明知

---

① 不满品，汉代法律术语，指没有达到朝廷要求。

有盗，也不敢上报，上报了抓不到，死罪不说，还会牵连到府郡的长官，而府郡长官怕负连带责任，也只能默许。时间长了，彼此相安无事，只是苦了那些往来过路的商人。"

张次公摇头道："可这终究不是长久之道……"

徐勃笑笑，"这世道，活一日算一日，以后的事情，顾不得了。"他看了眼朱安世，问道，"关东如此之乱，生意难做，老兄来关东的时间不对，今日若非遇到我，你们怕是出不了黎县。"

朱安世指了指张次公，笑道："我们这趟为的不是生意。元封初年，有两个朋友在泰山罹难，我们要找到她们的骨殖，还葬故乡，江湖道义，再险再难，吾等责无旁贷！"

众人皆颔首称是，向二人投来赞许的目光。白日那戴笠的后生似是记起了什么，靠到跟前，问道："罹难泰山？敢问大侠，可是两个女子吗？"

张次公颔首道："正是。"

后生两眼放光，环顾群盗，叫道："就是封禅那年，在泰山行刺皇帝，失手后跳崖自尽的女杰，事虽不成，直令吾等须眉男子汗颜。二位既是女杰之友，请恕在下冒犯之罪！"

言毕，后生一头跪倒在朱安世面前。朱安世赶忙扶起他，拍拍他的肩头，蔼然道："不知不罪，壮士何必自责？敢问足下何以知道此事？"

"我有个叔叔在泰山山虞①做事，封禅那年，一日，忽然接到命令，不允回家，每人领着一伙官军搜山，也不说搜甚，后来在岭下搜到两具女尸，验明真身后草草埋葬。后来听山虞的同事说，那是两个女刺客，说是在五大夫松动的手，山虞令做了替死鬼，她俩被官军包围，跳崖自尽。事后郡县皆告诫下属不准外传。我是后来听我叔叔讲的。"

朱安世与张次公大喜过望，这真是踏破铁鞋无觅处，得来全不费功夫。

"敢问老弟，你可晓得这两人的埋骨之处？"

汉子点点头道："俺叔知道，掩埋尸首时他就在场。"

---

① 山虞，古代管理山林的衙门。

"敢请老弟偕行，带吾等去见汝叔，找到烈士的骨殖，非但吾等，烈士九泉之下，都会感念老弟的恩德的。"两人长揖为礼，态度颇为庄重、恭敬。

　　汉子看了看徐勃，徐勃颔首道："不说朱先生是吾老友，就冲那两名女杰的作为，咱家也得帮这个忙。徐聪，你带上几个弟兄，随朱先生去泰山，事情不办妥不要回来……"

　　猛然间又想起了什么，徐勃面色一下子又严峻起来，他扫视着朱安世与徐聪，"我记起来了，前不久泰山郡传过来的消息，说是皇帝今秋要来泰山，乘舆一旦驾临，整个高邑都会戒严，这事儿就办不成了。事不宜迟，你们得抢在头里，明日一早就起行，沿途，有我的弟兄们陪伴，朱兄就赔好吧。"

十四

太初元年冬十月，皇帝第四次巡狩海岱，先至泰山，驻跸于汶上的明堂。连日登山祭祀，刘彻浑身骨节酸痛，疲惫不堪，终究是五十二岁的人了，老了，不中用了。他摇摇头，嘴角浮现出一丝苦笑，愈发觉得寻仙求药时不我待，多年来方士们络绎于途，麋集于行在，所言神迹头绪虽多，却没有一件能落到实处。迎神的亭台楼阁建了又建，可并无神仙莅临，而流年似水，一年年不知不觉就过去了，生命似乎在随着计时的漏壶之水一点一滴地逝去，上苍还能留给自己多少时日？他不愿也不敢想，这种弥漫于身心的压力令他紧张，在得到公孙卿在东莱再次见到大人迹的奏报后，他还是一路风尘地赶了过来。他也曾怀疑过公孙卿等是文成、五利一流的骗子，几次陡起杀心，都强压了下去。总得留几个能与神仙交通的帮手，而公孙卿还算是其中的佼佼者。

明堂两层，很大，上层名为"昆仑"，供奉着太一与五帝神主，高祖刘邦作为陪祀，牌位也设在里面。刘彻住在下面一层，一席一榻一几，几个蒲团，再无其他陈设，整个厅堂显得空荡荡的。此番东巡，但愿莫再扑个空，刘彻有些心神不宁，站起身，绕室踱步。祭祀完泰山，他打算尽快赶赴东莱，冀望此番能够见到实实在在的仙人。

"陛下，石丞相自京师赶来，说是有大事情奏报。"

谒者令郭彤掀帘进来，神色凝重，皇帝出巡，太子监国，丞相本当留京辅佐，日常政务通常会遣专使报知行在，现在数千里迢迢赶来泰山，必是有要事大事，而且十有八九不会是好消息。

"哦，丞相？"刘彻一脸诧异，摆摆手，吩咐传见。

随石庆进来的，丞相长史而外还有个中年男人，形容削瘦，面色黝黑。刘彻扫了众人一眼，问道：

"丞相亲来面朕，出了甚大事吗？"

"陛下离京不久，漠北与西域就都出了大事，如何处置，太子吩咐要由陛下决断，故遣老臣赴行在报告……"

"好消息还是坏消息？"刘彻问道，皱了皱眉头，太子这一向处置公事，谨小慎微，全没有了从前的决断。

"两件事，一好一坏。"

"先讲坏的。"

"陛下派去西域购马的使臣车令被杀，大宛王反了。"

刘彻一怔。元封三年，赵破奴以轻师深入西域，先破楼兰，后败车师，此后西域各国纷纷遣使长安输诚，以示臣服，这其中就包括了西域的大国乌孙、大宛。而车令奉旨报聘，以重金商购汗血马，竟尔被杀，实出意外。

"大宛反了？为甚要反，讲来！"

石庆指了指身旁的瘦子道："这是姚定汉，是使团的行军司马，整件事情他都在场，知道得最详细。姚司马，你将事情的经过报告给陛下。"

姚定汉伏地顿首，低声称诺道："陈告陛下，小臣等随钦使抵达宛都贵山，呈送礼品，宣扬大汉的德意，那宛王起初容色可掬，甚为恭敬，可听到钦使表明欲购其国宝汗血马后，百般推诿，称天马不可得，汗血马乃天马之裔，非卖品。车令举前番自其国所获汗血马为例，宛王称那是流散于民间者，王室奉养者皆留作种马，定为国宝，不允交易……"

"天马不就是汗血宝马吗？这宛王叫甚，如此狡辩？"

"宛王名毋寡，据他讲天马居于该国崇山峻岭中，无通路，不可得，后该国乃将五色母马野放于山中，与之交合，所生马驹汗色皆赤，故称汗血，又称天马之子。王室将这些马驹统一饲喂于贰师城，那毋寡称，愿以数匹供奉大汉皇帝，余者则为蕃殖所备之种马，禁绝交易。"

"毋寡胆大包天，既称愿意供奉汗血马，又何故杀害大汉使臣？"这汗血马看来竟真是神马之裔，刘彻更为心向往之，得到汗血马的欲望愈加强烈起来。车令之死，给了他征伐大宛的由头，非如此不能尽可能多地将汗血宝马掳入大汉，改良大汉的马种。

"钦使与毋寡反复辩难，许以重金，提出至少要买到一百匹。不想毋寡坚不为动，彼此都动了肝火。车令当着满朝的文武百官，戟指怒骂毋寡不识好歹，敬酒不吃吃罚酒，要他等着瞧，并将作为聘礼的金马椎破后，拂袖而去。那毋寡脸色铁青，怒视着他离去，但当时并未有所动作。使团循原路返回，走出几百里，却不料遭到郁成人的伏击。郁成人显然是有备而来，将使团包围后，直接将钦使揪出杀害，并劫夺了使团的财物。事后，小臣听说是大宛贵人，也是其国的勇将煎靡向毋寡献议，以为报复。"

"郁成？郁成是个甚东西，怎会听大宛指使？"

"郁成在大宛东北二百余里，与乌孙交界，是大宛属国，故听其号令。"

"不过数年前，朕派赵破奴击破车师、楼兰，生擒楼兰王的殷鉴不远，大宛就不怕重蹈覆辙吗！"

"小臣识得的一个常川来往于长安贩鬻的大宛人，其叔父为大宛贵族，臣回到长安后，此人透风说，他叔叔来信要他尽早返回，并透露了毋寡这么做的想法，还是以为相隔绝远，万里之遥，朝廷鞭长莫及，沿途既有匈奴袭扰之忧，又乏水草，不利于大军远征，故尔一逞。"

大宛不过当汉之一郡，可想而知，其属国更是蕞尔小国，竟敢劫杀朝廷的使臣，真是胆大包天！一股无名之火涌入丹田，遭到这些个小国的轻视，刘彻感到了前所未有的耻辱。天子之怒，伏尸百万，血流千里！就在这一刻，他下了决心，要不计一切代价搞到汗血马，并要大宛、郁成为其所为付出血的代价。

"那毋寡当朕是甚人，可以坐视其劫杀专使！朕先把话说在这里，他与郁成王的人头，会像楼兰王一样悬于北阙的。"刘彻恨声道，声音中发散出的那股怒气，令在场者无不凛然。

"那么，好事又是什么？"良久，刘彻放缓语气，扫了众人一眼，问道。

石庆揖手道："匈奴左大都尉遣人来长安接洽，称有心杀单于降汉，但孤军无助，只要朝廷派军接应，兵到了，他会即时发动。"

"哦？杀单于，为甚？"

"据来使称，乌维故世后，其子乌师庐嗣位，年仅十四，人称儿单于。他少年嗣位，怕众老臣不服，稍有龃龉，即肆意杀人立威，其叔父右贤王即因此被诛杀，王廷人人自危，左大都尉遂起叛心。"

乌维数年匿居漠北，汉军鞭长莫及，刘彻一直想不出一个让匈奴低头臣服的办法。乌维与右贤王死讯传来时，他曾向匈奴派过两个使团，一赴单于庭，一赴右贤王大帐，分别致祭赠赗①，以便相机行事，鼓动其内部的不和，但被乌师庐识破。派往右贤王帐的汉使甫出边塞，就被候着的胡骑强行带往单于廷。而今匈奴内部再现勃豀②，左大都尉的输诚，正是招降纳叛的良机，或可由此一举击溃北虏，一劳永逸地解除北方的威胁。一念至此，他当即做出了决断：

"既如此，当然要助他一臂之力。丞相，你回朝后传朕敕令，以公孙敖为将军，先率其所部赴居延塞北匈奴因杅③地方，赶筑受降城，以接应左大都尉所部。"

"诺。"石庆揖手称是，迟疑了片刻，又嗫嚅其词，期期艾艾地问道："讨伐大宛，途程遥远，兵员、辎重皆须早做筹划，敢问陛下，兵员征自何处？"

自元鼎季年征伐南越以来，朝廷对外的几次战争，多从罪囚中选拔壮健者从军，战后有功者封赏，从军者皆赦免解散还乡，现今狱中所余者多为老弱病残，不堪其用。但若征兵，则势必扰攘民间，危及农事，这是刘彻所不愿的。

况且征程万里，骑兵与马匹在在不能少。可除去应付匈奴的几支骑兵而外，朝廷可以调动的仅只河西各属国都尉的骑兵，数目不足万人，不敷足用。近些年来，朝廷派放马匹到民间饲喂，数量甚多，可若征调，财政上须付出大笔金钱，会是朝廷的极大负担。

"为甚要征兵？有的是人自愿立功异域，以博爵赏，比照楼兰故事可矣。姚定汉，你随车令到过大宛，以你所见，拿下大宛，要多少人马？"

"大宛虽号称胜兵六万，但平日散处各地，并无集训，战力不强，且宛

---

① 赗，音奉，赠予丧主家办丧事的物品。

② 勃豀，争斗。

③ 因杅，匈奴地名，地望在居延塞北。

俗好贾，人人汲汲于利，实乏持久作战的意志。赵将军以轻骑七百破楼兰，若予三千强弩之士，大宛必可破之。”

刘彻满意地捋髯笑道：“三千？朕将倍之，以六千属国骑士出征，另招募三辅各郡少年，凡自愿随军出征者，自备马匹，免其口赋，异域立功者，朝廷不吝爵赏。石丞相，你回到京城，把这层意思告知太子，饬命有司通告三辅。”

石庆揖手称诺，又问道：“此军的统帅，陛下意欲选派何人呢？”

是呀，派何人为好呢？刘彻沉吟不语。赵破奴无疑是最佳人选，其擒获楼兰王的战绩声传遐迩，足以震慑西域诸国，但接应左大都尉举事显然更是当务之急，公孙敖多年来战绩平平，人又年老，不足以当此大任；李陵年富力强，在河西练就了一支精兵，惜为步卒，在配备足够的马匹之前，不足以深入匈奴作战。思来想去，接应左大都尉一事还是得交给赵破奴才能放心。至于远征大宛，兵员、辎重的征集尚需时日，统帅的选择可以慢慢斟酌。

“派谁去我还要想一想，丞相回去，先帮太子招募远征所需的兵员，征集愿意从军出征的三辅少年，集中后抽调北军将士加以教练，余者待朕返朝后再定。”

石庆一行离去后，刘彻望着他们的背影，对侍从在旁的郭彤说道：“朕看丞相的面色不好，黯而发紫，印堂无光，像个行将就木之人，你说呢？”

郭彤敛容道：“奴才赵人，与万石君同乡，万石君寿过耄耋，诸子皆长寿，丞相乃其少子，想必操劳国事所致。”

刘彻的思绪却又回到远征大宛一事上。大宛距关中万里之遥，辎重是第一大难题，自河西供给粮秣，人吃马喂，都维持不到中途。可惜桑弘羊没有随驾，若是他在，或能有甚好办法。

“陛下，廷尉府呈来的紧急公事。”太中大夫、给事中东方朔走入明堂，向郭彤点头示意，将密封的简牍轻轻放在几上。

刘彻展开简册，扫视了几行，脸色一下子难看起来，细读一过，心头犹如翻江倒海一般，久久不能平复。呈文是奏报昭成君陈珏酒醉杀害主家傅母，暂时关押在内官狱，请示处置办法。另附有中尉王温舒的亲笔密呈一封。

刘彻一母同胞四人，三个姊妹皆已去世，尤其是陈珏之母、三姊隆虑，老来得子，宝贝得不行，自幼纨绔的他，与平原君之子金仲，成了长安有名的恶少。后与金仲因强夺杀人致罪，圈禁数年后，收敛了不少。陈珏少时受封为昭成君，隆虑侯陈蟜罹罪自杀后，家产都传给了这个独子，刘彻还把庶女夷安公主嫁给了他。陈珏本可以坐享一世的富贵，不想他怙恶不悛，又酒醉杀人。

"汉法有赎死的律条，阿姊只求皇帝，阿珏若罹死罪，允准他赎死，阿姊愿奉献千金，为阿珏预赎死罪……"三姊的话又浮现于脑中。姊弟四人，如今只余自己茕茕孑立，依法处置，不啻断了三姊的后，更何况自己亦曾允诺她的请求，朝廷也收下了她预赎儿子死罪的钱，公事中有朝廷初议，议贵议爵，均以为赎死在前，死罪可免。于情于理，他都应恩出格外，赦免这个不成器的外甥。但是随公事附上的密函，却令他一时难以决断。

那傅母跟从夷安多年，身份虽是奴婢，却是王温舒安排下的眼线。金仲失踪后，根据查到的线索，王温舒怀疑他是被朱安世灭了口，得知朱往来长安时，每每下榻于陈府，于是趁陈珏赴隆虑①打理遗产时，王温舒登门造访，夷安没露面，而是遣傅母出面接待，王温舒告知她金仲下落不明，朱安世干系甚大，托她注意往来的宾客，若发现此人，须及时告知，以逮此人归案。陈珏醉酒，打骂下人容或有之，可没道理杀人，尤其这人还是自小照顾夷安、被当作自家家人对待的傅母。密函给出的推测是，最有可能发生的，就是近期朱安世曾来过陈府，被傅母认出，陈珏因害怕事情败露，故而杀人灭口。

又是这个朱安世！朝廷下了海捕文书，竟也拿他无可奈何，姓朱的不仅自由游走于天南海北，甚至于藏身于长安城内皇亲贵胄的府中，是可忍，孰不可忍！他知道金仲与陈珏都曾拜朱安世为师，可朝廷公示缉捕朱安世后，这两个孽子仍与之暗中往来，视朝廷律法如无物，简直是胆大包天，自罹取死之道！

"郭彤，陈珏又杀了人，这件事该如何处置，说说你的想法。"刘彻长长地吁了口气，将公事递与郭彤。

---

① 隆虑，又名林虑，西汉河南郡属县，亦为隆虑侯陈蟜的封邑，地望在今河南林县一带。

郭彤看过公事，轻轻放在几上，长揖道："朝议说得明白，议亲议贵，均应减死一等，况且公主预先入金赎死，陈珏死罪可免。老奴记得，儿时陛下与隆虑公主最为亲近，隆虑仅此一子，生前托付于陛下，望陛下开恩，保全公主这一线血脉。"

刘彻眼前一阵恍惚，儿时的记忆重现，蒙眬中隆虑仿佛就在眼前，目光忧郁地望着自己，似乎在诉说着什么，却听不到她的声音。自己竟要断了老姊的后吗！刘彻一阵心酸，不觉垂涕。良久，他举起手，指了指楼上……

"高皇帝的神主就在楼上，法令者，先帝所造，为姊弟之情而枉法，我还有甚脸再入高庙？上无以对列祖列宗，下负天下的百姓。所谓议贵议亲，指的是初犯之人，陈珏怙恶不悛，自作孽不可活！朕唯一能为他做的，就是免去他在东市当众受刑，保全他和陈家的脸面，赐其自我了断吧。"

言罢唏嘘不止，左右侍从皆叹息同悲。

"诸君，陛下所为，乃圣王尧舜所能为，可喜可贺，何悲之有！"

原来是东方朔，他快步走到御前，伏地顿首道："臣闻圣王为政，赏罚不避仇雠，诛杀不避骨肉。《书》曰：不偏不党，王道荡荡。此二者，五帝所重，三王所难也。陛下行之，是以四海之内元元之民各得其所，天下幸甚！臣朔奉觞，昧死顿首再拜，祝陛下长乐未央，大汉昌盛无极！"

言毕，捧着不知从哪里得来的一卮酒，高高举起。看得一殿堂的人忍俊不禁，面面相觑，可又不敢笑出来。

刘彻也一怔，随即释然，决定做出了，心里的包袱也就放下了。他摇摇头，起身登阶二楼明堂，他要斋戒静坐，与五帝、与先祖神交，明日一早祭祀太一，之后赶赴东莱海隅。寻仙、征讨西域、接应匈奴降人，三件大事还在等着他。一事当前，自己竟把持不住，不自觉地作小儿女态，好在东方朔的话点醒了他。

十五

太初元年十一月，长安的冬天格外寒冷，连续数日，彤云密布，朔风劲吹，树上的枯叶落得精光，路上几乎看不到行人，都瑟缩在屋中向火取暖。

乙酉①，风势愈猛，位于未央宫北阙内道西的柏梁台，高矗云天，台上寒风更觉凛冽，刮在脸上像小刀子般锐利。当值的小黄门都身披厚氅，两腿战抖，聚在凤阙中，烤火取暖。

柏梁台西面是为掖庭殿，其中的鸣鸾殿是李夫人的住处，自此向东约里许，有座三进的院落，名曰开襟阁，是乐府收藏典籍和乐谱之处，李延年被皇帝擢为协律都尉后，掌管乐府，长年于掖庭教练女乐、侍奉天子，只在休沐日能得空回家，平日就下榻于开襟阁。李延年精通音律，善赋新声，其三妹李嫣入宫后，备受皇帝宠爱，生下皇子，被立为夫人。作为外戚，李延年亦日渐亲信，皇帝休闲宴乐、坐卧出入，在在不离左右，宠信比肩早年之韩嫣。今秋，因李嫣身子渐重，皇帝嘱其小心看护，故未能随行东巡。

李氏兄弟姊妹六人，自李嫣成为皇帝的宠妃，一荣俱荣。延年位居二千石，为皇帝身边的幸臣。大弟李广利，入宫为期门郎，先为皇帝的贴身侍卫，后升任侍中、骑郎将，随皇帝去了东莱。大妹、二妹均为命妇。幼弟李季亦任郎官，挂门籍于未央宫，可以自由进出。

---

① 乙酉，古人以干支纪日，乙酉为十一月二十二日。

李季作为家中最小的孩子，自幼为父母兄姊所宠爱，兼之青春年少，面容姣好，风流蕴藉①，亦颇为宫人所瞩目。李延年教练掖庭女乐，李季常随同观看，一来二去，眉目传情，竟与一名名叫舒儿的舞女暗通了款曲。李延年发现后，不许他再入掖庭，李季郁郁寡欢，茶饭不思，寤寐难眠，几个月下来，形容暴瘦。李延年无奈，与李夫人商议，夫人心疼幼弟，说那舒儿年纪渐长，年届三十时，会被放出宫回家择配，那时候或可成就这份姻缘，要他告诉两人耐心等待。李延年在场时，可以带李季入掖庭观赏女乐，远远地望望，以解相思之苦。

　　由此，每隔一段时间，李延年在教练新曲时，就会带李季旁观。说来也怪，能见到舒儿，那李季的形容、气色恢复得很快，又成了个唇红齿白、仪容秀美的佳公子。车驾东巡后，大内的生活节奏虽一如既往，但门禁却相对松懈了下来。乙酉日，延年的好友卫律值守掖庭门卫。卫律乃长水胡人后裔，通胡语，初为长水校尉麾下通事，后被选拔入宫为郎，两人由此相识，颇为投契。元封四年，朝廷派杨信出使匈奴，延年亲向皇帝举荐卫律出任使团通事，卫律精通汉、胡语言，通译精准出色，博得好评，回宫复命后被擢为骑郎将，卫律以此视延年为恩人，愈加情好无间。

　　皇帝不在宫中，又适逢卫律当值，李延年于是将舒儿叫到开襟阁自己的住处，与李季会面。正闲话间，鸣鸾殿的侍女来请，说是李夫人身子不适，延年叮嘱了二人一番，就急匆匆赶去探视李嬿了。

　　稠人广众中，李季与舒儿平日只能远远相望，即使见面也有兄长在旁，难纾情愫。青春男女，情热似火，此番只余两人自己，一直压抑的欲念喷薄而出，终于做下了苟且之事。事毕，两人相拥而眠，李季边轻抚舒儿光滑的肌肤，边嗅着女人的发香，忽然感觉到女人的身子竟在瑟瑟发抖。

　　"舒儿，怎的啦，哪里不适？"

　　"李君，我怕……"舒儿转过身，面色苍白，双泪涟涟。

　　"怕甚？"

---

① 蕴藉，藉音借，含而不露、深沉内秀之意。

"我们做下了，万一有了，可怎么是好？"

李季满脸喜色，将女人抱得更紧："有了就生下来，出了宫我就会娶你，你是我的女人，孩子是我们的孩子。"

"你胡说！宫里的女人都是皇帝的女人……"女人试图用手拨开李季的双臂，脸红红的，娇羞不胜。

"阿兄说，宫里的女人年满三十就会放出宫择配，阿姊告诉我，舒儿还有一年就可以出宫了，出了宫，你就是我的女人了。"

"要是出宫前就怀上了呢？被别人看出来，你我都难逃一死……"

"莫怕，我阿姊最得皇帝之宠，大哥也是皇帝身边的亲信近臣，他们会帮咱们的。"李季口气虽硬，可心里虚虚的，他听延年讲过，皇帝早年的玩伴韩嫣，就是因为勾搭了皇太后身边的宫女而被处死的。

可男人的承诺化解了女人的忧惧，她忘情地将这个自己未来的男人重新揽入怀中，闭上双眼，满脸洋溢着幸福。又一波欲念如潮水般涌来，炽热的胴体再次交缠到一起，脑中一片空白，所有的禁忌、戒律、担忧与恐惧都被抛开，春宵一刻，佳期难再，这唯一浮现于脑海的思绪，最终也在迷狂中沉入黑暗……

风更猛烈了，将窗纸吹得哗哗作响，伴随着风声的，远远的似乎还有人声，起初模糊不清，但越来越近，伴着杂沓的脚步声。

"李公子，李公子……"有人在屋外招呼，口音听上去很熟，李季披上中衣，边起身边问道："谁，卫律卫大人吗？甚事？"

"是我。柏梁台起火了，宫里乱成一团，很快就会有人到开襟阁来，你俩快些离开！"

两人忙不迭地穿戴整齐，走出屋来，向东北方向望去。但见柏梁台方向浓烟四起，黑烟夹带着红色的火舌，直冲天际。

"别看了，快让这女人离开这里……"卫律高鼻深目，中等身材，一口美髯。他瞟了一眼舒儿，蹙额道。

两人相跟着卫律向外走，将到大门口，远远看见一群宦者正朝着开襟阁过来。舒儿围好面纱，顺着围墙踅入左首，那里有条甬路直通丹景台，那里是掖庭女乐的驻地。

再看火势，已经将整个凤阙包裹其中，烈焰腾空，且已顺着台柱向下延烧，台下人头攒动，像无头苍蝇般来回乱跑，试图救火。可风助火势，近旁又无足够水源，只能眼看着火势越来越猛，徒呼奈何。好在四周空旷，火势尚未蔓延至其他宫室。

"李都尉在吗？"

赶过来的是一群黄门内侍，为首一人三十出头，瘦高个，长着一双暴睛，卫律认得，是黄门寺丞、服侍于未央宫的宦者王弼。

"李夫人身子不适，都尉去了掖庭殿，你们不去救火，来此何为？"卫律挡住去路，问道。

"恁大的风，救不下了，苏公公命吾等来此，看护乐府典籍，火势一旦往这边来，要尽快转移出去。"

王弼的一双眼睛只在李季身上打转，"这位看着眼生，公子是？"

李季神情紧张，嗫嚅着说不出话来。卫律见状，接言道："这位是李郎中，都尉大人的兄弟，大人去李夫人处有事，要公子在此候着。"

"在下眼拙，失敬失敬！"王弼揖手为礼，目光则望向丹景台，甬路上，舒儿的背影仍隐约可见。

"李公子，刚才离去的是个女人吧？"

卫律道："是名掖庭女乐的舞伎，掖庭要排练新曲，派她来取曲谱。"

"哦，是这样？"王弼意味深长地笑笑，领着几个小宦官进了开襟阁。

掖庭鸣鸾殿外，李延年来回踱步，不时望望殿门，焦忧之情，见于颜色。李嫣已经妊娠六七个月，反应甚重，由此皇帝东巡，特命其不必侍驾，留在长安养胎。今日一早，不知是否因为受了风寒，妊娠反应加重，脉弦发热，身重恶寒，自晨起便腹痛不止，水米不进。传御医诊视，意见分歧，有的说须以当归散养血安胎，有的则认为腹痛源于寒湿，须温阳祛寒，暖宫安胎，宜用附子汤。可附子有毒，虽有温阳奇效，但为峻剂，药不对症，很可能适得其反。争执不下之际，用不用，要由家人认可，可皇帝远在东莱，李延年以外戚常住宫中，父母不在，长兄如父，太医们一商量，遣人找来李延年，由他决断。

太医称，附子久煎可以减小毒性，但温阳祛寒有奇效。他详细询问过药效后，还是决定用附子汤温阳驱寒。果然，汤药服下后，李嫣腹痛减弱，还能进一些米汤。太医嘱咐延年要守候于此，待夫人醒后再服一剂，尤其要将寝宫密闭，卧床静养，严防再受风寒。

"去看看，夫人入眠了吗？"寒风愈烈，李延年裹紧斗篷，吩咐侍立于殿门外的宫人。

"夫人发了汗，睡着了。"有顷，宫人走出来，轻轻地点了下头。

远远地传来了嘈杂的人声，宫人传报柏梁台起火。循声看去，李延年看到了柏梁台方向浓浓的烟柱。不好，幼弟与舒儿还在开襟阁，一旦大火延烧，被宫人们发现他与掖庭女伎在一处，危矣！他又急又悔，决定赶回去，正在迈步离开的当口，传来了那阵如天崩地坼般的巨响。

凤阙的门窗被狂风宕开，将炭盆掀翻，随即点燃了地板与梁柱，当值的宦者或死或逃，凤阙瞬间为烟火笼罩，火势随风蔓延，很快顺着屋顶、梁柱向四下延烧，不过数刻工夫，支撑着高台的梁柱就被烧断，那只重达几千斤的铜凤凰随即倾覆，从高台跌落到地面，砸出的巨大声响，声闻十里，连长乐宫那里都听到了。

"殿下，不好了，未央宫那边起火了！"

正在为何来巨响所困惑的卫子夫，看着赶来报信、满头是汗、气喘咻咻的宫女，心里一惊，强作镇静道："太子人在东宫吗？"

"今日风大辍朝，太子午前就去了博望苑。"

皇帝出巡在外，太子监国，偏偏又去了城外，事发突然，防止火势蔓延，间不容发，大内不能无人主持。卫子夫长吁了一口气，站起身吩咐道：

"取我的披风来，传中厩① 车舆候驾，马上赶去西宫。"

在由侍女们服侍着换装的间歇，卫子夫已完全冷静了下来，略作思忖，几件事情迫在眉睫，必须马上落实。

① 中厩，在长乐宫，皇后车马所在。

装束停当，卫子夫带领一众宫人走出长信殿，向等候在仪驾①旁的大长秋陈博道：

"马上遣人飞报太子，要他马上赶到未央宫，孤在那里等他……"

陈博掉头欲去，又被皇后叫住，吩咐道："取孤玺，命长乐卫尉点集所部，速赴未央灭火。再敕令中尉府出动缇骑，于京师戒严，传命官民人等，不得张皇。"

长乐宫的西阙与未央宫东阙相对，中间只隔着一条横门大道，不一刻车队驶入东阙，望向西北，哪里还有柏梁台的影子？但见空中十几道冉冉上升的粗黑烟柱，随风弥漫，在未央宫上空形成一块巨大的云团，空气中弥漫着香柏焦糊的气味。

"火势控制住了吗？"望着揖手迎候的未央宫卫尉，卫子夫颔首道。

"禀殿下，柏梁台距沧池甚远，取水灭火，非人力所能为，况台已坍塌，臣已派卫士拓出火道，将残墟围住，断木残垣，只好任其焚烧殆尽，好在眼下尚未蔓延至别处。"

"废墟让东宫卫尉的人去守，你要分派卫士守护天禄、石渠诸阁，朝廷图书档案典藏之所，务必防卫周全，不可使典籍受损。"

卫子夫正待赴柏梁台察看火情，太子刘据匆匆赶到，于是下了车，各自换乘肩舆，一道前往柏梁台。台已完全坍塌，几十根巨木倒伏于地上，像是座巨大的柴垛，火势熊熊，百尺开外，不可向迩。柏梁台建于元鼎二年春，所耗物料人力，前所未有，孰料十年之后，化为焦土！皇帝得知此事，不知会恼怒成甚样子，卫子夫与刘据面面相觑，相与咨嗟，叹息不止。

远远传来詈骂与哭喊声，循声看去，但见掖庭方向，一群宦者跪倒一圈，一貌似首领者正挥鞭猛抽，宦者吃打不过，哭号求饶。刘据看了眼在旁侍候的大长秋陈博，蹙额道：

"火险未除，救灾犹不及，甚人还要在此添乱？你去传他们过来回话。"

片刻后，陈博领着那群宦者过来，为首一人，正是未央宫黄门令苏文。

---

① 仪驾，皇后、皇太后出行所乘车驾仪仗。

见到太子、皇后，苏文紧走两步，伏地顿首。

"奴才苏文不知二位殿下驾到，死罪死罪，顿首顿首！"

"汝等不去救火，在这里喧闹个甚？"

苏文回头看了一眼跪在身后的宦者，顿首道："这些都是在柏梁台当值的奴才，风天禁火烛，这些个奴才明知故犯，致凤阙失火，而后张皇失措，致火势蔓延，烧掉了整个柏梁台，下官不能、也不敢不惩治这群奴才。"

"今日在柏梁台当值的就这几个人吗？"

"每日执守者，宫里定制是二十五人，失火后，奴才最先赶到，点算人数，葬身火海者外，只余八人。"

刘据睨视着苏文，冷然道："事已至此，你打骂又有何用？苏公公是他们的头儿，亦难卸责，把这些失职奴才圈禁起来，等天子回銮，查明责任后自会处置。你还是去巡视后宫各殿，通告火情，安抚住众人的情绪吧。"

言毕，肩舆起驾，与皇后一起往前殿去了。

"你是他们的头儿，亦难卸责……"仪卫已看不到踪影了，苏文仍呆呆地跪在那里，太子的话还在脑袋里回旋。

"大人，何事在此长跪不起？"

苏文抬起头，原来是王弼，他站起身，掸了掸膝前的尘土，吩咐将柏梁台当值的宦者暂押于若卢狱，之后冷冷地看着王弼，没好气地问道：

"你不是去了掖庭殿吗？不在那里好好守着，来此做甚？"

"在下已将开襟阁所藏乐谱典籍移至安全处所，特来禀告大人。大人这是？"

苏文摇摇头，叹道："这帮兄弟不争气，搞出这么大的祸事，你我作为黄门寺管事的，此番被对头们抓到了把柄，想要看咱家的笑话呢。"

"大人不必心忧，咱们是皇上的人，皇上不发话，没人能对咱们怎么样的。要不要派人先一步报知郭谒令，缓急之间，也有个照应？"

苏文双眼一亮，颔首道："说得对，你马上选个靠实的小黄门，即刻出京奔赴行在，将火灾原委告知郭大人。"

王弼答应了一声，但并未离开。他望着苏文，神情诡谲，迟疑了片刻，还是揖手道："还有件事……要不要一并报知皇上？"

"甚事？"

"在下去开襟阁公干，看到了李都尉的弟弟李季，形迹可疑，我怀疑他是在那里私会掖庭女乐的舞伎。"

苏文一怔，神色严重起来，"哦？怎见得是私会，都尉大人不在吗？"

"不在。"

"你说他私会宫人，可有证据？"

"证据嘛，我与其他的小黄门，都看到一名女伎同他们一道出来，其时与李公子一起的只有今日在掖庭当值的卫律，他称女伎是奉派来取乐谱的，可卫某乃李都尉好友，难保不为其遮掩，咱们只要到掖庭查问一下是否实有此事，即可揭破他们的谎言。"

"那女人是谁？"

"不晓得，我只看到个背影，可咱们到丹景台问问，不难查出来。"

苏文沉思不语，良久，方拍着王弼的肩膀，决然道："不可。"

"为甚？皇上留咱们在宫里，不就是做耳目的吗！"

李延年与其女弟，是皇帝的新宠，尤其是李夫人，万千宠爱在一身，绝不是能轻易得罪的人。他们这些宦官最大的对头、最近的威胁，是卫氏一门。李季果有此事，揭破也不非在这一时。皇帝得知柏梁台被毁，必会震怒，如果再被告知其心爱的女人的兄弟趁其外出秽乱宫闱，这雷霆之怒，很难说会发泄到何人头上。

"做耳目不假，可也要识时务，李家在皇上面前炙手可热，掖庭女乐又是李都尉的地盘，拿不到切实的证据，告变是会祸及自身，老弟忘了常融的下场了吗！"

王弼凛然，揖手称诺。正待离去，却见掖庭方向，一个内侍边挥手呼喊着什么，边向他们跑过来。

苏文喝道："张皇个甚，说，掖庭出了甚事？"

"大……大人，李夫人受了惊，小产了。"

十六

　　柏梁台毁于大火的消息传来时，已是十二月甲辰（十一日），刘彻正在东莱海隅寻仙，几日前，他目睹了海市的景象，为时虽短，却令他对长生成仙的愿景更为坚信不疑，数日来他流连海边，冀望能再次目睹蓬莱三山，但皆失望而归，后来他索性搭帐于海滨，苦苦守候，但仙山再无踪影，出海的几批方士亦一无所获，不知仙山方位，他望祀蓬莱的大愿竟无从实现。

　　柏梁的大火，刘彻以为不祥，未央宫内余烬狼藉，时值年末，各郡国即将上计，遂诏命将本年诸侯朝觐与上计改行于甘泉，车驾循塞上巡边，至九原后经直道返抵甘泉宫时，已是正月了。

　　"公孙大夫，柏梁台这场火，有甚说道吗？"

　　柏梁之灾，令刘彻心里十分郁闷，若是上天的警示，总要想法子破解，化凶为吉，于是召见众方士问计。

　　"陛下既得见蓬莱，柏梁不足道也，此乃天意。黄帝曾建清灵台，十二日毁于火，于是治明庭，明庭者，甘泉也。旧的不去，新的不来，所谓弃旧图新，此其时也。"此番东巡，皇帝第一次得见海市，欢喜异常，公孙卿亦由此被擢为千石的中大夫，在诸方士中拔得头筹。

　　刘彻颔首，而内心怏怏依旧。他目光望向越巫勇之，问道："南中遇此灾异，又当如何？"

"越俗有火灾，在旧址上重新起屋，必大于前屋，以为厌胜①，可以压制不祥。"勇之说完，撇了眼公孙卿，面露得色。

蛮夷之地的巫师也想与齐鲁的方士争风？公孙卿咬牙暗恨，猛然记起栾大之言，话不怕说得大，越大，越有人信。皇帝好大喜功，柏梁台既烧，正可借着越巫的话头，在长安起座更大的仙宫！

"陛下，勇之所言甚是。臣以为，可于长安作建章宫，度为千门万户，其前殿应高于未央宫，作为迎神的所在，并于宫中再建神明台，倍于柏梁，上面重置凤阙，并以铜铸仙人承露台，高可入云，承接云表之露水，以供仙人。为防再罹回禄②之灾，可于其北掘大池，名之为太液池。于池内仿作陛下此番东巡时所见的蓬莱三山，并作海中龟鱼之属。旁立渐台以通三山，以纾垂念。"

公孙卿的此番建白，可谓正中刘彻下怀，但长安城内已找不出可供营建如此宏大宫室之地，于是诏命少府在直城门外上林苑觅址，又饬令大农筹措费用，调集工役，自二月起造建章宫。

上计、朝觐诸事毕，正月已过，车驾返回长安，法驾③置迎候宫门的皇后、太子与朝臣不顾，直入未央宫，换乘肩舆后，刘彻吩咐前往掖庭殿探视李嬿。

小产后的李嬿下血不止，气血两虚，身体极度虚弱，兼以心情低落，忽忽善忘，且恹恹不思茶饭，两个多月下来，形容暴瘦，近来每日梳妆，她简直不敢相信镜中那个影像就是现在的自己。

"阿嬿，你要多吃些东西，早早恢复到从前，不然瘦成这个样子，如何面君啊！"

李媛，是李嬿的二姊，她边为妹妹梳头，边将一束脱落的发丝掩入袖中。近来，李嬿原有的一头青丝亦日渐稀疏，更显得形容憔悴。

"面君？我这副鬼样子，怕是会吓到天子……"

想到皇帝吃惊的样子，她不觉莞尔，忽地又悲从中来，她已失去了得宠

---

① 厌，镇压、抑制；厌胜，厌而胜之，古代祛邪祈吉的巫术。

② 回禄，古代传说中的火神，回禄之灾，喻指火灾。

③ 法驾，皇帝出行时的卤簿，分大驾、法驾、小驾三类，法驾车队三十六乘，规模中等。

的本钱，生无可恋，放不下的只有年幼的儿子，想到自己一旦不讳，年幼的髆儿早早没了娘，可怎么面对这人世的艰辛？

"听说皇帝上计过后，就会返驾长安，阿嫣你要快些好起来，别让皇帝失望。"

说话的是坐在一旁的大姊李妁。自皇帝东巡后，李嫣常召两个姊姊入宫陪伴，李嫣带给李氏一家富贵，是全家人的心尖子，她受惊小产后，姊姊们更是住进了掖庭殿，日夜看顾，一心盼望着小妹能早日痊愈。可眼见李嫣形销骨立，身子越来越差，两人愈来愈担心，李家的好日子怕是要到头了。

皇帝看到自己这副形容，怕也会避之唯恐不及吧。李嫣苦笑了一下，摇了摇头。以姿色侍人者，早晚都会有这一天。正因如此，在皇帝对自己尚心存爱怜之际，她才要打点起精神，为广利争地位，有延年与广利这两个舅舅帮衬着，髆儿才不会活得那么辛苦……

梳妆完毕，她要了碗粟米粥，粥熬得很烂，稠稠的，散发着粟米的芳香，她用调羹一小口一小口地啜饮，感觉身上有了点力气。用毕，侍女端过一盂温水，她漱了漱口，正待派人召儿子过来，掖庭殿的女侍却来报，车驾已自甘泉返回，皇帝正向掖庭殿过来……

"取幂羅①来，该死！快……"李嫣心跳得厉害，容色苍白，有些慌不择言。

幂羅，是用黑纱缝制而成的面罩，自西域传至中国，因其异国情调，又可防人窥视，于长安贵妇中风行一时。李嫣戴好幂羅，爬上床，放下帐幔，刚用锦被将身体遮住，皇帝就进了寝宫。

"阿嫣，看看朕给你带甚来了！"刘彻手里举着颗硕大的珍珠，兴冲冲地向李嫣的卧榻走来，见状，榻前一众女侍与两个贵妇装扮的女人皆伏地顿首为礼。刘彻认得那两个女人，是李嫣的姊姊。

"阿嫣呢？"

李妁与李媛起身拉起帐幔，刘彻看到的，是头戴幂羅，倚着靠枕，全身裹在锦被中的李嫣。

---

① 幂羅，古代妇女所佩戴的面罩。

"陛下，你可回来了，臣妾有罪……陛下的孩儿……没了，臣妾也要去了……"李嬿欲语凝噎，泣不成声。刘彻一阵心酸，上前握住李嬿的一只手，感觉那只手又小又凉，在自己掌中瑟瑟发抖。

"孩儿没了可以再生，你又怎可弃朕而去？我们说好的，要做神仙伴侣的……"

他将那颗珍珠塞入李嬿手中，"你看，这是在东莱采到的珍珠，朕此番没有白跑，真的看到了蓬莱三山，长生、成仙确乎可行，阿嬿你要快些好起来，下次朕会带你一同去看仙山的！"

李嬿将珍珠放回到刘彻手中，凄然道："谢陛下厚恩，这珠子还是赏给其他的人吧。臣妾知道自己病入膏肓，将不久于人世，不能再陪伴陛下了……"

"你头上戴的甚劳什子，摘掉，让朕看看你。"刘彻这才注意到李嬿戴着头纱，隔着层黑纱，影影绰绰地看不清爱妃的面目，但能感觉出她确实瘦得厉害。

"臣妾卧病已久，形貌毁坏，不可以面君，只想托付皇儿与兄弟于陛下。"李嬿一下子钻入锦被，两只手紧紧攥住被头，将头面蒙得严严实实。

李嬿初入宫时，使性子时，常作此小儿女态，刘彻不觉莞尔，又不禁悲从中来。"夫人病甚，殆将不起，既如此，当面向朕托付髆儿与兄弟，岂不快哉？"

"宫里有宫里的规矩，妇人貌不修饰，不可以见君父，臣妾不敢以燕惰之容见皇帝。"李嬿回答得很决绝，是不容商量的口吻。

"夫人你只要掀开被头，摘掉头纱，让朕看你一眼，朕就答应赐广利以高官厚爵，且立赐汝千金，千金一面，如何？"

"赏不赏广利，在皇帝的心意，不在一见……"

刘彻既心酸，又恼怒，他伸手欲掀那被盖，却不料李嬿猛地掉头向内，将锦被紧紧地裹在身上。

"臣妾人命危浅，朝不虑夕，永诀之际，望陛下念在数年陪伴的分上，为臣妾留点体面……"言毕，唏嘘不止，任刘彻如何劝说，再也不发一言。

当着一众宫人之面受此拂逆，在刘彻还是头一次，既恼火，又尴尬，想要用强，又于心不忍，踟蹰片刻后，拂袖而去。

“阿嬷，起来啦，皇帝走了。”

李嬅坐起身，取下幂羅，接过李媛递过的丝帕，拭去泪痕。

“妹妹怎么就这么执拗，让皇上看一眼就不行吗？干吗这么不给皇帝面子？皇上一气，广利的前程怕是要毁了。”

“也是的，妹妹三十大几的人了，脾气还像小孩子一样，你就顺着皇上，要他看一眼，皇上言出法随，髆儿和广利不就都有靠了嘛。”

李媛与李姝，你一言，我一语，聒噪不休。李嬅无奈，厉声道：“笑话！我侍奉皇帝这么多年，反倒不如阿姊们知晓他的心性？”

因过于用力，李嬅喘息了好一阵才缓过来。她倚着靠枕，摆摆手，示意侍女们离开。“我们姊妹要说说话，你们暂且退下。”

待所有侍女都退出寝宫后，李嬅望定身前两位姊姊，示意她们坐到身前来。

“我所以不愿皇帝看见我现在这副样子，正为的是托付广利与髆儿给今上啊。咱家是倡家，我能以低贱之身进入宫廷，为今上所宠爱，凭的是甚？还不是靠我有副好容貌。偌大一个未央宫，好女成千逾万，皇上爱幸于我，犹如延年唱的，为的是倾城倾国的貌。以色事人者，色衰而爱弛，爱弛而恩绝。今上所以拳拳顾恋于我，还不是贪我的容颜，爱我的色艺，若被他看到我今日残花败柳的样子，他的怜惜之情还能保持得住吗？更有甚者，你们想想，今上看到我现在的鬼样子，一旦畏恶吐弃于我，还会大用我的兄弟们吗！”

“不会这样子的，皇帝对小妹用情很深，不像是薄幸之人……”

李嬅摇摇头，叹道：“我哪敢心存侥幸，陈阿娇十几年的结发夫妻，是甚下场？当今的皇后给他生了一儿三女，又能怎样，还不是想见一面都难……不说这些了，我所望者，他对我的怜惜之心，能用在髆儿身上，重用广利，让髆儿多个臂助。

“大哥刑余之人，蒙皇帝赏识，做到协律都尉，算是顶天了。广利勇武，若能大用，或能保持住李家的声光。髆儿有这两个舅舅在，我才能放下心去呀……”

李姝颔首道：“还有阿季呢，阿季人年轻，长得又俊，也是咱李家的指望呢。”

“阿季……”李嬅摇摇头道，“人长得好有甚用，满脑子都是些男欢女爱，一个风流公子哥儿而已，我看髆儿不仅指望不上他三舅，搞不好阿季还会拖累李家，你们和大哥要看紧他。"

回到温室殿，刘彻闷闷不乐，李嫣往昔的音容笑貌与适才的情景，在他脑中徘徊不去，自己最爱的、想要长相厮守的女人，身染沉疴，势将不起，令他心忧如焚。他传来了太医，细细询问了李夫人罹病的始末，太医皆称病起于柏梁台大火与凤阙倒塌时的巨响，夫人受惊后气血逆乱以致小产，之后恶露不止，血虽然止住了，可情志上的病针药罔效，无力回天。

情志上的病？"愿以王及兄弟相托……"难道阿嫣放不下的是这件事？朕已允诺在先，她怎么会想不开呢！刘彻反复思索，还是认定李嫣的心结就在这件事情上。赐外戚以恩泽，在他不过举手之劳，但他将此事抛诸脑后，拖延至今，竟至爱妃抑郁成疾，行将不起……他不觉双泪长流，陷入了深深的自责。当晚，他敕令少府，将失火当日当值柏梁台的宦者全数发配上林苑，罚为鬼薪①，黄门令丞苏文、王弼以监临部主②，文过饰非，免职待罪，以观后效。

翌日朝会，刘彻要办的第一件事，就是拔擢李广利，希望这能去掉李嫣的心病，提振她的精神，早些康复。他不愿失去她，这满宫的女人，唯有她那里，才有家的感觉。

"讨伐大宛的兵员与辎重准备得如何？"

刘彻扫视着丞相石庆、御史大夫儿宽、搜粟都尉桑弘羊，这三人是主持筹措此次远征的大臣。

"河西各属国都尉的骑兵，都已饬令于敦煌集结待命。皇帝的诏令宣示后，三辅少年投军颇为踊跃，截至目前，愿随大军出征者已逾三万。臣命中尉府自北军调用久经沙场的将士千人，将三辅子弟编伍成军，分别教练，再过数月，当可一用。只是主将人选未定，请陛下早择人选，以解将士悬望之心。"

正如所料，三辅子弟踊跃投军，刘彻很满意，颔首道："很好，主将朕

---

① 鬼薪，汉代刑罚，即为祠祀鬼神樵采，为时三年；应劭注：取薪给宗庙为鬼薪。

② 监临部主，是对"见知故纵"的补充，是专门针对汉代政府官员的条款。意为"见知人犯法不举告为故纵，而所监临部主（上级官吏）有罪并连坐也"。

自有安排。远征大宛，途程遥远，粮秣不可能供自中国，如何解决，爱卿们商量出甚法子了吗？"

石庆看了眼桑弘羊，桑弘羊出列，揖手道："臣接陛下诏命后，已遣使赴河西各郡军屯、民屯征集粮秣，分别调往敦煌、玉门等处粮仓，大致五月可以备齐。出玉门关经白龙堆至楼兰一线，千六百里之间，粮秣可保无虞。过楼兰西向，循大河而行，至葱岭数千里，沿途水草无虞，可自带粮食所费不赀，且难以持续。臣以为，沿途绿洲，小国林立，大军应就地征粮，顺从者，厚给赏偿；抗拒者，临以兵威，如此以次接力，当可顺利进抵大宛，之后因粮于敌，大军供给当可无虞。"

大军自带粮秣，人吃马喂，走不出多远，于沿途的邦国征粮，是没办法的办法。刘彻略作思忖，颔首道："也只能如此了，就照你说的安排吧。大军远征，马匹断不可少，朝廷马苑的不足，要抓紧从民间征调。"

他望着丞相等一众大臣，问道："大宛王把汗血马藏在了甚处？"

石庆揖手道："是贰师城，在宛都贵山西南。"

"大宛、郁成截杀我使臣，以为路途险远，可以无事。他们是大错而特错了，犯我大汉者，虽远必诛，故朕发大军以伸天讨。但此役缘起与目的都在于天马，只要大宛诛杀首恶，交出天马，我大汉可以既往不咎。这次远征的主帅就称作贰师将军，来啊，传李广利上殿！"

看来，皇帝欲用外戚领兵，可李广利不过是个千石的骑郎将，从无带兵作战的经历，骤然擢升，资望不孚。众臣面面相觑，但无人敢持异议。

李广利匆匆赶至御前，顿首请安。得知自己被大用为贰师将军，将统率大军远征大宛，不觉惊喜交集。惊的是，他虽然练过武，但从无带兵经验，更何论大军统帅，心里不免虚虚的。喜的是，小妹终于为他争得了机会，出人头地、光大门楣的志愿可望成真。

看到大臣们交头接耳，窃窃私语，刘彻知道众人不以为然，于是高声道："古人云，英雄不问出处；又云，举贤不避亲。卫青、霍去病出身微贱，以外戚厕身军旅，屡立大功，为国干城，这是各位都看到过的。李广利侍中，朕观察有年，甚知其勇武过人，朕擢拔其以不次之位，有厚望焉。李广利，此番大军远征异域，你可能不负朕望，追奔逐北，翦除元凶，做霍去病第二乎？"

机会难得，绝不可临场怯阵，让皇帝看出自己内心的犹豫，李广利再拜顿首，高声道："谢陛下识拔厚恩，臣定以一腔血诚，肝脑涂地，以报君恩。"

刘彻道："朕看好你，可众口嚣嚣，这满朝的文武未必看好你，中用不中用，配得配不得这'贰师将军'的名号，还要看你取不取得回汗血宝马，取回了，朕不吝爵赏；取不回，军法无情……"

李广利凛然，鼓勇道："广利知道个中利害，誓以身报，不成功，则成仁！"

刘彻满意地笑了，颔首道："朕知汝未经战阵，不会将担子撂给你一个人挑。朕会为你配备僚属，佐助汝行军。浩侯王恢，楼兰一役曾为先导，这次亦派为大军前导。赵始成为执法之军正，华成为军司马，主理军务，李哆（音尺）为行军校尉，治军事。行军作战，你要多同部属商议，集思广益以解疑难。你领取将军玺绶后，当赴北军校阅部伍，熟悉部属，之后率部前往河西，会同属国骑士，束伍成军，检点粮秣辎重，待八月秋凉，一切齐备，大军即可出关。汝等进程与战事，当随时遣人报知朝廷，朕会翘首以待汝等的好消息。"

李广利再拜顿首，领命而去，正待出殿，与赶进来的司马迁撞了个满怀。顾不上说话，司马迁揖手致歉，直赴御前，伏地顿首道："董仲舒董大夫昨夜薨于茂陵私宅，丧家午前于司马门报备，称家大人原籍广川，寄籍茂陵已近二十年，陈请陛下赐冢地以厝遗骨。"

刘彻一怔，故人之思蓦然而生。自己一路走来，自天人问策，立五经于学官，到定儒家为一尊，推行大一统，以春秋决狱，直至封禅泰山，无一没有董仲舒的影响在。他心目中的董仲舒虽不免迂阔，但与汲长孺一样，是难得的廉直之臣。昔者天子有诤臣七人，虽无道，不失其天下。他不愿听他们对自己为政的指摘与讽喻，嫌其聒噪，但又担心听不到真话。汲黯死后，朝堂上很久没有不同的声音了，现在董仲舒也殁了，他猛然感到了内心的落寞，抚今追昔，感慨万千。

"老成凋谢，朕心悲焉。传话给少府令，厚给董家赙赠；再饬令水衡都尉①，于上林宜春苑胭脂坡选地三亩，赐与董家，用作子大夫的冢地。"

---

① 水衡都尉，西汉官名，秩比二千石，与少府同为皇室衙署，主管皇室收入支出，主管上林苑。

十七

接到朱安世的口信，公孙敬声忙不迭地赶到河洛酒家，揖手见礼后，朱安世将他让进雅间，里面另有三人，二男一女，其中一个他认得的是钟三，那女人头戴幂䍠，黑纱遮挡住了面容，但仍能感觉出她的年轻。

朱安世并未向他介绍其他人的身份，吩咐伙计摆酒上菜后，招呼众人坐下，自己倚着张凭几，眯眼看着公孙敬声，问道：

"一去经年，长安有甚大事，公子说来听听，可好？"

"大事吗？这一年还真有不少，第一桩该算是颁行太初历。元封初，皇帝封禅泰山，受命于天，本该改正朔，易服色，与民更始，可差的就是这部新历法，这一等就是七年。今年五月，御史大夫儿宽与司马太史等终于将新历修成，皇帝即颁诏改行夏历，以正月为太初元年的岁首，这样一来，今年足足多出了三个月。"

朱安世点了点头，示意他说下去。

"再就是大宛了。师傅可真是料事如神，那车令非但没能买回汗血马，反而在大宛丢了性命。皇帝怒甚，已经调集了数万大军，欲讨伐大宛，索取天马，今秋便要出征，师傅此番可以跟进了吧？"

这件事京师内外沸沸扬扬地传了好一阵子，朱安世自然知道，他颔首道："当然。说起天马生意，有大军为后盾，当然可做，而且做就要做票大的。吾头寸不足，还望公子相助。"

"北军有笔钱常川存于太仆衙门，唯购马料与马具时取用，这是笔死钱，可供挹注，天马购回后一卖，所得足偿。"

朱安世揖手为谢，笑道："谢公子援手，此番敝人应许给你们的大钱，必可兑现。昭成君怎样，好买卖也该带上他做。"

"昭成被皇帝赐死，人已经不在了。"公孙敬声的面色一下子黯淡了下来。

朱安世一怔，失声道："有这等事！皇帝因何赐死昭成？他可是皇帝的亲外甥和女婿啊。"

"师傅可还记得离京前在昭成君家里那顿接风酒？"

"当然，怎么……"

"你我离去后，昭成酗酊，失手扼死了夷安公主的傅母……"

"扼死……为甚？"

"昭成下狱后，我去探视过，他说那女人被王温舒用为卧底，要告发师傅，其时昭成醉酒，为阻其告变牵连自己，急怒之际扼死了她。后来被王温舒报到行在，皇帝怒其与江湖勾连，赐其自尽。"

"昭成可惜了，我欠他的这个情，竟无从还报了。"朱安世摇首叹息，这个王温舒原本是个江湖上的混混，熟知江湖路数，现在成了朝廷的鹰犬，不除掉会是自己的大患。

众人默然，良久，朱安世问道：昭成这码事，牵连到公子了吗？那日聚饮，那女人也看到公子在场的。"

敬声摇了摇头。"王温舒很势利，于权门势要颇诣事，若隆虑公主在世，他绝不会动昭成。此番朝廷征集三辅少年从军，听说他借此敲诈了不少钱。他肯定知道昭成与吾等要好，格于吾家位望，一时不会有甚动作。"

"敲诈……难不成从军还得给钱？"

"从军者须自备马匹。马匹不足，朝廷从前放马匹饲喂于民间，现在按籍征用民间马匹。王温舒一伙上下其手，使钱的人家，免于征发，收了不少黑钱。"

"这个人得想法子除掉，不然后患堪虞。"

"他颇为皇帝倚信，怎么除？"

"朝廷征兵由谁主持？"

"石丞相总其成，具体管事儿的是主持大农的桑弘羊。"

“公子能和桑某说上话吗？”

“能。太仆寺须为大军调配马匹，前一阵多有交集。”

“好，你就把他们上下其手，私自卖放的黑幕告知桑弘羊，他既在其位，当谋其政……”

“仅凭此事，未必扳得倒王温舒。”

也是，贪腐之事未必能奏效，还得加码。朱安世皱了皱眉头，随即摆手道：“先不说他了。我给公子引见一个人。”

言毕，他用手指了指那个幂䍦遮面的女人，“公子托我找的人，我带过来了。”

“小女灵儿，见过大人。”女人站起身，深深地向公孙敬声鞠了一躬。

“灵儿？”公孙敬声上下打量着女子，又转向朱安世，问道，“不是说好请的是李女须吗？”

“女须是我的字，灵才是我的名。”那女子摘下幂䍦，立在众人面前的，是个头梳双髻，眉眼修长，身材娇小的少女，看模样不过十几岁。

“姑娘豆蔻年华，可做得来接引亡灵的法事？”

“我五岁时大病一场，差点死过去，苏醒后就能降神接鬼，我娘说我与外婆一样，也是病后通灵，得的是她的真传。”

少女毫不怯场，侃侃而言。朱安世好奇地问道：“可也是，这一路上也没问过姑娘的身世，你外婆姓甚名谁？”

“楚服，在江汉楚地闻名遐迩。”

“楚服！”朱安世不觉凛然，他看了眼公孙敬声，笑道，“这个人我知道，既是她的外孙女，看来家学其来有自，你就好好送她去公主家，试试不就知道了。”

公孙敬声的脸红了，连声应道：“是呀，试试就知道了。姑娘你随我来，我为汝引见主家。”

一段时间以来，公孙敬声与阳石公主往来频密，对这个敢作敢为，为人行事不拘一格的表妹生出种别样的情愫，一日不见，如隔三秋。可近来见面，每每被催问所托之事，搞得他多日不敢登门，现在人请到了，他的心又飞到阳石的府邸去了。

公孙敬声走后，朱安世望着座上的另一人，问道："王孙，你是长安本地人，王温舒的阴事应所知甚多，有能撂倒他的吗？"

赵王孙想了想，颔首道："朝廷伐大宛，三辅少年而外，亦征召豪吏，以带队管领诸少年。王麾下的华成、杨赣、成信之流，原都是关中三辅闾里的恶少，被他收罗为爪牙。此番征召，本应应命从军，可靠着王温舒的庇护，皆规避有术。尤其是华成，听说被钦点为行军司马，而王以其在关东办案，难以赶回复奏，让朝廷派了他人……"

"华成，这个人我见过，他真去关东办案了吗？"朱安世记得，当年王温舒追捕他至塞外，派的就是这个华成。

赵王孙摇摇头道："当然没有。前儿个我在槐里，还跟他打过照面，不过多年不见，他没认出我来。"

朱安世一拍大腿，喜道："好，这下他算是落在咱们手里了！王温舒这不但是欺诳，而且废格明诏，义纵就死在这个罪名上。事不宜迟，王孙，你马上回槐里，查出他的藏身之所。钟三，你去货栈找秦苋过来，告诉他他爹的大仇有报了，要他赶快过来书写告变文书……"

"你真是李女须？"阳石目不转睛地盯着面前这个少女，不敢相信她会是个名闻遐迩的女巫。

"小女本名李灵①，字女须。"女子不卑不亢，毫无怯意，也好奇地注视着眼前的这个大汉的公主，一双眼睛就像一汪潭水，波光潋滟，深不可测。

两人就这么对视了好一会儿。

"我师傅也知道她外婆，她家世代为巫，错不了。不行你试试。"公孙敬声插言道，意在打破这种尴尬。

"试试？"阳石瞥了他一眼，颔首道，"你既得家传，试试也好。你可知我请你来作甚？"

"朱先生说是接引亡灵，没错吧？"

---

① 古代楚地，呼巫为灵。

"接引亡灵？"阳石一怔，随即醒悟，瞪了公孙敬声一眼。

公孙敬声赔笑道："公主的私密，我怎能向外人道，所以说是接引亡灵。"

李灵摇摇头，敛容道："找我办事的人除去降神，都脱不开爱恨情仇这四个字，公主是哪个字？"

阳石略费踌躇，迟疑地说出了一个"恨"字。

"是宫里的女人吗？"

"是。"

"公主说得出这女人居处的方位吗？"

"掖庭在未央宫内，寝宫之西，从这里起算应该是西南方向。"

李灵解开随身的包袱，从中取出一个桐木人，在额头、心口与四肢各扎入一枚铜针，之后用丝帛包严，递与阳石。

"公主可遣人前往彼处，将桐人埋在那女人寝处附近。埋好后告诉我，我即作法勾摄其魂魄。但有两件事，公主先要答应我。"

"甚事，你说。"阳石喜甚，琢磨着怎样将桐木人埋入掖庭殿。

"小女子自幼与家母相依为命，除去了那女人，公主要放我回家。"

楚服因巫蛊伏法十多年后，李灵才出生，外婆的故事，是她通灵之后，母亲讲给她听的。每每说起外婆，母亲都会告诫她，游走于江湖即可衣食无忧，切勿步外婆的老路，介入帝王的家事。可她就是有种不甘心，一个公主祝诅宫里的另一个女人，不用说也知道是女人之间的争宠和妒忌，事涉皇家，风险绝大，可也是为外婆复仇的机会。这机会太难得，她决不放弃，但也不会像外婆一样迷失于其中，断送了性命。

"当然，对头没有了，我留你在此作甚。另一件呢？"

"吾等江湖为巫者，求的是财。公主托付的这件事，事涉宫闱，所关不轻，小女把一条命赌在这上面，事成之后，须以百金酬之。"

阳石没料到这小女子竟然狮子大开口，攒眉立目，良久方颔首道："不就是钱嘛，只要你事情办得利落，定依你所言，百金奉送。"

日暮时分，一封告变文书呈到了桑弘羊的案头。

数月来，为征讨大宛的军队征集粮秣、马匹，把他忙得焦头烂额。粮食还好办，是年大收，河西的军屯民屯的粮产调拨足用，都已运送到敦煌河仓等处备用。令他头痛的是马匹，征途万里，马匹可以说是行军的第一要务，为此他奏请调用朝廷放养于民间的马匹，可征集上来的，与大军所需相差甚多。当年仅三辅放养于民间的牝马就不下十万匹，多年下来，蕃殖的后代当极为可观。可几个月过去，征集到的马匹，仅寥寥千余匹，远不足以配给大军所需。近来，皇帝每次朝会都催问此事，已面露不悦之色。他为此焦忧不已，曾数度微服私访长安近畿的民户，感觉上民间马匹甚多，但一涉及征调，黔首皆讳莫如深。征调马匹的敕令由丞相府下达三辅郡县，大农督办，具体执行的衙门则是中尉府，他亦曾数次催促王温舒，王温舒却每每苦起张脸，两手一摊道：“百姓饲喂不易，都知道马儿此去凶多吉少，朝廷既无明令补偿，谁肯白白交出马匹？同朝为官，大人的难处，我最知道，我的难处，亦请大人体谅，在时限上缓一缓，容我再想想办法。”

看过告变的文书，桑弘羊愤愤不已，将册简重重地掷于案头。难怪马匹征调不上来，原来竟是这王温舒一伙上下其手，私相卖放，是可忍，孰不可忍！他拾起简册，招呼家僮备好辎车，直接去了丞相府。当晚，他与丞相石庆、御史大夫兒宽反复商量后，由兒宽拟就奏章，连夜呈入了未央宫。

半月之后，公孙敬声兴冲冲地赶到了朱安世下榻的旅舍。

“师傅，真是天从人愿，王温舒伏法了！”

“伏法？怎么回事儿？”朱安世大睁其眼睛，直视着公孙敬声，佯作惊讶地追问道。

“石丞相、兒大夫与桑弘羊连衔劾奏他借大军征发，勒索钱财，废格沮事，欺诳无道。皇帝震怒，将其下了廷尉，诏命严查不贷……”

“现在的廷尉是何人？”

“是南阳人，名杜周，是义纵、张汤拔擢上来的一个酷吏。此人办案决狱外宽内深，看似温和，其实唯上意是瞻，知道皇帝有意严办，他也抖起精神，把王温舒查了个底儿掉。王温舒任中尉多年，多以江湖上的恶少年与刻深狱吏为鹰犬，专与无权势的大户作对，苛索无餍，属下个个都成了富家翁。王温舒自不例外，此番抄他的家，藏金累千万，令人咋舌。廷尉连带查出他的两个兄弟亦倚仗他的权势，横行乡里，鱼肉百姓。昨日我侍中御前，陪皇帝赴诏狱提审他，他竟百般狡辩，直至带上其亲信华成，当面质证，他才吐口。皇帝极为震怒，敕令将其与王温舒本宗五族，一并族诛。光禄勋①徐自为私下对我感叹，这是大汉开国以来未有过的重刑，古时重罪有夷三族之说，王温舒竟落得个罪诛五族、家无噍类的下场，太可悲了……"

朱安世摇了摇头，不以为然道："有甚可悲的？冤死在他手里的人多了去了。天作孽，犹可绾；自作孽，不可活！"

"上次在河洛酒家说起过除掉王温舒，当晚，大臣们就联名劾奏，他的阴事是不是师傅捅上去的？"

朱安世连连摇头，错愕道："我？怎么可能！公子说过，这个人皇帝倚信非常，咱家没有证据，告变能好使？想必他在官场树敌甚多，被对头拿到了证据，一击中的。正所谓天网恢恢，疏而不漏，时候一到，一切皆报……"

"可这也太巧了，我一直以为是师傅出的手……"公孙敬声似信似疑，仍是满脸的疑惑。

"我倒是想出手，可拿不到证据，告也是白告。好在有人出手，代咱家除去了心病，昭成君地下有知，也可以瞑目了。"

朱安世亡命多年，深知不露行藏的重要，于是转换话题道："那个李女须，汝等试过了没有，灵吗？"

提起那女巫，公孙敬声愈加兴奋，连声赞道："那女子吗？名不虚传，名不虚传呐！"

"怎么……"

"听阳石说，她已做过三场法事，被祝诅的那个人，已经病入沉疴，危在旦夕了！"这一向，公孙敬声伺候御前时，皇帝总是愁眉不展、心事很重的样子。日前他偷偷问过同在御前当值的谒者郭穰（音壤），得知皇帝是在为李嫣日渐严重的病情发愁，据说李夫人已数日水米不进，眼下只是在延挨时日了。

---

① 光禄勋，即郎中令，秦汉九卿之一。汉武帝太初元年改用此名。

"嗯？病入沉疴……不是说公主的夫君已经作古了吗？"朱安世一怔，马上想到公孙敬声没对自己讲实话。他沉下脸，神色严峻、肃杀。

"公子你给我说实话，你们请这个女巫，所为何来？"

公孙敬声的脸红了，期期艾艾地说道："非弟子有意隐瞒，实在是阳石怕走漏风声，坏了大事……"

"甚事？讲来！"朱安世的口气愈发严厉。

"皇帝宠爱的李夫人，也生了个儿子，皇帝爱屋及乌，阳石忧心太子或罹夺嫡之变，故请人祝诅。"

看来当年的巫蛊之乱或将重演，一旦事发，长安必将兴起大狱，买卖做不下去不说，搞不好还会牵连到自己。他攒眉逼视着公孙敬声，厉声道："公子好糊涂，这种事情，一旦漏了风，你还想活命吗？这女子的外婆，当年就是为此丢了性命，用她祝诅的陈皇后也因此被废黜。你们想这样帮皇后、太子，反而是害了他们。事不宜迟，你听师傅的话，马上要阳石停手，送走那女巫。不然悔之晚矣！"

公孙敬声大窘，好一阵才回过神来，嗫嚅其词道："那……那女子已经被人接走，回江汉去了……"

十八

太初元年秋八月，征讨大宛的汉军终于启程，刘彻对此番出征寄望颇高，乘舆亲出章城门为大军祖道①，并于细柳军营校阅了出征的骑兵。次年夏五月，乘舆北上云阳，自甘泉宫经扶风枸邑②，溯泾水河谷北上回中道，经彭阳、朝那③而至安定④，驻跸鸡头山⑤东麓的回中宫。

关中古称四塞之地，四塞之一的萧关即在回中宫北，扼守自泾水河谷直达长安的通道。文帝十四年，匈奴老单于率胡骑十四万入朝那、萧关，杀北地都尉孙卬，兵锋直下彭阳。其时关中戒严，大将军周亚夫屯兵细柳，拱卫京师，匈奴骚扰劫掠月余方出塞远扬，行前一把火烧了回中宫。现在回中宫是刘彻即位后重建的。

不久，行在传旨，命公孙贺登记三辅京师吏民家养马匹，众人皆称朝廷或又要在塞外动兵。果然，六月十六日午间，骑都尉卫律接获调令，命其速

---

① 祖道，古代为出征大军祭祀路神并设宴践行的礼仪。

② 枸邑，汉代县名，右扶风郡属县，地望在今咸阳旬邑。

③ 彭阳，汉代县名，安定郡属县，地望在今甘肃镇原县东南；朝那，汉代县名，安定郡属县，地望在今甘肃平凉西北。

④ 安定，西汉郡名，武帝元鼎三年置，郡治高平，地望在今宁夏固原。

⑤ 鸡头山，贺兰山的古称。

赴回中觐见皇帝。傍晚，卫律出京，在长安西北横①门外渭水边，与前来送行的李延年道别。横门北距渭水一里余，自长安赴甘泉、回中，此路最为便捷。两人策马款款而行，很快就到了厩上②，前面就是渭水，水上建有横桥，又称中渭桥，桥北就是秦代的故都咸阳，汉兴后改为新城县，后废。元鼎三年复置为县，更名为渭城。远远望去，与长安横门相对处，是原来秦咸阳宫的冀阙，现称棘门，出棘门西北行，经由驰道越过咸阳原上的安陵，可通往泾水渡口，赴甘泉而转回中道，直抵皇帝驻跸之处。

"飞札急调，老弟此去，定获膺重任，前程不可限量。可我看你脸色不对，有甚不如意处，说出来听听，莫闷在心里……"

李延年因李嬿病重不能随驾，已经一年多了，可消息依旧灵通。他知道皇帝将派赵破奴率军北上，接应归附朝廷的匈奴左大都尉，而调用卫律，是用其所长，派他出使匈奴，与左大都尉接头，策动哗变，能杀掉儿单于固然皆大欢喜，杀不掉也可造成匈奴的内乱，由汉军接应归降。前番出使，卫律的精干，给了皇帝很深的印象，所以无论如何，这个他一手举荐的人，都会由此晋升，使自己在朝中多一臂助。这样的好差事落在身上，卫律却闷闷不乐，满脸愁云，由不得他不问个究竟。

"我吗？没甚事情……敢问贵妃之病可有起色？"卫律摇摇头，欲言又止，顾左右而言他。

"看上去没甚指望了，你问这做甚？"

李嬿卧病几近半年，近来尤其加重了，常常噩梦连连，大汗淋漓地醒过来，说是有鬼物守在近旁害她。其时守在她身边寸步不离的都是姊妹和亲信侍女。

"延年兄，夫人若没甚指望，我们兄弟当早做准备，以防不测……"卫律迟疑了片刻，还是讲出了憋在胸中的那番话：

"那女乐的舞伎舒儿，妊娠数月，身子已经包不住了，吾兄可知道？"

李延年一怔，面色一下子黯淡了下来。女乐归他管，舒儿大了肚子的事

---

① 横门之横字，汉如淳注音光。

② 厩，音替，厩上，横桥南端地名。

情他当然知道。起初，他指望后宫外放宫人，借机打发掉舒儿，就此消弭于无形，可皇帝常川在外，不经御笔勾红，今年后宫的汰旧换新竟没能举办。后来，舒儿身子渐重，不能跳舞了，李延年将其调往开襟阁，说是助其编校乐谱，由李季与一两个家仆轮流看顾。时间一久，掖庭尤其是女乐，流言渐起，宫人看李氏兄弟的眼神也不对了。眼下舒儿即将临盆，无处可去，李延年只能硬起头皮扛着，希望皇帝一时半会儿回不来，他还有腾挪的时间。

"嘻！为兄正无可如何……老弟从何得知？"

"有郎官在开襟阁看到过她，也有女乐那边传过来的流言，这种事情捂不住。夫人在，没人敢动告变的念头，可若夫人不讳，谁知道会发生甚事情。当断不断，反受其乱，趁今上尚在回中，老兄须马上了断此事，不然一旦事发，你我都扛不住。"

李延年额头紧蹙，良久，沉吟道："宫里的女人都是皇上的女人，登录在册的，一旦人不见了，又如何交代？事缓则圆，她就快生了，届时我会想办法将孩子送出宫，之后借外放宫人之机也送她出去，这前后只需三个月，整件事情就会消弭于无形。"

"可哪里还有两三个月的时间呀……"

李延年在卫律肩上拍了一下，苦笑道："事情还没到那个地步，今上新命广利为贰师将军，率大军出讨大宛，我李家宠眷未衰。我都不怕，你怕个甚？你就信我一次，放心办你的差去，待你回来时，必定会云开雾散，安堵如故的。"

"李家偌大权势，自然不怕。至于我卫律，父母早故，孑然一身，天塌下来有高个子顶着，有甚怕的？"卫律笑道，但有几分勉强。

当局者迷，看来一点不假，李家权势再大，也是皇帝给的，皇帝自然也能随时收回去，这点道理不明白，还敢动皇帝的女人！自己劝过了，朋友之责尽了，倒是要想条退路，别跟着做了殉葬品。

看看天色渐暗，卫律向李延年揖手作别道："天快黑了，今晚要赶到安陵打尖，就此别过，兄长多自珍重！"

言毕掉转马头，扬鞭催马，一溜小跑着过了横桥，李延年伫立于桥畔，直到卫律的背影消失在街巷中，方才摇摇头，叹息一声，策马回城。

几乎就在同时，长安杜门外的博望苑中，太子刘据正在用晚餐，陪侍在旁的，是少傅石德。自开苑以来，刘据在苑读书，交通宾客，忽忽不觉已经过去了四年。他于此重习了五经，近一年多来，开始读法家杂著，越读，越觉得其立意与圣贤之道不合，而与父皇这一向所行之政，若合符契。所谓圣王之道，不过是粉饰太平的幌子，而将社会资源集于一手，严密把控百姓，才是朝廷施政的重心。他自幼浸淫于儒家学说，一直以来都奉行修身齐家治国平天下的理念，以古圣先贤为榜样，立誓做一名与民休戚的明君，难道自己践行近二十年的准则都错了？

　　见刘据放下了碗筷，石德示意撤去餐具，又命侍者奉上一盂清水，供太子盥手。太子勤于学令他满意，每周至少五日，太子皆在苑倾心读书，接见宾客，尤其难得的是，太子读书，务求甚解，每每提出一些出人意料的问题，既令他为难，也让他高兴。这一阵子，太子开始读管子、商鞅，但愿他能摆脱儒学的迷思，回归于现实。

　　"师傅，控制住百姓的饭碗，迫使他们只能依靠君王才能填饱肚子，成为千依百顺的顺民，这就是管子'利出一孔'的真义，对吧？"刘据盥手后，用汗巾擦擦手，毫无来由地问道。

　　石德一怔，嗫嚅其词道："殿下是说管子的治国之道吗？"

　　刘据肯定地点了点头，命书童取来一卷简策，展开指点道："故人君挟其食，守其用，据有余而制不足，故民无不累①于上也。《管子·国蓄》篇上这段，'据有余而制不足'，是"利出一孔"的真谛，也是管、商乃至今上治国的蹄筌吧？"

　　石德面露微笑，颔首道："殿下明鉴，正是这个道理。"

　　刘据摇头道："可学生怎么觉得'利出一孔'与先圣的教诲相悖呢？孔子与孟子皆主张君主施仁政，与百姓休戚与共，与民同乐。本朝张大五经，定儒家为一尊，将先秦百家杂说打入另册，难道错了吗？如今的治道，所谓阳儒阴法，实际上用的都是法家那一套，这种表里相悖，不是挂羊头卖狗肉吗？

---

　　① 累，系也；系累于上。民之所以系于君，在于资源皆在君手，利害皆系于君。

本宫实在是困惑，还得请师傅为弟子略作譬解。"

石德则大不以为然，以为儒学并非幌子，而是朝廷倡导教化之愿景，至于法家，是处置实际问题不可或缺的工具，两者各有其用，相辅相成。他沉吟不语，思索怎样才能说服太子。

"朝廷以孝治天下，当然要以儒家的理想作为愿景，君君臣臣，父父子子，上下都要合规矩，天下才能有序，才不会乱，不然诚如齐景公所言，'虽有粟，吾得而食诸？'吾朝定儒家为一尊，就是要为天下立下这个规矩，并非用它做幌子，而是真心希望上自天子，下至众臣百姓都能够自觉遵行……"

不待师傅说完，刘据责问道："如师傅所言，儒学既被立为大经大法，为何不能以它的方式治国，亲亲，仁民，爱物，又譬如忠恕之道、博施济众，富之教之，使百姓有耻且格，而偏要施以法家的严刑峻法，搞得天下戾气充盈，道路以目呢？"

"殿下欲行仁政，行得通，当然很好。可殿下欲行的仁政，圣人都认为难以做到。孔子说过，'何事于仁？必也圣乎！尧舜其犹病诸！'殿下自忖达到了圣贤境界吗？尧舜都做不到的事情，殿下以为自己能够做到吗？"

见太子满脸通红，嗫嚅其词，石德敛容揖手道："仁政是君王努力的方向，就像天上闪亮的星辰，召唤着人心向善。可在现实世界中，人生而良莠不齐，圣人云，中人以上可以语上，中人以下不可以语上①，讲不通道理者你拿他们怎么办？就得立规矩，以法则之。"

刘据仍不以为然，辩道："民可使，由之；不可使，知之。孔子富之教之之道总好于严刑峻法，为什么非用法家那套呢！"

"非不用也，时不至也。黔首们有了知识，自给自足，不端朝廷的饭碗，还能听朝廷的使唤？殿下长于深宫，实在是把人性看简单了！"

石德看着刘据，摇摇头，叹息道："古往今来的君主，有几个不想行仁政，博取百姓的崇敬与爱戴？可又有几人能够做得到呢！

---

①《论语·雍也》："中人以上，可以语上也；中人以下，不可以语上也。"《论语·阳货》："唯上智与下愚不移。"

"崇敬与爱戴既不可得，如何施政？那就得用法家那一套，把资源攥在自己手里，老百姓衣食住行样样离不开朝廷，依赖朝廷，才会服从听话。韩非说过，古今异俗，新故异备，如欲以宽缓之政，治急世之民，犹无辔策而御駻马，此不知之患也。①辔是啥？马笼头；策又指甚？马鞭也。没这两样东西，谁驾驭得住駻马？对天下的臣民而言，法家那套东西的作用犹如辔策。殿下读书欲求甚解，要从当今的世道着眼，不可拘泥于过往。"

"孝文、孝景皇帝与民休息数十年，百姓家给人足，国以富强，父皇北逐匈奴，开疆拓土的基业还不是先皇缔造的？过往难道不好吗！"

"过往当然好，所以有'文景之治'的称誉，可此一时彼一时，彼时的无为而治，放在当下就未必行得通。譬如打匈奴，须以举国之力行之，方有胜算。又譬如人分良莠，对那些莠民，仁爱感化不了，那就宁可严刑峻法，要他们恐惧、害怕朝廷，自我约束，轻易不敢为非作歹。殿下也曾说起过那些诬陷自己的小人，恨之入骨，对这样的人，殿下还肯施以仁爱吗？一朝大权在手，会不念旧恶，放过这些个小人吗？"

刘据望着石德，竟一时语塞。

"殿下好学深思，怀圣王之志，又富于春秋，将来必能一飞冲天，得行宿志，对此，为师万分欣慰。可当下，殿下万不可质疑今上的政略，而须立足现实，理解并支持今上施政的方略，坐稳东宫的位置。唯有如此，殿下才可能平平安安地等到得行己志的那一天。"

是呀，师傅的话没有错，二舅当年要自己沉潜，也是这个意思。父皇的作为，自有他的道理，不是自己能够改变的，只有承嗣了大位，他才有可能以儒学的章法治理国家，他今后要做的是，虚静自守，卑弱自持，等着这一天的到来。于是颔首道：

"师傅说的是，弟子明白了。"

"读书而外，殿下也应多与宾客交往，从中甄拔可信可任之人，为将来

---

①《韩非子·五蠹》："古今异俗，新故异备，如欲以宽缓之政，治急世之民，犹无辔策而御駻马，此不知之患也。"

储备人才。"

"嗯。依师傅看，张光如何？"

张光，字煦明，是苑中近期接纳的一名宾客，燕人，年不满三十，为人慷慨不拘，有侠士之风，与诸多彬彬文士，迥然不同。

"张光吗？"

石德略作思忖，肯定地点了下头道："此人通身豪气，当是朱亥 ① 者流，殿下倾心结交，日后可得大用。"

师傅的想法与自己一致，两人相视一笑，默契于心。

"那么如侯呢？"如侯姓陈，字公胜，渤海人，言辞辩给，是刘据新近招入的另一名宾客。

"如侯？聪明是够聪明，可欠历练，大事猝发之际，我怕他决断力不够……"石德沉吟了片刻，道出了自己的忧虑。

"未必，本宫以为他的勇气不亚于张光，而学识过之。"

刘据正打算与师傅逐一品评苑中宾客，太子舍人无且匆匆走了进来，揖手道："殿下，未央宫来人了，说是有急事相召。"

"急事？是皇帝回京了吗？"

无且摇摇头，低声道："不是，是皇后那里的人，长乐宫的大长秋。"

"哦，召他进来。"

陈博，是皇帝派任到长乐宫任职的宦者，晋职为大长秋。刘据望着这个被他视作皇帝耳目的宦者，懒懒地问道："这么晚了，皇后那里有甚事吗？"

"皇后请殿下速速回宫，掖庭殿那里……李夫人刚刚去世了！"

---

① 朱亥，战国时魏人，为大梁市中屠夫，任侠有勇力，因侯嬴举荐为信陵君上客，后助信陵君击杀晋鄙，促成窃符救赵的大业。

十九

　　荡荡游魂，何处留存？魂兮归来，返故居些……

　　卫子夫与刘据乘坐的肩舆到达掖庭殿时，夜漏已至人定时分。正殿内烛火通明，屋顶上传来宫人呼喊招魂的声音，殿内所有的陈设都已覆上白色麻布，一派萧索肃杀的感觉。

　　宫人们见到皇后驾到，忙不迭地跑进去通报，卫子夫望着她们的背影，摇了摇头，叹息道："才不过一年，这宫里的红人就让老天收去了，人，犟不过命呐！"

　　刘据望着母后，看到她眼中的泪光，很不以为然。

　　"好不容易对头被收走了，欣喜还来不及，母后又难的哪门子过呢！"

　　"终究姊妹一场，红颜薄命，孤真的是为她难过。她去了，刘髆还在，李家的宠眷未衰，你坐上那个位子前，我们仍得终日小心，如临深渊，如履薄冰，别忘记你二舅的话。"

　　一老者牵着一孩童，自殿前西阶迎了出来，老者是中书谒者令郭彤。他老了，腿脚不便，被皇帝留下主理后宫。孩童赤足麻衣，是李嫣的独子刘髆，两人见过礼后，前行引路，皇后、太子一行随之进入寝殿。

　　李嫣的遗体沐浴已毕，尚未小殓，头朝东陈放于床上，下铺那张皇帝赐予的象牙簟，通体覆盖着白布，旁边叠放着小殓备用的锦被与十几套丧衣。床下放置着盛满着冰块的巨大冰盘，散发出丝丝寒意。刘髆作为孝子，跪到了尸床之东，身后是李延年、李季与两个姊姊等一众亲人，此外，尚有前来料理丧事的太祝吕宽舒。

吊唁之后，卫子夫凝视了一会儿尸床上的遗体，吩咐道："揭开蒙布，让本宫再看李夫人一眼。"

"不可！"郭彤以手势阻止了卫子夫，向前一步，揖手道："殿下，李夫人病重后饮食不进，人瘠瘦得脱了相，看了徒增伤感，不看也罢。"

皇帝出巡，未央宫诸事听命于郭彤，除去每日接受宫人们的请安，她早已不理会未央宫的事情了。卫子夫无语，稍后颔首道："夫人装殓还缺什么，公公尽管告诉我，我会叫长乐宫预备好送过来。"

吕宽舒已检视过丧葬备品，亦揖手陈奏道："禀殿下，无所缺，夫人病中，早已吩咐东园①将所需物事预备停当了。"

"夫人生前，没有留下甚话吗？"

"夫人属纩②前，已数日不省人事，无遗言，病重时所言，多与儿子有关，奴才会整理出来，奏报皇上的。"

"差人向皇帝告哀了吗？"

"奴才已派人连夜奔赴回中，人已经走了一个时辰了。"

"那好吧，小殓之后，本宫会传令各宫夫人、宫人来掖庭吊唁，这里就劳公公与太祝照应了。髆儿年纪小，初丧三日不食，小孩子受不住，还请公公为他预备些米粥蔬食充饥为好。"

郭彤答应下来后，卫子夫携刘据走出掖庭，她仰望夜空，长长地吁了口气，身后伴随着李氏亲属们的擗踊③号哭之声。

小殓经手者皆为女性，由太祝隔帐指导，郭彤走出寝殿，在夜色中，长长地做了个欠伸，之后在园中踱步。刘髆年方八岁，失去了母亲的庇护，作

---

① 东园，汉代专为皇室、显宦制作丧葬物事，如梓宫、玉匣、陪葬之俑人等一应陪葬用品的场所，故称东园秘器。

② 属纩，古时人将死时，亲属以丝绵置其口鼻前，试探其是否断气；后用以喻指临终。

③ 擗踊，捶胸顿足地哭丧。

为储君潜在的替换者，威胁大减。一个令人如芒刺在背的劲敌故去，皇后却能携太子前来吊唁，示好之意明显，这卫子夫的自敛、算计与圆融，在女人中还真是不多见。

时近子夜，郭彤边踱步边想心事，忽听到前面的灌丛窸窣作响，于是大喝道："甚人在此？站出来！"

两个人从灌丛后闪出，宦者装束，跪倒在道边，走到近前，才认出是苏文与王弼，柏梁大火，两人因失职被免，安置在后宫从事扫除。

"这么晚了，你俩在这里做甚？安排你们当值了吗？"

苏文揖手道："奴才们听到李夫人过世，就赶了过来，有要事要向公公禀报。"

告变属实，可以立功复职。王弼更是难抑满脸的兴奋之色，抢言道："有人秽乱后宫，把宫人搞大了肚子……"

郭彤的头嗡的一声大了，皇帝巡狩，将后宫交给他，若出了这样的事情，该如何交代是好？他深吸了口气，稳住方寸，盯住二人，问道："有人？甚人？又搞大了谁的肚子？"

王弼道："是李家兄弟，有身子了的是掖庭女乐的舞伎舒儿，现在被他们藏在开襟阁。"

"李家兄弟，你们是说李延年、李季？"李延年调用舒儿时跟郭彤打过招呼，他并未在意，不想却搞出这种事情来。

苏文、王弼齐齐答应着是。

"这是甚时候的事情，尔等如何知道的？"

苏文指了指王弼，道："柏梁大火那日，王弼亲眼看见一女人自开襟阁走出，其时，李都尉在掖庭殿，阁中只有李季在。"

王弼点头道："奴才当日奉命去开襟阁防火，当时还有卫律在，给他们把门。"

"哦，你俩胆子不小，知道得这么早，为甚拖到此时才报！"

苏文道："那会儿没有切实的证据，事涉李夫人，都怕死，谁敢造次！现在李夫人过世了，那女乐舞伎舒儿的肚子也大了，纸里包不住火，奴才等才敢上禀公公。"

郭彤想起了韩嫣，甚至今上也犯过禁，宽宽手，是可以放他们过去的。李夫人新死，皇帝今后会怎样待李家，还看不准。这事儿说大可大，说小可小，全在皇帝一念之间。眼下要紧的是不要泄露出去，搞得宫里面满城风雨，事情还得等到皇帝回来后处置。

"那女人还在开襟阁吗？"

"在，公公一声号令，奴才等愿为前驱，抓那贱婢出来以为佐证。"

"胡扯！事涉李夫人亲眷，如何处置，决定要由皇帝来做。你俩听好了，管好自己的嘴，不得泄露此事。先让李家办完夫人的丧事，等皇帝回来，我会传你们到御前面君的。"

苏文、王弼面面相觑了片刻，一同伏地顿首，连声答应道："谢公公指点，奴才谨遵教诲，就等公公的信儿了。"

清晨，一群斥候押着一个戴着头套的人直奔单于大帐而来。得知来人是汉使，乌师庐推开女人，一骨碌爬起身，披上皮袍，传令帐外相见。

元狩四年与汉军的两场大战，匈奴大败亏输，死伤惨重，元气大伤，为避汉军锋芒，伊稚斜藏身于匈河河畔，之后又北越燕然山①，选择在安侯河②畔作为驻跸之所，直至病逝。乌维嗣位后，重归单于庭。乌维早亡，独子乌师庐嗣位时刚满十五，诸王都不看好他，为了震慑住诸部，他杀伐决断，先声夺人，斩杀了有企图心的左贤王。诸王虽不服，但一时没有牵头的，竟难有作为。老人们虽低头臣服，但他还是能感觉到周围存在着一股隐隐的、无形的敌意，令他如芒刺在背。但自己年少，并无军功，靠父荫执政，难于服众，一段时间以来，他寝不安，食无味，如何镇抚住诸王、属下，渐渐成了他心头的大病。去年，他索性将单于庭自余吾水③西迁回安侯河，驻跸在了这个一面倚山，三面临河的谷地之中，借此摆脱诸王们的影响。

————————

① 燕然山，今蒙古国杭爱山之古称。

② 安侯河，今蒙古国额尔浑河古称，为郅居水（今蒙古国色楞格河之古称）支流，与郅居水合流后，向北汇入瀚海（又称北海，今贝加尔湖之古称）。

③ 余吾水，今蒙古国土拉河，安侯河（今蒙古国额尔浑河古称）支流，向西北汇入安侯河。

看着眼前这个高鼻深目、相貌英俊的汉子，乌师庐觉得眼熟，他略作思忖，猛然记起，这人就是上次汉使路充国所带的那个胡语娴熟的通译。

"你是前次出使的通译吧？皇帝派来的使节？怎么就你一个人？"

"也是，也不是。"卫律望了眼乌师庐身后，高高矮矮站着七八个胡人，从衣着上看，都是匈奴贵族。

乌师庐面露疑惑，不解地问："怎么说？"

"事关紧要，只可面告大单于本人，可否借一步说话？"

乌师庐心里一动，摆了摆手，身后的人都退至远处。他上下打量着卫律，良久，方问道："现在有什么话，你说吧。"

卫律又前后望了几眼，确信近旁无人，方揢手道："鄙人出使确为皇帝所派，但目的是联络大单于的属下，发动兵变……"

"你说什么……"乌师庐几乎不相信自己的耳朵，脸色一下沉了下来。

"皇帝派鄙人出使，为的是联络左大都尉，发起兵变，活捉或诛杀大单于。"

"左大都尉？"乌师庐惊呆了，左大都尉是他的族叔，也是最先效忠于他、颇受重用的贵臣。

"你怎么证明你不是来挑拨离间的，又拿什么证实自己的举告？"乌师庐追问道，面色狞厉，语气一下子严厉了许多。

"鄙人的朋友罹患大罪，势将牵连于我，为免受株连，鄙人撇开使团，单人匹马投奔大单于，坦陈一切，以为投献。朝廷还派出两万骑兵，接应左大都尉，一旦举事，里应外合，目下兵锋应在浚稽山一带，大单于可派出逻骑，到彼处打探，即可知我所言是真。"

"你在汉宫所任何职，为什么要投吾强胡？"

"鄙人职任未央宫骑郎将，汉人称大丈夫不得志，无非南走越，北走胡。况且鄙人实非汉人，而是长水胡，与贵国言语相通，习俗相近，既畏受牵连，最先想到的自然是投奔大单于。"

"你那朋友是谁，所犯何罪，为何会牵连于你？"

"汉宫的协律都尉李延年之弟与宫人私通，势将败露，李延年与我交好，会牵连到我。"

"汉军从何而来，如何接应叛贼？"

"去岁秋八月，吾与浞野侯赵破奴将军于回中宫受命于汉帝，月晦日^①一同自朔方出塞，屯驻于受降城待命。九月朔，得皇帝诏命，我与使团先行一步，赵破奴率两万骑兵跟进，相距约二三日路程，约定我与左大都尉接头后，送信与他，速来接应。行经浚稽山时，我甩掉使团，今早遭遇逻骑，随他们来见大单于。"

"那你们来时走的是夫羊句峡那条道啰？"

"正是。"卫律肯定地点了点头。

"回去呢？"

"若走居延道，要绕很远的路回去，赵破奴应原路返回，朝廷还急等着听他的消息呢。"

乌师庐暗喜，他正愁威望不足难以号令全国，腾格里却送来了一份大礼，借此一石二鸟，内消反侧，外建军功，可以一举巩固他这个少年大单于的位望。

他召唤亲信侍卫，低声吩咐了些什么，又敕命两批亲军备马待命。一批前往浚稽山一带查寻汉军的踪迹，一批前往余吾水旧庭，那里现在是左贤王的驻地，现在的左贤王已换成他的拥戴者。亲军会传达他的敕令，要左贤王速率所部赶往夫羊句峡会合，合围汉军。一切布置停当，他望着卫律，颔首笑道：

"你既真心投效，须做向导，随我征讨汉军。若事实证明汝所言为真，我不但收留你，还会重用你。我赐予你的，要强于汉人所能给你的十倍百倍不止！"

赵破奴未至浚稽山，就遇到了回返的使团，得知卫律失踪，心里蓦然升起一种不祥的预感。抵达约定地带后，除少数巡哨的胡骑外，全无匈奴人的任何消息，他踟蹰游移了两天，决定返回受降城，将卫律失联之事奏报朝廷，请示进止。

元鼎六年，他亦曾率部出塞两千余里觅敌作战，直至匈河，空手而归。

---

① 月晦日，即每月月末日，新月之前一日，夜色晦暗不明，故有是称。

此番以浚稽将军的名号出征，再两手空空地回去，颜面何在？于是沿途打掳，行至范夫人城时，已俘获数千放牧的胡人，而行军的速度，也慢了下来。

范夫人城南面就是夫羊句峡，穿过峡谷，是一片广袤的戈壁荒漠，距受降城约四百里路程，骑兵两日可到。范夫人城是汉军筑于峡北的一座要塞，弃守多年，已然破败不堪。赵破奴下令于此小憩，等候斥候的消息。这里是大漠的北缘，水草匮乏，显然非久留之地。赵破奴看了看天，日已西斜，他不打算停留，决意连夜穿越峡谷，可迟迟没有斥候的消息，心里不免有些焦躁。

派出去的十几个斥候只回来了两个，其中一个还带着箭伤，夫羊句峡已被胡骑把控，他们遭到了伏击。此时，赵破奴才敢肯定，卫律肯定是投胡了，否则胡骑不可能获知自己的去向，更不可能预先在归途上设置埋伏。

此时天光尽没，暮色已经笼罩了大地，由远及近，万马奔踏的蹄声，似闷雷般席卷而来，显然，大队胡骑已经循踪而至，他所面对的是前有堵截，后有追兵的态势，若被困在这么一处内乏水源、外无救兵的地方，汉军支撑不了几日。赵破奴跳起身，饬令将俘获的胡人作为肉盾，束缚于城外，弓箭手速登城垣，备御巡逻，余者埋锅造饭，饲喂马匹，养足精神，以备明日突围的大战。

匈奴人夜间不可能发起攻击，他还有一夜的准备时间。他于城中巡视时，发觉士卒的斗志尚可，但饮水不足，尤其是马匹的饮水已罄，这将严重影响全军的战力，非立即解决不可。他回到军帐，取出地图，很快做出了决定。

他上次到漠北，是自居延出塞，越鞮汗山①，涉龙勒水②，跨越浚稽山以至匈河。从地图上看，龙勒水就在范夫人城西北面，约百里之遥，找到龙勒水，即可解决士卒马匹的饮水问题，或干脆改走居延道，自龙勒水南下，甩开匈奴人，自居延入塞。

事不宜迟，他召来护军校尉郭纵、胡骑渠帅维王，命二人暂理军政，携子赵安国与十余名护卫出范夫人城，乘夜色西行，且行且寻，将至夜半，终

---

① 鞮汗山，今蒙古国戈壁阿尔泰山东部支脉。

② 龙勒水，发源于西浚稽山，沿浚稽山南向东流入大泊。

于到得一处水泊，周遭全是干枯的芦苇，赵破奴与儿子跳下马，涉入水中。水很凉，俯身掬水入口，如饮甘泉。侍从们纷纷跳下马，牵至水畔，打算痛饮一番。

但听得一声呼哨，上百只火把忽然燃起，将苇丛照得通亮，只见密密麻麻的胡骑将苇丛围了个水泄不通，个个张弓搭箭，瞄着赵破奴一行。一头目样的中年汉子满面髭须，逐个打量着汉军，目光停在赵破奴脸上好一会儿，手扬马鞭，指着他笑道：

"赵将军，闻名不如见面，大单于得知将军北来，欲求一会，将军却不辞而别。如今遇上了，就烦将军随我走一趟，去会会大单于吧。"

二十

改元太初以来，可谓刘彻所经历过的最为不顺的年头。

先是爱妃李夫人的去世使他备感落寞，心里空落落的，返回长安后，数月打不起精神。而李氏兄弟的胆大妄为，令他既吃惊，又愤恨，他下令将二人扣押在掖庭的密室；涉事的宫人，据说在事发当日就惊惧难产而死，但已难掩秽乱后宫的丑闻。

紧接着，太初二年正月初六，丞相石庆又去世了。这个老夫子谨慎忠厚，唯命是从，乘舆在外时，是个守成的好角色，骤然亡故，一时竟找不到一个合适的、能令自己放心的替手。一个月后，他才最终决定将自己的连襟、太仆公孙贺擢升此职，为他看好朝廷这一摊子。

三月初一，刘彻赴河东祭祀后土，敕令天下大酺五日，以示与民同乐。回来后不久，噩耗传来，朝廷酝酿有年，欲予匈奴致命一击的行动竟旦夕覆灭，卫律的叛卖与赵破奴的轻率，致使两万精骑卸甲投敌，不战而降。如此精心筹划的行动，竟如此窝囊地结束，他始料不及。识人不明，罪在朕躬！可任用卫律的人是自己，举荐卫律的却是李延年，罪当同坐！本来念在李夫人与髆儿那里，他原想留李延年一命，要他侍奉髆儿。现在不同了，他们都得付出代价，于是密谕郭彤在狱中结果了李氏兄弟的性命。近年来他每每出巡求仙，宫里的事都丢给了郭彤，郭彤终究是老了，宫里还是要多几个靠己的眼线，于是敕命苏文、王弼复职。

接踵而来的坏消息是西域的军事，被李广利搞得一塌糊涂，四万大军，狼狈而归者不过区区三四千人。他还记得李广利告急文书中的文字：

道远乏食，且士卒不患战而患饥，人少不足以拔宛，愿且罢兵，益发而复往。

他呆呆地注视着木牍上的文字，耳畔蝉鸣大作，但觉一股热流，自丹田直贯颅顶，有一种要晕厥过去的感觉。随即肝火大动，敕令韩延年为钦使，飞驰玉门、阳关，传檄李陵接应败军，一律安置于关外休整待命，有敢擅入边关者，自将军至士卒，杀无赦。

韩延年归来复命，已在半月之后，刘彻已然冷静下来，细听韩延年转述李广利呈报的败军始末。原来大军过盐水①后，军粮就渐次不支。沿途数百里一小国，多不肯卖粮，坚壁清野，拥兵自卫。首先是且末，国小人少，举国不过千余人，只相当内地一大村镇而已，即使追索殆尽，亦不足以供给军辎。次及精绝，人口亦不过数千。至精绝时所携军粮已罄，士卒二三日没饭吃，军心惶乱。故贰师将军对扜弥之后途经的诸小国，一律强行就地征粮，拒绝者或破城得粮，或数日不克，弃城前行，及至郁成，大军所余饥疲士卒不过数千，余者或倒毙于途中，或散落、逃亡，下落不明，更有些为了活命的人，干脆入赘了异国民户。因提供饮食的要求被拒，李广利等遂攻郁成，不料为其所败，杀伤甚惨。于是贰师与部属李哆（音多）、赵始成合计，都觉所余士卒过少，郁成攻且不下，更何论大宛？遂决计退兵，向朝廷申明就地征粮实不可行，呈请增派更多士卒粮饷后，有备而往。

漠北、西域，两路皆败，无论如何，刘彻是咽不下这口气的。于是于未央宫举办廷议，他心有定见，但想集思广益，先听听大臣们的意见。

几乎所有臣工都主张大宛远在万里，而匈奴近在肘腋，以集中兵力先挫败匈奴为上。匈奴自伊稚斜死后，龟缩于漠北，修养生息十余年，国力渐强。儿单于为树立威望，更是屡屡南侵，意图重扰边塞，使汉军在漫长的边塞上疲于奔命，东西难以兼顾。此番汉军失利，若不能及时报复，势必助长匈奴

---

① 盐水，即今之罗布泊，汉代称盐水。

气焰，进犯更频，陷汉军于被动挨打之境地。

在刘彻心里，匈奴肯定要打，但不是当下。以大局而言，匈奴虽侥幸一胜，其国力仍远不及军臣、伊稚斜在位时。儿单于年少承嗣大位，位望不孚，各名王多为其父执，号令诸部尚需时日，二三年内，乌师庐无能为，成不了大患。而大宛之征讨，攸关朝廷多年来经营西域、断匈奴右臂的战略，决不可半途而废，尤其是当下贰师新败，西域各小国徘徊瞻顾之际，更不可虎头蛇尾，让它们看轻了大汉。

"朕业已决定伐宛，而我军连够都没有够到就狼狈而归，堪为举国之羞！大宛之于我，不过一小国，竟敢截杀我使者，所恃无非路途险远，冀望吾知难而退。这么个小国拿不下来，徒令宛西大夏、康居诸国更加轻视吾大汉；而大宛好马不来，沿途乌孙、仑头与诸小国今后亦更会刁难我朝使节，使我堂堂大汉沦为外国人口中的笑柄。

"此番失败，败在轻敌，败在准备不周，辎重不继。那个姚定汉，夸大其辞，胡说区区三千射士，可平大宛，纯属欺罔不道。朕以赵破奴轻骑七百，新破楼兰，轻信了他们的谰言，以为六千骑士，外带三万恶少年从行，当可无虞，贰师之败，败在仓促成行，过在朕躬。而亡羊补牢，为时未晚，此番再战，如何进兵，粮秣供给如何持续不断，望诸卿知无不言，言无不尽，朕必悉心听取，斟酌选用。"

众臣于朝堂之上各逞其口，激辩而后，占上风的一派仍是大农丞邓光等，坚持认为如此长途，供给断难保障，一旦再次落败，会动摇国本。

"陛下若再伐大宛，势必增兵，譬如说再增两万人。可陛下想过没有，这六七万人的口粮怎样解决？设若每日每人配给一斤半①，一辆牛车负重一千五百斤，所供者不及千人，六万人一日之军粮，即须转输之牛车七十。贰师将军前番途次不敢耽搁，去到郁成尚且耗时半载，依此计算，接续粮秣，又得多少牛、多少车？即便粮尽杀牛，又能坚持几日？况内地耕种，牛只必

---

① 一斤半，汉代一斤十六两，又称司马斤，合今日 258.24 克，参见内田吟风《北方民族史与蒙古史译文集》。

不可少，又从何觅购？或言可以骡马骆驼取代，可如此多的力畜从何而来？

"自带既不可行，或言沿途购买、征集，而前番之挫已证实这行不通。以贰师所言，西域沿途皆且末、精绝类的小邦，举国不过数千人，竭其所能，亦绝无可能提供足够的给养。小国寡民，供给既力有不逮，于是拥城自守。我军若一路攻城拔地，每攻占一处，即须留人善后，如此徒然分散、消耗吾兵力，负累愈重。即便到得了目的地，疲累之师亦难言取胜，前番之挫，是为殷鉴，望陛下深思，则国家幸甚，生民幸甚！"

邓光所言，乃由贰师之败得出的教训，但夷人客商为何仅凭骆驼、马匹，就能穿越万里来关中贩鬻，而大漠、关山皆不在话下？这里面当有一定的道理。诚然，商队规模远逊于军队，而途次无大国，军队无受攻之虞。若改以商队的方式，将大军分拆为数队，接力行进，在约定之处集结，似仍可行。邓光等只见到难处，却不细筹解决难处的办法，就断言征宛不可行，沮败军心，岂有此理！

刘彻眉头微蹙，压住心里的不快，看定邓光道："不伐大宛，天马①从何而来？朕讨要天马，为的是要与中土之马交配，以改良我军之坐骑，与宿敌较胜于漠北，最终消弭北境的边患。厚价购买，朕已试过，那宛王全无道义，竟敢截杀我使者，视我以无能为，不即行天讨，他或以为得计了呢！远征非吾所愿，朕亦深知所需浩繁，可如此奇耻大辱，又岂容坐视？"

为改良中土之马而劳师远征，邓光颇不以为然，于是慨然陈词：

"我朝马苑与民间饲喂之马，多与塞北互市所得，数代繁衍，甚得其用，当年卫霍与胡人较力于塞北，骑兵多乘此马。其长有三：个头虽小，但耐力一流，此其一；耐粗饲，省料，此其二；适应漠北，不畏寒冷，此其三。是天马固高大健硕矣，能否适应北国作战，尚未可知，且得到天马，与中土之马交配成功，不知要多少年，而蕃殖成群，足以成军，更不知要等到何年何月，陛下所虑实乃不急之务。匈奴破浚稽将军后，即顺势攻受降城，虽未遂，但其威胁近在肘腋，无可置疑。小臣以为，朝野现有之马匹，似已足够装备

---

① 天马，汉武帝给汗血宝马取的名字。

我军，与胡人较胜于塞北。至于大宛，就在那里，或迟或早，总有挞伐的一日，不急在这一时。"

"你讲完了？"刘彻冷着脸，盯着邓光。邓光心中凛然，不敢再谏，嗫嚅道："讲完了。"

"大农丞以为征途万里，耗费太甚，天马引进乃不急之务。桑弘羊，你以为呢？"

廷议时，桑弘羊一直静听，没有发表意见。他心里是赞同邓光的，但看出皇帝急于报复大宛的心理，于是转而思索如何保障再度西征的给养。

"远征所费甚巨，是事实，但就今上平定西域、断匈奴右臂的大局而言，再大的耗费也值得。陛下重金购马，已显示了足够的诚意，而宛王杀我使节，掳我财物，形同匪盗，我天朝上国，若坐视不理，诚如陛下所言，徒招西域小邦的轻视……"

刘彻含笑捋髯，目光炯炯，追问道："你是大司农，朝廷的家底够不够打这一仗，你最清楚，你就说说，西征的军赍辎重，和牛啊，驴马啊，骆驼啊，由你调度，能提供多少，能否足用？"

自均输、平准①推行以来，桑弘羊操弄有年，对整体国力早已了然于胸。他略作沉吟，侃侃而言道："我朝自元狩四年至今，未再派大军出塞远征，修养生息这么些年，国力足够支撑。以臣所知，假以时日，自各郡征集，以举国之力，我以为牛十万、马三万，驮运军粮的骆驼与驴以万数，当可做到。有如此运力，兵甲弩箭粮秣的转输自可源源不断……"

"好个举国之力，前番受挫于轻敌，此番割鸡亦用牛刀！丞相，你要尽快拟定诏书，通敕各郡，征发名录七科谪②的适龄人口，到京师编练束伍后，由校尉统带，次第前往西域集结。"

公孙贺揖手称诺。

---

① 均输、平准，前者为运用国家财力，主持、调剂各地大宗交易；后者即由官府通过贱买贵卖，平抑物价。二者均出自桑弘羊献议，是自元封元年起全国推行的经济政策。

② 七科谪，秦汉重农抑商，朝廷将商人、商人子孙、商人佐儿、故有市籍者、罪吏、亡徒、赘婿等七种登录在册，实施监管者。

"还有天马之事，此番大宛若贡献天马，则仅杀其王以为惩戒；若顽抗到底，则城破之日，玉石俱焚。公孙敬声，你要在各马苑中遴选一批深通相马术之人，朕将赐封为首二人为执马、驱马校尉，随大军赴宛，负遴选天马之责。"

公孙敬声自乃父升任丞相后，已护理太仆一职，想要再进一步，跻身于九卿，这正是个展露才干的机会，于是脆生生地应了一声诺。

"沿途小国亦须区别对待，凡恭敬顺从者，我军收购粮秣，照价给付，不必强征；有如前相拒者，则必攻坚屠城，不留活口，以为警示。至于行军，可以分途、分批次第前往，宿营于军帐，避免扰民，如此，沿途小国当可承受得起。各军在约定的时间、地点会师后，由贰师将军总领大军，奔袭、围攻其都城。郭彤，你要拟一道诏书，将朕的意思告知贰师，要他放开手脚，不可养痈遗患。"

对于匈奴，被动防守不足训，刘彻心里一直酝酿着一个积极进取的方略，那就是把防线推进到匈奴人的地盘上去，减少己方可能的损失，挤压胡人的生存空间。

"各位爱卿说得也没错，匈奴确是我朝之宿敌，一旦西域得胜，朕必遣大军出塞征伐，决不会再容其坐大。在这之前，我军当出塞筑城，把防线推前几百上千里，布于匈奴境内。如此，胡骑来犯，最先被毁的是自己的土地，如此既挤压其空间，又疲敝其国力，最后迫其臣服于我。以攻为守，出敌不意，这才是朕的御敌之道。"

"敢问陛下，精兵赴宛，塞外筑城、守御之军该当如何安排？"

提问的是御史大夫儿宽，卫青薨后，大将军一职空缺，军事上的事情由他兼理。

"宛人以商贾为生，战力不会很强，故贰师此去所带多为编练的新军，有作战经验的劲旅，朕另有安排。徐自为……"

"臣在。"徐自为揖手道。他是郎中令，去年改正朔，剥复之际，九卿大多随之易名，郎中令改为光禄卿，仍执掌宫内郎官、侍卫。

"秋季将过，匈奴种落皆分散赶牲畜入山越冬，你要率军自五原出塞，西自受降城，东至卢朐①，沿线千里，筑城障、列亭，落成后朕会遣游击将军韩说、长平侯卫伉率兵镇守。"

刘彻又看定公孙贺与儿宽，沉吟道："你们还要拟两道诏令，一致西河郡北部都尉，那里塞外土地据说很肥沃，要他率士卒于塞外垦荒，实行屯田，以供塞外城障粮秣之用，同时要他在新垦之地筑成要塞，保护屯田。此外，在居延海一线亦须赶筑城障，可由镇守在那里的强弩都尉路博德主持，为河西各郡加一道锁钥。各郡征募的甲卒抵达河西后，分别安置于酒泉、张掖、居延、休屠诸地，编伍成军，以备战匈奴。"

刘彻胸有成竹，侃侃而言。知道这是皇帝默运于心、酝酿已久的大略，众臣没人再敢有歧义，廷议亦就此结束。

散朝时，刘彻留下了廷尉杜周。

"那个姚定汉，你要问案定罪，此人风言欺谩无道，不惩处无以抚军心。"

"诺。敢问陛下，邓光一力阻挠伐宛，沮坏军心，居心叵测，是否亦行案问，以此入罪？"

刘彻沉吟片刻，摇了摇头。"不可，邓光沮事固然可恶，但朕要诸臣知无不言，处置了他，朝野上下会以我食言，不再敢讲话，反而闭塞了言路。你可以传他，重点是问清楚他的居心，示以警诫，要他知所进退。"

杜周称诺后退出，张汤之后，他是最令刘彻满意的执法者。他起家于义纵、张汤的识拔，也目睹了二人由盛而衰的全过程。莅任后，风格一仿义、张，而少言持重，内深刺骨②，执法专事揣摩，以皇帝的心思为准绳。刘彻认为他兼具义纵、张汤之风，是酷吏中的后起之秀，用得十分顺手。

郭彤走进殿来，揖手道："陛下，韩延年求见。"

韩延年以父荫被封为成安侯，随李陵练兵河西。元封六年被擢为太常，代行大行令事，职事在他颇为生疏，致使忙中出错，未能将西域传来的公牍按时呈递，耽搁了军事，论罪赎为城旦。皇帝念其青涩，免其从役，安置宫

_____

① 卢朐，一说为山名，山在五原以北；一说为河名，即今蒙古国境内克鲁伦河上游一带。徐自为所筑长城人称光禄塞，又称外长城。

② 少言持重，内深刺骨，谓言语少，城府深，善于舞文弄法，严酷无情。

中为郎中，不时奉命出使传达皇帝的诏命。

望着跪在御前的韩延年，刘彻摆了摆手，"起来，有甚事说吧。"

"罪臣此番去敦煌，传达御令给李陵，他告诉我带兵人手不够，亟邀臣回去帮他。臣实不擅文案，愿回河西练兵。"

"哦，李陵，他兵练得怎样了？"

"河西这支兵，皆当年伐越时，在荆楚招募的奇材剑客。交到李陵手中已逾八年，西北之干旱严寒都已经适应了，现在可以说，全军上下一体，可得臂指①之用了。"

"很好。你的请求，朕准了，且授汝校尉军职，告诉李陵好好练兵。朕若得宛之天马，蕃殖成群后，当会装备他的精兵，用以克制匈奴。"

① 臂指，如臂使指。

二十一

太初三年春三月，汉军三万余人抵达郁成，与宛军遭遇。宛军有备而来，皆骑兵，铺天盖地，势如飞蝗，欲趁汉军立足未稳，打敌人一个措手不及。汉军则大弩长戟，备列战阵，觑得胡骑迫近，号令之下，万弩齐发，不过一刻工夫，宛阵大乱，丢下千余具尸体，仓皇退却。汉军待要擂鼓进攻时，宛军竟飞骑远扬，见不到踪影了。

此番远征，远较前次顺利。首先，大军分批次行军，源源不绝，给沿途小国以绝大震撼，纷纷开城迎接，主动提供给养。而转运粮秣、兵器的牛车，络绎于途，接力前进，给养充足。一路上只有仑头①固拒，于是围攻数日后屠城，并将此作为转输粮秣的中间站，沿途各国闻风丧胆，再无敢与汉军作对者。

乌孙与汉为姻戚，刘彻遣使请乌孙出兵协助，途经乌孙边界时，其国王亦派使节劳军，后来派出的两千骑兵，并未跟随汉军一同征战，而是首鼠两端，待在乌、宛交界处，坐观成败。

郁成乃截杀汉使的元凶，就在近旁，是先拿下郁成，还是乘胜直扑宛都贵山，李广利两日来仍委决不下。多数将领主张先下郁成，以此为据点，全军休整。如此，既消除了后路上的隐患，又使敌军无隙可乘，待后续各军陆

---

① 仑头，一名轮台，西域古国名，灭国后，李广利于此置校尉屯田，以供应往返西域使者，地望在今新疆轮台东南。

续赶到，可以一鼓作气，以压倒优势的兵力拿下贵山，获取天马。

"将军，前方斥候抓到几个人，胡人装束，却是汉人面孔，其中一人求见将军，说是有要事相告。"一侍卫走进大帐，揖手禀报。

"是贵山那边过来的？带他进来。"李广利道。

一足蹬毡靴，身着窄袖长袍，头戴尖顶高帽的瘦子被押了进来。他眯眼扫视着帐内，立即明了了谁是主人，于是极为恭谨地上前一步，边向李广利长揖，边微笑道：

"下走马商骆原，前番将军出征，吾等追随大军来宛，本想买些好马回去，不想蹇滞于此，年来盼大军如望云霓，今日再见王师，这可太好了。"

老者是朱安世，他深知，以皇帝睚眦必报的个性，绝无可能忍受一个小国的羞辱，必会以举国之力报复雪耻，而汉军的胜利，会彻底打破大宛的禁售令，使天马交易大开利市。怀此信念，他在贵山蜗居了近一年，终于等来了贰师的大军。

李广利傲然道："马商？取天马乃天子之命，汝等甚来路，竟敢插手皇家的买卖，难道不怕死吗？"

"下走一直为太仆衙门代购西域马匹，元封年间朝廷得到的第一匹天马，就是吾等经由公孙丞相，进献与朝廷的。前番跟过来，也是丞相大人关照过的。"瘦子神态谦和，口气却绵里藏针，他从怀中掏出两支关传，呈递给李广利。

"哦，这样吗？"自得知兄弟因秽乱宫廷罹罪，李广利在气势上已经收敛了许多，他看了眼关传，果然是由太仆衙门颁发的。公孙贺自潜邸时就侍奉今上，又新升丞相，是皇帝的姻亲和亲信，他的人倒是不能轻易得罪的。

李广利将关传交还给瘦子，神色缓和了下来，蔼然道："既是自己人，为甚胡服呢？你来见吾有甚要事，说吧。"

"入乡随俗，这副装扮为的是往来方便。敢问将军，我军既胜，为何不顺势挺进贵山，而要在此耽搁呢？"

"郁成在这里，先要拿下它，以雪截杀车令之辱。"

"将军想一鼓作气拿下贵山，奏凯还师，还是待其城防严备，久攻不下，师老兵疲？宛军怯于野战，长于城守，其国人平日皆事商贾，虽号称胜兵数万，但甚少训练，战时仓促成军，虽呼啸而来，实乃乌合之众。将军既已与之接战，既胜，当紧追不舍，不给其喘息的时间。而两日顿兵不动，不啻给了宛人腾挪之机，再耽搁下去，将军贵山之役，下走实不敢言必胜。”

“怎么说？你一个商人，懂得甚军事？莫乱参言，沮我军心！”李广利的脸沉了下来。

“将军且容我把话说完。大军若乘胜追击，二百里路一日可到，宛城人心惶乱之际，城防、粮秣均未足备，当可一鼓而下之。而今贵山已得空数日，将军再攻郁成，又不知会耽搁多少时日。届时贵山百姓、粮秣均已入城，足以倚城固守。且吾闻宛王已遣使赴邻国求援，又雇佣汉地水工，于内城凿井，一俟出水，则城内饮食可保无虞。我军劳师远征，利在速决，敢问将军耗得起这时日吗？”

瘦子的话句句在理，由不得李广利不刮目相看。“那么依你所见，该怎样拿下贵山？”

“下走在贵山开货栈有年，知其城内饮水均取之于河，值此城内无水源之际，当派水工，循河溯源，于其源头改道。河水一断，则人心必乱，宛城亦必难以持久，或可不战而降。前提是尽快以大军围城，将宛人牢牢困于城内，没办法出城干扰河水改道的作业。”

“那郁成呢？留它在我军身后，会不会与贵山互为犄角，甚或袭扰我军后路，成吾之患呢？”

“敢问目下大军有几多战士？”

“三万。后续跟来的，还能有三四万。”

“郁成小国，附庸于宛，区区数千战士，仅足以自保，绝无可能主动攻击十倍于它的大军，先放过它，无能为也。兵贵神速，将军莫坐失战机。”

瘦子的话显然打动了李广利，他看了眼站在身后的军正赵始成，吩咐道：“汝传令全军，埋锅造饭，餐后即连夜赶路。”又对瘦子点点头道：“汝既为大汉子民，又有货栈在城内，理当为吾军内线，游说宛廷贵人与吾合作，开门迎降。你去告诉城中贵人们，只须交出首恶，贡献天马，服膺大汉，就可以保全性命妻子富贵，若一力顽抗，则破城之日，玉石俱焚，仑头是为前车。汝能劝降，本将军会记以大功，他日归报朝廷，中外皆知天子的慷慨，尔等亦可封侯受爵，足享富贵矣。”

瘦子敛容揖手道："吾等草民，理当报国，受奖实不敢当，功劳还请将军记在太仆衙门头上。下走贩鬻中外，所求者宛人一旦降服，将军能允吾等去贰师买些马匹，回关中售卖，就感激不尽了。"

李广利颔首道："马吗？好说，贰师城的马匹，我派随军的校尉拣选完后，余者尽随汝意。"

瘦子暗喜，再三致谢，与李广利约定接头通气的方式后，退出了大帐。帐外人喊马嘶，看得出是在做开拔的准备。

一面目狞恶的中年人牵着马匹走至近前，"叔，搞定了？"

瘦子点点头，低声道："咱们得赶在大军前头，马上回贵山，走。"

两人飞身上马，紧夹马肚，一声吆喝，两骑疾驰而去，很快便见不到踪影了。

两日之后，汉军趁着夜色扎营，将贵山城围了个水泄不通，一时间城中人心惶惑，但汉军并无动作，几经安抚，宛人情绪才慢慢平复下来。贵山是座土城，以夹板作模，中填黄土，层层夯筑而成。贵山城分内外，袭杀汉使后，为防报复，宛人又将内外城墙足足加厚加高了数尺。内城又称中城，为宛王、贵族、官吏的聚居区，外城所居多为商户、百姓，总领城防的是宛贵人、勇将煎靡。

朱安世返归后，连夜造访昧蔡，力劝其联络诸贵人，与汉军合作，以保身家富贵，他自己则愿居中联络，为双方搭桥。昧蔡是宛国重臣，与宛王毋寡沾亲，掌管交通外邦事务，相当于汉廷的大行。众臣中，昧蔡亲汉，礼遇汉使。朱安世在宛国贩鬻，知道离不开有力人物的庇护，厚贿之，早就结交下了他。

两人对坐品茶，昧蔡沉吟不语，良久，朱安世道："不知大人以为鄙人的献议如何？我听说，汉军即将兵临城下，两国交兵，城内势必戒严，为避祸计，货栈得关张，鄙人亦须深居简出，今后不方便走动了。"朱安世深知，大宛以商立国，讲究的是和气生财，贵人们多不以宛王所为为然。

昧蔡饮了口茶，连连摆手，叹息道："我曾与多位贵人叙谈过，皆以为王行事孟浪，自贻伊戚不算，还给国家招来了大祸。可目下军权在煎靡之手，有他在，主战者气势甚旺，众臣多首鼠两端，还是得耐下性子等，不吃亏，煎靡是不会后退的。"

眼见昧蔡瞻顾徘徊，朱安世心里发急，加重了语气。"一人重，还是一国重？舍一人而保举国平安，孰善？请诸公三思！"

"吾等所见，与骆先生略同，我们也做了安排，可发动还要等等，时机不对，会满盘皆输的。请先生少安毋躁。"

"敢问大人，甚时候时机对？难不成要等汉军打进城吗！届时人为刀俎，尔为鱼肉，刀架在脖子上，还怎么谈条件，做交易？"

"当然是破城之际，煎靡顾得了外顾不了内，军心惶乱，人有怯意时，方是下手的最好时机。王与煎靡，皆心存侥幸，以为汉军的攻势难于持久，贵山兵精粮足，利于坚守。一俟汉军粮秣不继，邻国援军赶到，攻守易势之际，汉军要么谈和，要么后撤，届时赔付些金钱，送出些天马，当可化解危机，朝中大臣也多抱持这种期望。"

看来宛人承平日久，心存侥幸，不识利害，非戳破不能为功。朱安世心中焦躁，双目炯炯，直视着昧蔡，加重了语气："与大人结识以来，承蒙看顾，在下心存感念，大局倾危之际，即惹嫌疑，亦不能不再向君坦言：诸公欲保全国家，请先与毋寡、煎靡划清界限。此二人为祸首，皇帝必欲得之而甘心，各位早下手，取其头颅进奉贰师将军，两造当可化干戈为玉帛。若待城破之际，恐家无噍类，诸公悔之无及矣！个中利害，鄙人此前已为大人道明。当断不断，反受其乱，切不可犹豫不决，还望大人三思！"

话不投机，昧蔡嘿然，朱安世无奈，只得辞出，回栈坐候消息。好在得知汉军复来的消息时，他即命货栈买入了大量的食粮，贮存下十几大瓮饮水，足可保一时无虞。

煎靡在城墙上观察了几日，汉军并不急于攻城，而是环城扎营，每日里但见一队队骑士清早出营，往来于山中，源源不绝地拖回新伐的圆木，显然是要打造攻城的器械。煎靡亦雇募勇士，数次潜出城外，试图放火焚攻，但均被汉军的弩箭挡在军营百步之外。数日后，宛人忽然发觉环城的河水日消，乃至干涸断流，原来汉军已自上游将河改道，掐断了城内的水源。幸有自西域及汉地雇来的水工，先已在内城中凿出了两眼深井，但出水量远不敷城内人牲饮水需要，王室贵人官吏而外，每户每日只能分到半斗水，一时间舆情大哗，人人自危。王室不得不公告应许加速凿井。

城外则每隔几日，就会有新军络绎赶到，汉军兵力日增，宛人愈恐。将近一月，汉军造好了云梯、投石器与冲车，开始攻城。第一日，投石便将城上的女墙砸塌了数丈，煎靡督率士卒，连夜修复。翌日，汉军弩手隐蔽于冲车顶部，在靠近城墙时猛然立起，群弩齐发，将女墙上的守军射倒甚众，守军则以滚油火箭迎击，迫使冲车后撤。又有汉军登梯，数度跃入女墙，与宛人白刃相接，但终因寡不敌众而败退。一连十数日，攻势愈加猛烈，双方缠斗不止，死伤枕藉。

连日的轮番猛攻，致使守城的士卒伤亡惨重，疲惫不堪。月晦之夜，李广利调集所有投石器，集中发射，为避投石，守军皆伏匿于女墙之下，汉军则趁此间隙，登梯攀墙，一待投石止息的间隙，一拥而入，黑暗中宛军秩序大乱，十数名先登勇士缘绳下坠，抢夺并打开了城门，顿时杀声大作，一波波汉军如海啸般涌入，守军各自为战，很快被分割屠灭，战至拂晓时，宛军统帅煎靡负伤被擒的消息传出，外城的守军放弃了抵抗，纷纷缴械投降。

李广利将大帐移入城中，饬令将俘获的宛军十人一队，以绳索捆绑成列，黑压压一片，跪倒在内城大门前的市场上，扬言内城若不交出毋寡，开门迎降，每天将处斩一队俘虏。他相信宛人经不起这种残酷的心理威慑，很快便会屈服。不然，他会发起全面的强攻，城破之日，他会纵兵大掠，杀得鸡犬不留。

但是接踵而来的坏消息，使李广利志得意满的头脑冷静了下来。一是日前自南道而来的王申生、壶充国所部千余人，在郁成遭袭，全军覆没，生还者仅逃来报信的几名士卒。一是巡哨发现了康居援军，约二万余骑，逡巡于大宛北境。

三面受敌，形势严峻，与赵始成、李哆等谋划后，李广利决定先分兵郁成，解除后路之忧。于是派校尉上官桀率骑兵一万、步卒二千返攻郁成，另以骑兵万人，布防北路，阻止康居人南下。余者连夜赶运攻城器械，翌日平旦全军早起进食后，斩馘全体战俘，擂鼓攻城。正待下达军令，一侍卫走入大帐，揖手道：

"将军，有宛国贵人求见。"

"哦？让他进来。"李广利心中一动，吩咐道。

两名胡人进到大帐，一老者服饰华丽，一望而知是宛国贵族，身后跟着的另一中年胡人，普通胡商装束。两人皆脱帽俯首垂膺，向着李广利致意，中年胡人则以汉话传译：

"我，克禄，贵山城伯克，受阖城贵族所托，特来向将军致意。宛王毋寡悭吝固执，行事孟浪，得罪上国，招惹祸患。贵国行商骆原已将将军所求相告，我举国官民，皆愿在商言商，化解仇怨，与上国修好。"

"哦，骆原何在，为何不亲自前来？"

通译为克禄传译后，上前一步，揖手道："骆先生自愿留在宛宫为质，特派下走随克大人来营，充当通译。"

李广利上下打量了他一番，问道："你是何人，与骆原何干？"

"下走靡生，月氏人，是骆先生货栈的伙计，兼任通译。"

"你中原话说得不错，哪里学的？"

"下走少时就随商队去中土贩鬻，迄今二十余年，早就学会了中原话，故为骆先生雇为通译。"

"汝等既愿与大汉修好，我军所求，骆原一定告诉过你们了……"

听过靡生的传译，克禄高喊了一声，随即从帐外进来一随从，手捧一只白麻缠就的包裹，置于帐中的几案上。

"这是甚……"李广利疑惑地看着底部疑似渗有血渍的包裹，心头猛然一亮，示意侍卫解开包裹，豁然露出的，竟是颗血淋淋的人头。

"是毋寡？"

"正是毋寡。今晨三更，众臣进宫觐见，谏请速与上国修好，王拒降，众人一拥而上，取了他的性命。按上国商贾骆先生事前给出的条件，只要贵军止攻讲和，我国愿供给贵军给养，尽出天马恣尔所取。"

李广利不屑地笑笑，睥睨道："汝等仅凭一座危如累卵的孤城，也敢讲条件？我若是不答应呢？"

"不答应？我们亦做过最坏打算，知道贵军为天马而来，我们会杀掉它们，让你们两手空空地回去！且内城打出的井水已足资饮用，康居援军亦将到来，我们会抵死一搏，届时贵军内外受敌，胜负尚难逆料。战，或和？攻城，还是要马？还请将军慎思决断！"克禄一脸淡然，不卑不亢，全无惧色。

李广利命两人退到帐外等候，在中军将领与各部校尉的会议上，大都赞同议和，毋寡首级足雪前耻，尤其是胜利唾手可得的当口，想到天子的托付，几乎没有人甘冒天马被屠、空手而归，再与异国人打一场胜负难料的战争之风险。

李广利再次招入克禄与靡生，问道："毋寡既死，现在由谁主理贵国朝政？"

克禄道："由眛蔡、阔隆等几位大臣共同主持。"

李广利瞟了眼靡生，问道："你说的这个眛蔡何许人，骆先生怎么说？"

"眛蔡为宛王近亲，主管对外交通诸事，骆先生称其亲汉。发动宫变，就是骆先生向他献议的，也是由他主导的。"

李广利眼中有了笑意，望着克禄道："和议可以，在汝等许诺的之外，我还要再加一条：蛇无头不行，汝等要推举眛蔡为宛王，由他来营和议，可从？"

克禄一怔，略作思忖后，交臂俯首，笑逐颜开道："明白了，唯将军所愿。"

二十二

太初四年初夏，天气奇热，刘彻消夏甘泉，南下上林苑，赴昆明池避暑。昆明池周回四十里，位于沣、潏①之间，沣水源出秦岭，水量丰沛，引入昆明池后，碧波万顷，东西岸边各立一座石雕，东牵牛，西织女。池中又筑有豫章台，台下置有石鲸，鲸身长三丈，雷雨时，据传鳍尾皆动，声若牛吼。

昆明池始凿于元狩三年，乃为伐西南夷、南越舟师训练所用。元鼎六年，汉军一举殄平南服，将西南夷、南越、东越收入版图，之后天下无事，少府在池中放养了巨量的锦鲤，数载下来，体量肥大，除常川供给宫廷祭祀外，兼以佐餐，昆明池也渐渐成为皇家泛舟游玩的场所。

昆明池地处上林苑内，北望甘泉，以往每逢炎夏，刘彻常携李嫣来此避暑。池中置有龙首之舟，其上张凤盖，建华旗，宫女们划起长桨，唱起棹歌，佐以鼓吹女乐，泛舟湖上，惊起一池翔禽，兼有清风送爽，其乐融融。而今故地重游，风景依旧，物是人非，不经意间自己也已年逾知命，刘彻猛然被一种强烈的失落感攫住，不由自主地泪眼蒙眬。

就这样久久坐在豫章台上，恍惚间，李嫣仿佛就在近前，笑靥如花，在向他招手……刘彻猛然惊醒，但见落日西斜，凉风激水，原来是个梦，他站起身，揉了揉眼睛，吟道：

---

① 沣，沣水；潏（音决），潏水，皆古代关中的河流名称。

是邪，非邪？立而望之，偏何姗姗其来迟！

又命郭彤取笔墨来，一气呵成写下了一首歌辞，名之为《落叶哀蝉》之曲，命女乐吟唱，追怀李夫人：

罗袂兮无声，玉墀兮尘生，虚房冷而寂寞，落叶依于重扃，望彼美之女兮，安得感余心之未宁。

女乐反复吟唱，歌喉婉转悲切，与湖上渐起的凉风遥似呼应着。李夫人生前的种种复现于脑际，刘彻悲从中来，逡巡于台上，久久不愿离去。郭彤见状，叹了口气，命小黄门取来吉光羽裘①，为皇帝披上。

贰师伐宛获胜、振旅还师的捷音传来，已是翌日清晨，一夜辗转反侧、伤怀难寐的刘彻闻讯大喜，倦意一扫而空，稍事沐浴，即于寝宫召见长安派来的使者，听取捷报。宛王、郁成王的首级皆于近日送抵京师，贰师大军已入玉门，不日将奏凯长安，随行的不仅有作为战利品的三千余匹天马，尚有西域多国贡使与派驻朝廷的质子数十人。皇太子以此奏请皇帝早日还京，主持即将于北阙举行的献俘大典。

刘彻长长地吐了口气，压在心上的那块巨石就此落地。自去秋以来，对他北扩长城，挤压匈奴的战略，儿单于实施了全面的反击。先是，儿单于率师进犯定襄、云中、五原、朔方诸边郡，杀掠数千人。返程时，猛攻徐自为新建的光禄塞，所属亭、障几被破坏殆尽。几乎在同时，右贤王呴（音句）黎湖，亦率大军深入河西，奔袭张掖、酒泉两郡，掠走数千屯垦百姓，虽被居延军正任文击退，但风声鹤唳，还是给各边郡造成了不小的威胁。据闻，匈奴还打算集结一支大军，南下西域，阻击自大宛返国的远征军，适值儿单于暴卒，方才作罢。朝廷以举国之力支撑远征，二年来，对匈奴一直采取守势。

---

① 吉光裘，《西京杂记》载：武帝时西域献吉光裘，入水不濡，上时服此裘以听朝。

贰师的凯旋，带回一支能征惯战的生力军，他不啻又有了一只有力的拳头，他会转守为攻，用之于塞北，与匈奴作最后的决战。

他取过支毛笔，饱蘸墨汁，在一方绢帛上搦管如飞。在旁伺候的郭彤偷眼看去，原来皇帝是在自抒胸臆，欲同匈奴算总账：

高皇帝遗朕平城之忧，高后时单于书绝悖逆，昔齐襄公复九世之仇，春秋大之。

羌谷水①发源于南山②，向西北流经鱳得③，蜿蜒千里，汇入居延④。河道两旁，有大片新垦的农田，鱳得是座夯土筑就的小城，居民主要是郡县与农都尉两级的官吏、眷属、屯田民户，人口不过两万。城东南数十里的山丹⑤，有朝廷的马苑，又有束伍编练于此的荆楚奇才剑客五千，驻扎于城西北的昭武⑥，休暇之际，常三五结伙入城，宴饮游冶，呼卢喝雉，狎娼求欢，故城中官办传舍⑦之外，亦多有商户开办的食肆娼寮。

六月炎夏，民户多躲在屋内避暑，空荡荡的街上少有行人。日头偏西时，河西大道远远传来隆隆的奔踏声，随即烟尘大起，人喊马嘶之际，街旁民户纷纷开门观望，但见足有二三百匹四肢颀长、身形矫健的马匹被驱赶入城。数日前，贰师大军曾驱赶着更多天马由此经过，故鱳得民户识得这是天马。

到得传舍，为首一老者勒住坐骑，挥手大声呼唤着什么，整个商队停了下来，将马匹赶入传舍畜栏饮水喂料，忙活好一阵子后，老者带着众人走入

---

① 羌谷水，今黑河上游，又称弱水，经张掖西北汇入居延海，全长千余里。

② 南山，祁连山之古称。

③ 鱳得，汉代县名，为张掖郡治。

④ 居延，以黑河尾闾湖居延海得名，汉代河西军事要塞，其遗址自东北迤西南纵横数百里，分布于今甘肃金塔县与内蒙古额济纳旗。

⑤ 山丹，汉代县名，张掖属县，即今甘肃山丹县。

⑥ 昭武，汉代县名，张掖属县，地望在今甘肃临泽县东北。

⑦ 传舍，秦汉时官方所置，三十里一置，供往来公出官吏食宿、换马的所在。

传舍，先交验关传，然后示意大家坐下，自怀中掏出一大锭马蹄金，置于食案上，吆喝道："店家，现成酒菜拣好的上，马料钱一起算。"

　　老者是朱安世。汉军许和后，他随李广利等一起去了贰师城，汉军挑了善马数十匹，又择其中马①以下者牝牡三千匹，几乎席卷一空。朱安世于是厚贿贰师城的牧马人，从藏于他处的汗血马中精挑细选了二百余匹，个个膘肥体壮，饲马人暗中告诉他，这些马虽属杂交，形体稍逊，但耐力更足，脚程更快，较善马实胜一筹。为了不引人注目，他故意与贰师大军错开两日之程，跟在后面，打算分散安置到长安周边的马苑，以避都人耳目。

　　鳞得因常有商队、大军往来通过，传舍颇大，人手也不少，知道来了拨豪客，伺候殷勤，咄嗟立办。上酒菜时，朱安世问酒保道："敢问贰师将军的大军离开多久了？"

　　"贰师吗？将军在此大宴全军将士，盘桓了一日，昨日头晌才离开。"

　　朱安世一怔，他原本打算饭后即起程赶路，看来欲与大军拉开距离，脚程还真不能太快。于是问道："吾等商队，七八个伙计，打算在贵处歇一晚，房间可够？"

　　酒保颔首道："够。赌好吧老先生，舍下房间若不够用，街上有的是接待客人过夜的住户，兼管饭食，别说七八个，百八十人都包各位住得满意。"

　　"我再打听个人，李陵将军驻扎在这儿附近吗？"

　　"李将军吗？他们驻扎在昭武县，离这儿不过几十里。"

　　"不是李将军，是他下面的一个校尉，姓韩，名毋辟，身高八尺的大个子，约摸六十出头的年纪。"

　　"您老问的是韩将军？巧了，他刚好从长安回来，就住在舍下，说是明儿个回昭武。"

　　朱安世大喜。原准备留此盘桓，莫不如借此一访故人，不想故人就在舍中。于是吩咐道："韩将军是我的朋友，你去传个话，就说有故人请他饮酒。"

---

　　① 善马，纯种汗血马；中马，血统不纯之汗血马。

片刻之后，见到随伙计自客房走出个大个子，须发皆苍，双目炯炯地朝这边张望着。朱安世起身长揖道："韩将军，他乡遇故人，骆某这厢有礼了！"

四目相接，韩毋辟双眼一亮，笑道："是朱……骆先生？难得！相逢于此，可真是缘分了！先生可是打西域回来？"

朱安世点点头，含笑道："阳关一别，两年多了，一直想请兄弟你喝顿酒，若非在这儿碰见，还不知要等到哪一年！"

"是巧得很。敝人自长安来，本来再跑几十里就可返营，走到这里乏了，天又热，打个尖，想明日一早凉快了再走，不想就遇到先生。"

两人挽手入席，推杯换盏，互道契阔。原来韩毋辟的嫂子故世，他与侄儿延年奔丧故里，事毕，侄儿留乡料理家事，他先走了一步。

"老弟自长安来，朝廷有甚消息？此番大胜，宛国天马几网罗殆尽，咱们大汉该安生几年了。"朱安世离开长安已逾三年，三年中战事频仍，此番回去，甚望天下太平，可以安安稳稳地做自己的马匹生意。

韩毋辟笑笑，摇首道："安生不了。朝廷正等着贰师凯旋，行献俘大典，我昨日在武威遇到回朝的大军，看来到京师还需十天半月。皇帝亟盼贰师早归，北境不太平，贰师怕是很快又要出塞作战了。"

朱安世心里一紧，问道："匈奴自伊稚斜死后，一直躲在漠北，还有能力南下吗？"

"困兽犹斗呗。贰师西征这几年，朝廷对匈奴虽取守势，却把边塞城障建到了他们的地盘上，甚受降城、光禄塞，都建在了塞外，被胡人视为眼中钉、肉中刺，必拔而后快。年初胡骑还曾进扰酒泉、张掖，掳走了上千屯民呢。楼兰也不太平，持两端，各派王子为质，据说胡骑一度南下楼兰，欲由此截击返国的汉军，后得知贰师兵盛，未敢尝试。朝廷目下取守势，亟待贰师回来，要用他担任作战的主力。"

"老弟在李将军处练兵有年，这支军队比贰师如何？"

"不一样。贰师此番虽胜，比起李将军所部，相去不可以道里计。"

"哦，何以见得？"

"我给你说个故事。三年前贰师头一次出征大宛，皇帝曾遣李将军统带五校尉随后接应，还未出塞，就接到了皇帝书信，要他速率骑兵接应贰师的败兵，李将军留下步卒，率五百骑士迎至盐水，传诏关外安置，不许入境。吾亲眼所见，那时候贰师败军个个鸠形鹄面，衣衫褴褛，若非携有兵器，颇似大灾之年流亡的饥民，哪里还有半点军队的样子！

　　"李陵麾下的兵则不然，都是元鼎六年征伐南越时，在荆楚招募的奇才剑客，原本都有武艺在身，八九年来，训练寒暑不辍，可以说，已被捶打成一支铁军，李将军可以如臂使指。唯一不如贰师者，在马上。若能人手一马，则其战力，可以以一当十。"

　　"朝廷不给配马吗？那你们怎么办？"

　　"等呗。李将军麾下仅八百骑兵，余皆步卒，驻防河西可以，出塞作战难矣乎。皇帝曾许下愿，会用汗血蕃殖改良后的马匹，装备我军。"

　　朱安世摇摇头，叹息道："那得等到甚年月！皇帝好大喜功，睚眦必报，难得一日之安，黔首们跟着受苦受累，只能认命了。不过以吾之见，即便有马，出塞作战，朝廷未必有胜算。"

　　"胡人已是困兽，你怎么知道没有胜算？"

　　"老哥多年贩鬻，游走于塞上，没少与胡人打交道。这十几年修养生息，其国力应有所恢复。尤其是在塞外作战，所谓天时、地利、人和诸项，皆有利于胡而不利于我，以己之短对敌所长，能有胜算吗？这是一。"

　　"不想朱兄还知兵……那么二呢？"

　　"二嘛，"朱安世略作沉吟，顿了顿食案上的酒杯，"自然是辎重。贰师此番伐宛，你知道怎么解决的辎重？"

　　"怎么解决的？"韩毋辟茫然，但这一年多来，河西驿道上运送军粮、兵器的牛车络绎不断，他是多次目睹过的。

　　"光往来运送粮秣、兵器的牛车，就不下八九万辆，耗费之巨，足以拖垮一个国家。譬如数万骑兵出塞作战，自带干粮，维持不了几日，除非身后跟着一倍以上运送辎重的步兵。而胡骑则不然，膻肉酪浆足矣。在塞外作战，朝廷求速战速决，而胡人则利于持久，尽可与汉军周旋，待汝疲惫，击汝惰归，可保必胜。老弟你说是不是这样？"

　　韩毋辟颔首道："所以朝廷要把障塞筑到胡人的地盘上，为的就是抵消辎重上的劣势，能够与胡人相持啊。"

"其实这是做不到的。漠北草原苦寒，不长庄稼，非我汉人宜居之地。仲明老弟，晁错的《言兵事疏》你一定读过吧？"

韩毋辟点了点头。

"汉与匈奴虽各有长技，可我还是信服他的话：兵凶战危，以死争胜，跌而不振，悔之无及。吾等贩鬻之辈，所求唯太平安稳、生意好做而已。"

两人碰了一杯，饮后各自照了照杯，会心一笑，韩毋辟道："谁不想太平安稳呢？可晁大人上疏的是孝文皇帝，而今上一代雄主，除非匈奴臣服，他是绝不会收手的。"

朱安世摆摆手道："是啊，不谈这个了，咱们说点别的。你我都老了，仲明家里可还好？"

"吾儿韩昌在京师打理河洛酒家，拙荆在乡下帮衬嫂嫂，闺女小薇随她妈，如今大嫂殁了，她俩留在老屋看家，我也打算再过二年，告老还乡，自营菟裘①了。"

想到自己半世飘萍，孑然一身，朱安世心里一酸，可浮在脸上的仍是淡淡的微笑。"仲明当年救我一厄，大恩不言谢，敝人一直念念于心。今日既遇恩公，吾当还报于汝。仲明，随我来。"

他携着韩毋辟的手，领他进了传舍的马栏，指了指麇集的马匹道："我这趟自大宛淘换了一批好马，人言宝剑赠烈士，吾唯有宝马，仲明你方才说过贵处缺马，吾愿以之相赠，以报故人……"

他拦住想要辞谢的韩毋辟，从厩中牵出两匹儿马，拴在木桩上。一匹毛色黑红闪亮，四蹄踏雪，周身肌肉饱满，流光溢彩。另一匹通身雪白，长长的鬃毛被梳理成辫子，踏蹄喷鼻之际，数武之间，都能感觉到一股力量的流泻，一望而知是两匹难得的良骥。

"汗血马我这趟搞到了二百余匹，足够大发利市的了。这两匹权作报恩，不成敬意。仲明你也是江湖上过来的人，别说外道话，扫老哥我的面

———————

① 菟裘，古代指称告老退隐之地。

子……"

"好，我收下。可一匹足矣！"

朱安世拍拍脑袋，笑道："怨我没说明白。一匹赠仲明，一匹由你代我赠与李将军。告诉他，他爷爷李广老将军是我朝的英雄，下走敬慕久矣，望他承继祖业，做一番惊天动地的事业。"

二十三

刘彻华服衮冕①，正襟危坐于未央宫正殿，正由李广利为他介绍随同而来的西域各国质子②。李广利站于朝臣右首，逐一唱名，被唱名的西域王子逐个上殿，被引见于皇帝，面君行礼后，退立于左侧，被引见者，前前后后已不下十几位。

"下一位，安息使节木里坤上殿觐见。安息，王治兜番城，去长安万一千六百里，北与乌弋山、西与条支接壤，地方数千里，西域最为大国。"

"安息？进贡大鸟卵与眩人的不就是这国吗！"刘彻持髯微笑，元封三年，安息使节随张骞副使来朝，进贡鸵鸟蛋与眩人③，眩人表演迄今已成皇家节日庆典必备的节目，极大地娱乐了宫廷与京师百姓。

"正是敝国。吾国国王敬问大皇帝富厚如昔，长寿无极！"安息使节高鼻深目，褐发虬髯，身着一袭华丽的礼服，以手抚膺，极为恭敬地俯身致意。

刘彻摆摆手，笑道："回去见到贵国国王，也代朕向他问好，祝他国运昌盛，富厚如之。安息相去万里，而吾汉家喜贵地方物，汝等但来无妨。"

木里坤是最后一位觐见的外宾，行礼后退至左边队列。刘彻扫视着这些

---

① 衮冕，衮，为皇帝暨公卿大臣们在正式典仪上穿戴的礼服；冕，为同样场合头戴之冠冕，合称衮冕。

② 质子，四夷邦国为表示倾服而派往中央王朝的王子，实即常驻使臣兼人质，故称质子。

③ 眩人，古代对魔术师的表述。

西域人，捋髯大笑道："都说不打不成交，圣朝柔远能迩，怀柔远人，多年来屡屡遣使通好，每遭误会，此番乃以宛国欺吾过甚，至截杀使臣，抢夺财物，是可忍，孰不可忍！是以大张挞伐，教训丑类。各位入宫时，宛王、郁成王的头颅皆已悬于北阙，都见到了吧？！"

西域质子、使节皆俯首称是。刘彻又指着李广利说道："汝等一路跟随而来的李将军，就是此役的大功臣。朕言出法随，有功必赏，今即在殿上，当着大臣们与汝等之面兑现诺言。丞相！将朕旨意，誊写成文，布告天下。"

公孙贺出列一步，揖手称诺。身后两名长史①随即踞坐于书案旁，铺开简策，执笔待书。

贰师将军广利征讨厥罪，伐胜大宛。赖天之灵，重沂河山，涉流沙，通西海②，山雪不积，士大夫径度，获王首虏，珍怪之物毕陈于阙。其封广利为海西侯，食邑八千户。

刘彻吁了口气，略作思忖，把听到获胜消息后就一直酝酿于心中的厚赏一气道出：斩杀郁成王的赵弟被封为新畤侯，军正赵始成谋划有方，持军稳健，功劳最多，被授予光禄大夫。校尉上官桀谋勇兼优，敢于深入，要放到自己身边考察，故被拔擢为少府，一下子跻位九卿。李哆有计谋，拔擢为上党太守。总计从军官吏中，被拔为九卿者三人，简任诸侯国相、郡守或位列二千石者百余人，千石以下者千余人，奋勇投军者所得皆过其所望。从军的囚犯与罪人，皆将功抵过或一体赦免，允准解散后还乡，所有士卒人赐四万钱。

皇帝手面之豪阔，不但令大臣们咋舌，外宾亦啧啧称叹，这是自霍去病封狼居胥一役以来最厚的赏赐。刘彻望着臣下与外宾们交头接耳，啧啧称羡的情景，唇边浮现一抹微笑：不赏则已，赏就要痛快，过其所望，被赏者方可感念于心，全力效忠于朝廷。

---

① 长史，官名，其执掌事务不一，但多为幕僚性质的官员，最早设于秦代。

② 西海，今咸海之古称。

“徐自为……”

“臣在。”徐自为跨前一步，揖手应答。

刘彻指了指徐自为，向那些外国王子道：“这位大人是光禄卿，主持禁中宿卫，汝等今后皆编入其治下为郎，平时与羽林、期门诸郎侍从于宫禁，朕外出巡狩，会带你们见识一下吾朝疆域之广大，财帛之富厚，将来返国，可将所见景象告知汝主上，转达朕怀柔远人，永结欢好之盛意。”

通译传话后，王子们皆俯首抚膺，齐声应诺。

“桑弘羊……”

“臣在。”

“眼下，朝廷的府库充足否？”

“陈粮尚未出完，新粮尚待入库，上林三官督铸五铢夜以继日，钱库满溢，陛下赏赐颁发后，可以腾出不少库容。”

多年来刘彻采用桑弘羊建议，取消告缗，代之以盐铁酒类专卖，推行均输、平准两策，做到了“民不益赋而天下用饶”。皇帝东巡，百姓实边，河西屯垦、减灾放赈、西域征战等一系列耗费亿万的大事，皆取足于大农。

“这是吾朝大农令，主持税赋官库，是为朕理财的行家。散朝后，汝等可随大农去看看吾朝的官仓官库，见识一下什么是真正的富厚！”刘彻面露笑容，将桑弘羊介绍给外宾，志得意满溢于言表。①

“午后，朕将携各位前往马苑，看视此番自贰师所获天马。晡时朕将大宴出征将士和各位王子、外宾，酒池肉林，山珍海味，席间将有力士以大角抵、眩人以幻术佐餐，以尽长夜之欢。朕亦命三辅城乡三日不禁夜，许民大酺②，以示普天同庆之意。”

百官、外宾齐声欢呼，高唱皇帝万寿、长乐未央的吉语。刘彻颔首，正

---

①据《史记·大宛列传》载，其时武帝身畔常有胡人随侍："是时，上方数巡狩海上，乃悉从外国客，大都多人则过之，散财帛以赏赐，厚具以饶给之，以览示汉富厚焉。于是大角抵，出奇戏诸怪物，多聚观者，行赏赐，酒池肉林，令外国客遍观各仓库府藏之积，见汉之广大，倾骇之。"

②大酺，汉代皇帝逢重大节庆时，允准民间饮宴三日的特许，以示普天同庆。

待退朝，黄门令苏文自殿外匆匆赶来，报告匈奴告哀使已至，在宫外丹墀①下候见。

句黎湖两月前欲强攻受降城，却于途中发病不治身亡，在位仅一年，却已将光禄塞沿线的亭障毁坏大半，是大汉的劲敌。此番匈奴会换个什么样的人嗣位，自己未来的对手又会是何种人物，正是刘彻急欲知晓的，于是问道："他是从哪道门进宫的？"

苏文附在皇帝耳边，轻声道："奴才特意领他从北阙司马门进来的，蛮夷国王的人头他瞧见了，虽故作镇静，但奴才看得出他心里的惶惑害怕。"

刘彻颔首道："见到了就好，传他入见。"

使者脱帽，编发椎结，自后编成三股发辫，微微有些秃顶，看样子年约四十，他双手抱肩，俯身为礼。

"臣虞呼卢，匈奴左骨都侯，受天所立匈奴大单于委派，敬问大皇帝无恙。故单于句黎湖月前率部南下围猎，途中猝发热病亡故，匈汉甥舅之好，时生龃龉，时修旧好，大单于特遣我告哀于皇帝，且致愿重修旧好之意。"

"汝既告哀于朕，朕想知道，新单于是何出身，为甚不是左贤王上位？单于是想要改弦易辙，切割自乌师庐句黎湖一直以来所行之策吗？"

"大单于乃自左大都尉新晋为单于。乌师庐早夭无后，嗣君理应由其父执辈中推选。且鞮侯乃乌维与句黎湖前单于的弟弟，在同辈中居长，上位理所当然。大单于在我上路前，谆谆告嘱与大皇帝修好之意，说：相比于大皇帝，我儿子辈，安敢望汉天子，汉天子，我丈人行也！"

匈奴的单于竟自执子侄之礼，这是有汉以来所未见的谦恭，刘彻不觉先对且鞮侯有了三分好感。他捋髯笑道：

"单于话说得好听。可匈奴数月前还毁我亭障，遣右贤王南下扰我河西，一下子又来告哀、修好，为甚？"

使者敛容道："乌维单于在位十年，于漠北修养生息，从未与贵国为难。乌师庐少年气盛，行事不免唐突。句黎湖摧毁障塞，事出有因，责在贵国不

---

① 丹墀，古代宫殿外的台阶，亦称丹陛，多涂为红色，故有是称。

该将边塞修入匈奴境内。而且鞮侯大单于欲修好于大皇帝，发自诚心，为此敝人此来，奉命将大皇帝历年所遣出使匈奴且尚存之使节，全数送还，以表诚意。”

"哦，都送谁回来了，苏文你查看过了吗？"

"奴才查看过了，要他们在司马门候见，有郭吉、路充国等人，据胡使称年岁较长者皆客死于漠北草莱了。"

刘彻有了几分感动，颔首道："他们是为国宣力蒙的难，朕不会亏待他们。苏文，你先遣人送他们各回自家团聚，候朕明日召见，慰问他们。"

又看定胡使道："两国交恶，祸本不应及来使，互扣使节甚无谓也。汝国单于肯把使节们放回来，这份诚意，朕领了。有了这份诚意，朕允应他的修好请求。朕会选派使节随你回去，厚赐单于，也放归你们的使节，以示吾同等的诚意，而修好能否成真，取决于他肯否顺应时势，改弦更张，与时俱进。汝可先去藁街的夷馆住下，之后朕会派人召你与外宾们一道观览大宛进贡的天马，之后一同赴宴，共尽数日之欢的。"

虞呼卢双手抱肩，俯首弯腰，低低地应了一声诺，而心中不无怨怼。堂堂匈奴，竟被皇帝当成西域小国一般看待，而这些小国不久前还都是匈奴的附庸，矮化之意，昭然若揭。若不是单于行前叮嘱此行要驯顺恭敬，麻痹敌酋，注意观瞻敌国动静，他会力争敌体①的对待，即便撕破脸皮也在所不惜。

"少卿，少卿……等等我！"眼见李陵快要走出大宛厩的大门，司马迁收拾起笔简，追了过去。

为安置大宛天马，皇帝敕令太仆寺早早将长安六厩②腾空，并将安置天马的马厩命名为大宛厩。午后，大臣与外宾们随皇帝赴大宛厩观马之际，李陵不知何时凑到天子身边，揖手奏事，但见皇帝连连摇头，用手拍了拍李陵的肩头，说了些甚，李陵神情晦暗，一脸无奈地退出人群，向厩门走去。

---

① 敌体，古称彼此平等，无上下尊卑之分的地位。

② 长安六厩，又称未央大厩，是皇家设置在长安内外的马厩。

厩内众人的心思皆在马上，厩令金日磾挥舞长鞭，正为皇帝与众人表演调教马匹，厩内人喊马嘶，人声嘈杂，司马迁虽然站在刘彻近旁，却根本听不清两人的对话，作为太史令，他有责任记录下皇帝的一言一行。司马迁拨开人丛，正待追上去，却不料与另一人撞了个满怀。

"子卿！"

"子长，你这着急忙慌的是往哪儿去啊？"

子卿是苏武的字，故代郡太守苏建之子，现任侍中、中厩监令，负责皇后的车马出行事宜。

司马迁指着李陵的背影道："李少卿常驻河西，难得见面，打算拉他一起聚聚……"

"哦，少卿回来了？"苏武向指处望去，可不正是李陵？于是跟着司马迁，一路追了过去。

出厩门好远，才追到李陵。看到是司马迁与苏武，李陵尴尬地笑笑，揖手道："厩内人声嘈杂，没听到二位叔叔招呼，抱歉！"司马迁年长十岁，苏武年长六岁，但辈分高，李陵视他们为父执，十分恭敬。

苏武亦揖手还礼，问道："过会儿皇帝就要大宴来宾，少卿这是去哪里？"

"我不喜欢凑这种热闹，回家里探看一下家母，明日赶回河西。"

司马迁颔首道："吾亦不喜人多噪聒，少卿长在河西，难得一聚，今日吾做东，邀二位小酌，可好？"

苏武摇摇头道："去哪里？吾家在杜陵，子长家亦在茂陵，那么远方便吗？"

司马迁捋须笑道："今上敕命大酺，三日内三辅之内，金吾不禁夜的。二位随我去东市朋友的酒家小酌一番，误不了少卿之事的。"

于是出宫迤逦而行，不一会儿就到了东市，内中熙来攘往，热闹非常。进到河洛酒家，也是人头攒动，笑语喧阗，难得遇到一次大酺，仿佛长安的有钱人家都涌来酒家饭铺，寻欢作乐，以尽长夜之饮了。眼看没座，正待离开，忽听得有人高声招呼道："太史大人莫走，随我走，里间有座。"

司马迁等望去，一个二十几岁、身高八尺的青年边招呼边向他们走来，到得近前，司马迁为他引见客人。

"李陵李少卿，飞将军的长房长孙，这位是苏建将军的次子，苏武苏子卿。

二位见过，这位韩昌，韩兴家，是本酒家的少当家。"

听到李陵的名字，韩昌双眼一亮，揖手道："李将军，久仰大名，我爹与延年哥都在将军麾下，常听他们提起你，下走渴慕久矣，今日得见，幸何如之！"

又转向司马迁，笑道："太史大人是常客，各位请随我来，到里间坐。"

三人随韩昌穿过灶间，但见庖人五六个，个个手执刁斗，烈火烹油，煎炸烤涮，浓浓的肉香令人食指大动。灶间里面是条短廊，有住室三四间，是老板与伙计住宿处。韩昌拉开一扇门，从墙边捞过一张食案，置于两张蒲席之上，招呼众人入座。

"今日大酺，难得遇见，舍间人满为患，大醺大嚼，此其时也，不过李将军、司马君今后来此，人多时直接找我，总能腾一处地方的。"

"酒客如此之多，兴家你一个人忙得过来吗？"

"听到大酺三日的信儿，延年哥就去乡下接俺娘与小薇她们去了，都是庖厨上的熟手，没问题的。李将军，你们先聊着，我去安排茶水酒菜，过会儿就来。"韩昌抱拳致意，自去照应铺面了。

片刻之后，伙计端来只偌大的瓦盆，里面盛着只热腾腾的炮豚，已去骨细切成脟，肥瘦相间，肉香扑鼻，另配有数碟酱、醢、醋、椒等蘸料，令人馋涎欲滴。

"今日得讯后，我与延年兄就放倒了一口肥猪，打点预备，四蹄割下来用作炮豚，忙活了一过晌。这只前蹄是专为贵客备的，不承想就遇到各位上门……"韩昌边说，边将竹箸分给客人，又端起酒壶，为大家斟酒。

"各位，难得在此相聚，李将军、苏大人今日初识，晚辈敬几位大人一杯。饭口上客人正多，我得招呼着，恕不能久陪，下走先干为敬。"

韩昌去后，三人细品炮豚，火候适中，不柴不烂，入口细腻甘香，于是推杯换盏，大快朵颐。

"少卿，此番是奉召回京的吗？"苏武放下食箸，望着李陵，抿了口酒问道。

李陵摇了摇头，他酒意微醺，话也多了起来。"韩毋辟，你认得的，跟我爷二十年，现在我那里任校尉，今儿个才知道竟是这里少东家的爹。他奔丧回家，半个多月前归队告诉我，皇上欲与匈奴开战，又告诉我贰师将军班师回京，带回来几千匹大宛骏马。皇帝原本就跟韩延年许过愿，要将天马配与我军，这不是机会来了吗！我马不停蹄地赶回来，一为请战，二要马匹，谁承想，不是那么回事儿！"

司马迁道："那你在马厩求见皇帝为的就是此事啰，皇帝怎么说？"

"皇帝说，匈奴此番输诚修好出于真心，仗很可能不打了。至于配给马匹，要我再等等。"

"皇帝确实说过要将用天马改良繁育后的马匹配给与你，可蕃殖出来，还得容它们长个四五年不是？你不等又怎么办？"

"可我不求天马，只求可用之马。就我所知，朝廷近来从山丹马苑调配给公孙敖一万多匹儿马，我向天子陈情，愿与因杅将军做交换，将山丹之马配给我军。"

"皇帝怎么说？"

"皇帝说，公孙敖所部驻扎前敌，理当优先。我军在后，仗又一时半会儿打不起来，要我耐心候着。"

苏武摇摇头道："少卿知道公孙敖的底细吗？公孙敖与大将军有旧，又是公孙丞相的堂弟，丞相与皇帝连襟，他由此又与皇家有了层关系。少卿与他争个甚？争不过的。"

"我不是跟他争，我是着急。我派驻河西九年，真正练成了一支如臂使指的铁军，可朝廷迟迟不配给马匹，我军没办法深入漠北。再利的剑，没有一试锋芒的机会，就这么蹉跎下去，我真怕再步我爷的老路，赶上个承平的年代，一生不得施展，他年九泉之下，无颜面对祖宗啊！"

"少卿不过年逾而立，后面还有的是机会。以吾之观察，皇帝想一雪祖宗之耻，胡虏又绝无可能低头服软，今后还有的是仗要打呢。"

正说话间，门帘一掀，韩昌走进来，身后跟着个小黄门。

"苏大人，宫里来人找你。"

"你怎么找到这里来的？"苏武一惊，随即认出此人是宫里的谒者，大宦官郭肜的侄儿郭穰。

"有人看见你与司马太史、李将军奔东市去了，不在皇家大宴上吃喝，必在东市的酒店里吃喝，天子传召得急，吾等自然得来东市找找，可不，大人们果然在此快活。"

"敢问郭君，皇帝召吾做甚？"

"当然是加官进爵的好事，先得给大人道个喜，天子钦点大人出使匈奴，简任比二千石的中郎将。起身吧，大人，随我回宫面君谢恩去吧！"

二十四

此番出使，朝廷为示隆重，特命苏武与副使张胜募集了百余人，所携赐赠的物品亦远较往昔丰厚。令他们意外的是，且鞮侯单于那阴晴不定、前后不一的态度。初见皇帝丰厚的赐赠，单于脸上露出掩饰不住的喜悦，但转瞬即逝。他沉下脸点点头道，你们大皇帝还算识趣，早这么做就对了。之后竟扬长而去，骄狂之状，溢于言表。

"前恭后倨，且鞮侯这是怎么了？"将赗赠聘礼①交验后，一行人回到自己的帐幕，围坐一团，苏武望着张胜，问道。

张胜字骁之，原为北军的骑郎将，此番出任副使，被擢升为副中郎将，他摇摇头，恨声道："这个胡酋不会是故意放些软话，骗取天子的赐赠吧？蛮夷不识礼义，如此待我恰恰露出其本来面目，我看这也没甚不好，皇帝原本就打算收拾他们，不恭顺恰恰促其速亡！"

"我倒觉得，很可能是胡使进了谗言。昨日甫至，虞呼卢先去了单于大帐复命，下走揣想，他一定媒糵②吾短，说了朝廷的坏话……"

插言者名常惠，杜陵人，与苏武同乡，家道贫寒而自学不辍。使团招募随员时，自报奋勇加入，想要借此博一个出身。苏武爱其聪慧，用其为假

---

① 赗赠，葬礼所需物品；聘礼，两国交聘时赐赠的礼物。

② 媒糵，拨弄是非、构陷之意。

丞①，留在身边以资顾问。常惠年方弱冠，全无出身，仗着苏武方能在帐下伺候，张胜很是不屑，抢白道：

"你觉得？在朝时皇帝三日一宴，五日一见，温言有加，待他不薄，他为甚使坏？"

常惠的脸红了，略作沉吟，敛容道："下走不才，敢为大人言之。匈奴自认天之骄子，西域诸国从前皆为其附庸，而今却安排他与之同列，虞呼卢自然不服，可碍于朝廷威势又不敢发作，怀恨于心，归罪于我朝，故抢先向单于进谗。他若对此安之若素，反倒不像是匈奴人了。"

苏武恍然，连连称是。张胜语塞，站起身啐了一口，愤然道：

"此番让他们蒙骗了，咱们也该想个法子，找回面子，让胡虏知道我朝的厉害！"

"骁之，少安毋躁，毋惹事端。将虞呼卢等胡使送还，代天子致赠了赗赙，恭贺了且鞮侯的上位，交聘将毕，吾等回朝后将这里实际的情形奏报上去，汉匈今后是和是战，天子自会取舍。"

话不投机，张胜辞出，走回自己的营帐时，但见一胡人迎过来，揖手道："骁之，他乡遇故知，总算等到了熟人，久违了！"

"你是……"张胜怔怔地望着那胡人，很有些面熟，急切间却记不起是谁。

"你可真是贵人多忘事，咱爷们儿一铺炕上睡觉，一口锅里吃饭好几年，我是虞常啊！"

"哦，虞常……对，是虞常！请进帐说话。"张胜猛然记起，来者正是从前的室友、服役于北军的长水胡虞常。太初二年，他随浚稽将军赵破奴出征，整支骑兵陷没于范夫人城，不想邂逅近于此。

分主宾坐定后，侍从为二人分别斟上茶水，张胜挥挥手，侍从退出，故人相见，互道契阔，格外亲切，张胜欲摆酒为庆，虞常连连摆手道："不可，彼此身份所关，你我的交情，切勿泄露为盼！"

张胜不以为然，笑道："怎么，而今汉匈修好，我们又是旧交，喝顿酒算个甚，

---

① 假丞，编外的秘书。

你是个啥身份，难不成还有甚隐情不成？"

"赵破奴跑了……"

张胜一怔，望着虞常，好一阵子方问道："跑了？甚时候，吾等怎么不晓得？"

"就在句黎湖单于大丧之际，赵将军带着他儿子赵安国，趁着月黑风高，消失了。两日后才发觉，逻骑四出，哪里还见得到踪影？且鞮侯单于知道你们就快到了，怕丢颜面，敕令不得声张。"

"哦，赵破奴那么出名的将军，没受招降，弄个官做做吗？"

虞常颔首道："赵将军是中伏被擒的，拒不归顺，一直被软禁着，连胡人都敬重他的骨气。他这一走，在故国有亲人的将士都动了心。可与赵将军不同，我们弃主将而降，逃回去也是死罪，为此踌躇不决。缑王你晓得吧？"

张胜点点头，"嗯，他不是北军宣曲校尉，浑邪王的外甥吗……"

"对头，就是他。我军归降后，所有降卒被编入卫律麾下，卫律叛卖求荣，我军被困即他所卖，以此儿单于封他为丁灵王 ①。卫律也出身于北军，被这么个人管着，缑王当然不服，每每遭其龃龉中伤，郁郁不得志，早有心归汉，得知你我旧识，特遣我来会大人，过话明志。"

"哦，有这等事！缑王现任何职，你在他麾下吗？"张胜既吃惊，又有种兴奋。

"缑王任千夫长，我在他下面任百夫长，弟兄们不得已而降，亲眷多在汉地，只要有机会反正，没人愿意在这蛮荒之地待下去的。"

"反正须将功赎罪，你们作何打算？"

"缑王早有打算，待单于发丧之际，且鞮侯与诸王会送殡神山，单于庭只有其母阏氏留守，届时劫持阏氏归汉，将功赎罪。我们听说天子痛恨卫律的背叛，久欲得而甘心。我也想过趁其不备，射杀之，即便脱不了身，也希望朝廷能将这份功劳与赏赐，惠及家母与兄弟，骁之你说这样成吗？"

---

① 丁灵，古地名，《资治通鉴》卷二十一引《魏略》曰：丁灵，在康居北，去匈奴庭接习水七千里，匈奴盖以丁灵王封卫律耳。

"成，当然成！你们有多少人与谋，把握大吗？"

"就我所知，缑王私下联络了原来的部属，与谋者七十余人，多是百夫长以上的骨干，一旦起事，是几千人的规模。"

原本以为单于傲慢自夸，全无忌惮，这趟出使只会败兴而归。虞常之言使张胜重燃了希望。射杀叛贼，劫持阏氏，如此大功皇帝定会不吝赏赐，自己或将名垂青史。张胜努力压抑住兴奋之情，放低声音道：

"好！匈奴桀骜不驯，正该给他们一个大大的教训。不过，事以密成，你能与缑王约个时间，我们见一面，敲定此事吗？"

"当然可以，缑王派我先容，也含着这个意思，不过他与大人们不相识，不便冒昧造访而已。这件事不先通报苏大人一声吗？"

想到苏武中庸保守的性格，肯定不会赞同此事，张胜摇摇头道："不急，你们加紧准备着，我会适时报知正使，耽误不下。"

果然，大约一个月后，且鞮侯单于率诸王前往于都斤山①，准备将前单于下葬在匈奴神山腹地的祖墓。汉朝使团亦被邀往观同行。这一段时日，且鞮侯态度已见缓和，表示愿意修好，重开互市。苏武很高兴，总算不辱使命。单于许诺俟葬礼毕，将派人护送他们回朝复命，去国月余，他归心似箭，真有些思亲想家了。

单于的祭典明日举行，匈奴人忙于葬礼，苏武、张胜与随员们则漫步于营地，观览匈奴神山的风貌。时近隅中，忽见自单于庭方向，驰来一队胡骑，到得近前时，为首一人，苏武认得是且鞮侯的长子狐鹿姑，身后的马匹上捆缚着一胡人，后面跟从着十数名亲兵，个个容色严峻，风驰电掣般直奔单于大帐而去。

"子卿，出事了！我们进帐去……"胡骑过后，张胜忽然神色大变，一把拽住苏武，将他拉扯进营帐。

"甚事？"深秋天气，张胜却额头冒汗，面色惨沮，一种不好的预感袭来，

---

①于都斤山（又名郁督军山），即今蒙古国杭爱山，中国古称燕然山，与天山同为匈奴之神山。

苏武也紧张了起来。

"赵破奴跑掉了，他属下的降卒想要起事归汉，方才马上缚着的那人我认得，看样子事情败露了……"

"匈奴兵变是他们的事，与吾等何干……"猛然间，苏武似明白了什么，追问道：

"你认得那人是谁，与他有瓜葛吗？"

"此人名虞常，是北军时候的老人，随赵破奴一起没于匈奴。他来找过我，告知缑王谋劫阏氏，刺杀卫律归汉，日子就定在今日。他既被缚，事情肯定是败露了，咱们得赶快想法子应对才是。"

"你……你胆大包天，早知道为甚不告知我！"犹如一盆冰水兜头泼下，苏武不由哆嗦起来，声音也变了。

"在下原想事成后禀告大人，如此即便不成，也牵连不到大人……"

"你糊涂！吾等受皇帝之托，此行的目的是修好而非生事，你既参与了，百口莫辩，整个使团又何能置身事外？吾等生死事小，坏了朝廷的大计，苏武有何面目再见天子！也罢，事已至此，吾大汉使臣，义不受辱，唯有一死明志，以谢朝廷！"

言毕，苏武欲拔佩剑自刎，却被常惠、张胜一左一右，紧紧抱住，常惠夺下佩剑，张胜揖手道：

"苏大人，切勿寻短见，虞常会不会招供还不一定，我去打探一下究竟怎么回事，我们再寻对策。"

原来，昨日单于大队离去后，缑王晚间纠集骨干，议决各于本部筹备，翌日清晨以角声为号，同时发动。不想其中有一人，与一胡女有染，不欲再回中原，遂悄悄逸出告变。留守的王子狐鹿姑集合侍卫，包围了缑王的大帐，众人猝不及防，缑王等皆战死，唯虞常被生擒。

听过狐鹿姑的禀报，得知虞常招认副使张胜与谋，且鞮侯甚怒，召集随行诸王与贵人，欲将使团尽数杀掉作为警示，让汉人不敢再动这个脑子。

左伊秩訾王道："这些人打算劫持的是阏氏，而非大单于，且乱贼皆已伏法。我以为，再将那个虞常和参与过密谋的副使诛杀，已足偿其罪，若再将并未参与此事的使团全数诛杀，戾气未免过重，于我不祥。"

"那你说怎么办？我本欲和好，不承想他们竟敢掺乎这等事，岂有此理！"

"以在下看，参与密谋者都得死，包括那个副使。使团须负连带责任，也要罚。若肯为我所用最好，若不肯归顺，流配边地做苦役，也足以示罚了！"

且鞮侯沉吟了片刻，颔首道："也好，先将那个副使抓住拷问，查查可有漏网之鱼。至于苏武……"他看了眼卫律，指画道，"你汉语流利，这件事就交给你熬审，那苏武只要肯降，告诉他，高官显爵，我同样虚位以待。"

张胜情知不妙，借打探消息，策马外逃，无奈路径不熟，还没有转出于都斤山，就被匈奴逻骑抓获。卫律下令将汉使营帐团团围住，饬令将苏武等人押赴王帐接受讯问。

见到手足并缚跪倒在地的张胜，苏武的脸涨得通红，他看着立于身旁的常惠与其他随员，苦笑道："吾堂堂大汉使节，如此屈节辱命，就是活下来，又有何面目复见天子！"觑人不备，猛然抽出佩刀，直刺胸口。众人惊得呆若木鸡，眼见鲜血自刀口渗出，卫律抢前一步，抱住苏武，又自后握住执刀之手，阻止苏武拔出来。他边饬令侍从马上把巫医找来，边命部下凿地为坎，内置火炭，慢慢抽出佩刀，将昏死过去的苏武面朝下置于坎上，边烘烤伤口，边以足蹈其背部。久之，污血尽出而刀口渐凝，常惠等边哭边将刀口用布裹住，整整过了半日，苏武才苏醒过来，于是众人将其抬回营帐养伤。

单于听到苏武宁死不辱，心中壮之，责成卫律与巫医朝夕探视候问，而将虞常、张胜另行收押。如此月余，苏武刀伤收了口，精神也日渐好了起来。一日，卫律命将苏武带至大帐，进帐后，但见且鞮侯与卫律端坐于一张厚毡之上，而虞常、张胜皆手足并缚地跪在地上。且鞮侯有意安排这样一个宽严并举的场面，欲以此震慑、降服苏武。他望着苏武，用手指着跪在面前的两人道：

"苏公伤既痊愈，今日当论虞常与张胜之罪。这个虞常先是贵国之人，归顺后，又打算劫持人质，返归贵国，实在是个反复无常的小人，无论对我强胡，还是对汝大汉，都是不能容留的祸害。今日，我就当着贵使的面，斫其首级，悬梁示众，以为天下反复者戒！"

言讫，且鞮侯站起身，手起刀落，斩下了虞常的头颅，鲜血溅了旁边的张胜满脸。单于提起虞常的首级，径自走出大帐。卫律也站起身，拔出佩刀，将塞住张胜嘴巴的布帛挑出丢在地上，喝问道：

"参与谋害大单于近臣未遂，你已然供认不讳，是死罪。大单于宽厚为怀，于归顺者允赎死罪，张胜，活还是死，凭你自择。"

"当然是活，谢大单于不杀之恩，张胜甘为犬马以供驱驰……"得知逃过一死，张胜涕泪滂沱，大放悲声。

将张胜押出后，卫律凝视着苏武，冷然道："副使有罪，大人理应连坐。"

苏武与之对视，全无惧色，"武既未与谋，又无亲戚之谊，何来连坐之说！"

卫律在苏武眼前连挥数刀，寒光耀目，苏武不为所动，冷冷地注视着他。卫律归刀入鞘，用手拍拍苏武的臂膀，笑道："苏君何苦固执！你看我，归顺匈奴，蒙先单于厚恩，赐号为王，拥众数万，马畜如山，富贵如是。苏君今日降，明日复可如是。空负气节，殁于草莱，又能有甚人知道呢？"

见苏武沉默不语，卫律以为他意有所动，再劝曰："今日我在这里，你从吾言归顺，我愿与君结为兄弟。你不听吾劝，那可就过这村没这店，一旦我回了封地，苏君日后即便想再见，也没这个机会了，望仔细掂量！"

"恬不知耻！"苏武昂首怒视着卫律，戟指怒斥道，"汝枉为人臣，背恩弃义，叛主背亲，本不过蛮夷中一降虏耳！见不到你又如何！单于用汝决人生死，不能平心持正，反欲于两主间拨弄是非，坐观祸败。南越杀汉使者，被屠为九郡；宛王杀汉使者，头悬北阙；朝鲜杀汉使者，即时诛灭。四夷唯匈奴未曾如此，若明知吾不降，却欲两国重启战端，匈奴之祸自我始矣！"

且鞮侯就在帐外，见到卫律灰头土脸地出来，摆摆手道："我都听到了。他不肯降，我偏要他降！把他关到地窖里，绝其饮食，看他能扛多久！"

二十五

天汉二年春，刘彻接到公孙卿的报告，说是在东莱海隅遇到了仙人。车驾忙不迭地赶去东莱，结果仍是海滩上一行巨大的足印，与早前不同的是，旁边还伴有一行犬的足迹。公孙卿等陈述说，夜间逡巡于海滩，远远见到一大人身影，长数丈，迎过去却渺无踪迹，只留下了这些足印。几次三番地赶到，见到的都只是些足印，刘彻心里已种下了深深的怀疑，但跟从公孙卿候神的官员都说，他们确见到一老人牵着条狗，声言欲见巨公，倏忽不见。或许他们此番真是遇到了仙人？他有些心动，坚信这些个方士与官员，绝无敢相互串通欺瞒天子者，于是宿留海隅，冀望亲遇之。

接到匈奴扣押使团的奏报，刘彻无心再等，车驾北上，沿边塞驰道一路向西，抵达回中宫①时，已是四月初。数日后，所召将领皆奉敕赶到回中。他决意实施早已拟定的出击漠北，扫荡匈奴，一举解除北方边患的方略。具体则兵分三路，分别实施两大作战目标：

以贰师将军率部三万骑自酒泉出塞，直指天山，寻右贤王部决战，斩断单于右臂；

---

① 汉回中宫，地望在今宁夏固原城西一里六盘山东麓果家沟台地，北倚萧关，为皇帝出巡时驻跸之离宫。

以因杅将军公孙敖率万余骑自西河郡出塞，直插逐邪山①，与自居延出塞的强弩都尉路博德所率万余骑会合后，威慑、牵制单于的大军，使之无法增援右部。

传诏李陵所部步卒五千，负责贰师所部辎重的护送。

部属既定，各将皆衔命返任，车驾则一路东南，直下长安。四月末，刘彻于未央宫武台殿召见了逃亡回来的赵破奴父子，他面色冷峻，望着觳觫于面前的这对父子。

"两万精骑交与你，未经一战，竟全军覆没，朕真是看走了眼！找水源，遣士卒去足矣，汝身为主帅，一身系全军安危，逞勇轻出，岂合为将之道！而主帅被擒，致军心动摇，丧师辱国，你知罪吗？"

"臣罪万死莫赎，但凭陛下处置。"

"本该将汝军前处斩，以申军纪，但念汝曾立有大功，又拒降冒死归国，朕权恕汝父子不死，革除汝过往所有爵号，发往北军为丞，助练新兵，望汝知所进退，重新做人。"

望着赵破奴父子的背影，刘彻问侍立在旁的太子道："这个人你还记得吗？"

刘据点点头，"记得。他不就是当年擒获楼兰王，献俘于北阙的赵将军吗？福兮祸所依，兵凶战危，这世上没有常胜将军。"

太子话中有话，似乎在揶揄自己，刘彻心里不快，脸色也难看起来。"怎么没有？当年的霍去病就是常胜将军，可惜英年早逝；你舅舅卫青也勉强算得上常胜将军。"

见父亲面露不怡之色，太子不再言语，而刘彻意犹未尽，他瞟了眼太子，问道："你近来在读甚书？"

"儿臣刚读毕《春秋》，师傅打算再开《礼记》……"

"哦，读过了《春秋》？好事情，朕问你，何谓'春秋大义'？"

---

① 逐邪山，即今蒙古国满达勒戈壁（阿尔泰山中部）一带，出鸡鹿塞西北千余里，匈河发源于此山北麓。

"'春秋大义'，当然是指孔子在书中阐述的义理，孟轲说过，'晋之乘，楚之梼杌，鲁之春秋，一也。其事则齐桓晋文，其文则史，其义则丘窃取之矣。'孔子所谓'义'，指的是尊王攘夷。"

"汝读书不能就书论书，春秋大义，阐述得最为明白的还是本朝的大儒董仲舒。他怎么说？所谓春秋大义即大一统，大一统者，天地之常经，古今之通谊也。尊王攘夷为的也是实行大一统。朕上承列祖遗志，征伐四裔，如今四夷宾服，所遗者唯漠北匈奴耳，迫其归顺，也就真正实现了大一统。朕将一个大一统的中国交与你，不好吗！"

"好固然好，唯漠北寒凉之地，不产粮食，没粮食，打下来也守不住。况匈奴叛服不定，为之虚耗国力，儿臣以为不值。"

看来儿子虽就傅于博望苑，学业有成，可在政见上依旧扞格不入，刘彻有些郁闷了。"匈奴年年扰吾边郡，杀吾百姓，掳吾财富，不是同样虚耗国力吗！以你之见，不打又当如何？"

"和亲互市，维持孝文、孝景皇帝时代的和平局面，持之以恒，会使吾朝国力巨增，吾国力愈增，匈奴愈不敢轻启衅端，直至其最终臣服。所谓泰山压顶之势，不战而屈人之兵，以儿臣的理解，就是这个道理。"

刘据成竹在胸，侃侃而言，看上去很有自信。儿子已年近而立，是个成熟的男人了。自己也渐入老境，而功业未竟，长生之道未得，都说人生若白驹过隙，越老，越觉得日子过得飞快，自己想办还未办的事情，要抓紧了。

"你想得固然美，可那得要多少年！时不我待，朕还是要打服这些胡虏。不战而屈人之兵的好事，还是留给你去做吧。"

谒者令郭彤走到刘彻近前，揖手奏报大鸿胪商丘成求见。大鸿胪即从前的大行，主持藩国封君一应事务。太初改正朔后，九卿衙门大都随之更名，大行即改为大鸿胪。

原来，大宛发生了宫变。汉军返国后年余，宛国众臣将败军辱国的账，算到了李广利所立之王昧蔡身上，他们密谋袭杀了昧蔡，改立前王毋寡之弟蝉封为王。新王遣使报聘，并遣一子入朝为质，并愿每年以汗血良马两匹供奉朝廷。

"据儿，宛国杀了吾朝所立的国王，新王却又遣子入质，愿为附庸。汝为储君，这件事该怎么处置，说说你的意见。"

刘据略作沉吟，揖手道："宛国先斩后奏，擅杀国王，罪莫大焉。可事有轻重缓急之分，匈奴近在肘腋，为吾大患，父皇征伐方略、部署已定，不可遽然变更。至于宛国，相去万里，况宫变是其内政，于我不过疥癣之疾，吾朝不宜干预，更不可狮子搏兔，效法先前的远征，徒耗国力。且宛王遣使报聘，以子入质，贡献天马，不失恭谨。儿臣以为，陛下似应发一道诏书，予以追认，该国必感恩戴德，驯顺有加也。"

儿子的献议，在目前算得上是正办。以举国之力万里远征，可一而不可再，当下的要务，是斩断匈奴右臂，巩固、扩大本朝在西域的影响。刘彻点点头，指示商丘成道："宛国的事情，就照太子说的办。"又看定刘据，捋髯道："国事上的历练，汝作为储君，正其时也。朕望汝今后在国事上，要像今日一样，知无不言，言无不尽。学以致用，是朕对你的期望。"

刘据唯唯称诺，退到一旁。

郭彤又道："骑都尉李陵自河西赶来，求见陛下，说是有要事欲当面陈情。"

"陈情？他不抓紧筹备军赍辎重，来京师做甚！召他上殿。"

李陵年方卅五，美须髯，生得昂藏七尺，龙行虎步，广颡丰颐，神采奕奕，是刘彻精心培植的新锐将才之一。多年前，刘彻命其赴河西编练新军，这支军队打磨已久，一旦配齐坐骑，将会成为他匣中的利器。此番出征漠北，刘彻之所以命其负责辎重转输，是因为尚未到这把利剑出匣之时。

看到虎虎生风走上大殿的爱将，刘彻百感交集，自霍去病殁后，朝廷就再没有令他满意的将军，当下总算后继有人了。李陵长于骑射，爱人下士，颇具其祖李广之风。自校射酒泉、张掖以来，已为朝廷打造出一支铁军。

"李陵，朕的诏书，汝早应收到了。贰师出征，已定在五月，你不抓紧辎重的筹集转输，来长安做甚？汝称欲面君陈情，所谓要事为何，说吧。"

李陵伏地叩首道："臣有一事不明，练兵十年，为的就是一朝冲锋陷阵，陛下却要我军为贰师辎重，敢问为甚？"

"此番贰师等三路，是要深入塞北腹地，面对的是匈奴骑兵。你没有骑兵，当然要为大军辎重。"

"陛下可知，臣属下都是些甚人吗？"

"不就是元鼎末在丹阳招募的荆楚恶少年嘛……"

"十几年过去了，这些当年的荆楚少年、奇才剑客，皆已年富力强，是力能扼虎、射必命中的勇士。臣愿自当一队，至阑干山南以分单于之兵，勿使皆向贰师一路。"

"还是不愿隶人之下吧？朕此番三路出师，朝廷没有多余的马匹拨给你了！"

"没有马也没关系，臣愿以少击众，率本部五千步卒赴单于庭，牵制敌军。"

"一旦深入敌境，没有马匹你怎么机动，如何与胡骑周旋？冒如此之风险，汝意何为？"

"臣父祖皆死于沙场，匈奴于吾有杀父之仇，是所谓不共戴天者。臣自发蒙懂事起，即无日不思报复，等了近三十年才有杀敌复仇的机会，一旦错过，又不知要等到哪一年！臣实在是等不下去了，恳请陛下恩准！"

这分明就是二十年前的李广！但人要年轻得多，更为英姿勃发。刘彻脑海中仿佛重现了元狩四年李广的那次请战，既为李陵的勇气所打动，又有些赧然于心。年轻人既有此志气，当然要成全，搞不好他就是下一个霍去病呢？一念至此，刘彻作出了决断。他调整了作战方略：将原定与公孙敖会师于逐邪山的路博德所部，改为在后路接应李陵，以防其孤悬塞北，被胡人断了后路。

获得皇帝允准，独当一路，李陵大喜过望，叩谢君恩后，退出武台，快步向北阙司马门走去。

"少卿，等等我……"李陵停下脚步，转身看去，原来是太史司马迁在招呼他。

李陵边揖手为礼，边问道："子长叔，陵敢问起居，有事吗？"

"少卿以步卒出塞，风险甚高，为你担忧啊！"

"子长叔莫忧，吾军会步步为营，进可攻，退能守，自能应付裕如。以步卒与胡骑周旋的战法，吾军已操练有年了。"

司马迁连连摇头，不以为然道："还是谨慎为好。去秋还与子卿、少卿小聚，孰料之后子卿即困于匈奴，我是真怕你再有甚事。孰料君遽尔请战，今上既已允准，军令如山，真为你担心呐！"

"子长叔莫忧，我心里有数。子卿叔怎样了？陵僻在河西，消息闭塞，朝廷上可有最新消息吗？"

"据说单于为了迫子卿归顺，将他置于仅容一人蹲踞的地窖中，不降不给饮食，子卿倔强不屈，将铺垫的毡子撕为小块，就着落入的雨雪充饥解渴，半个多月后，匈奴人开窖，看到他竟然还活着，皆惊诧不已，以为神助。于是将子卿迁至北海，命其牧羊，声言只有公羊产奶，才会放他还乡。使团随员也被分散流放于各处，令他们彼此间难通消息。"

"匈奴可恶！陵此番出征漠北，会多杀胡虏，为子卿叔报仇的！"

"若能大败匈奴，迫其求和，子卿或可放归，可吾更忧心的是少卿你。临阵切勿意气用事，形势不利，就不要接战，全军为上。"

"子长叔过虑了，吾为此战筹算了十年，以少胜多，可谓成竹在胸。吾要赶回河西安排军事，不能多耽搁。日后得胜归来再聚，请子长叔赴吾庆功酒宴。"

司马迁有种不祥的预感，呆呆地望着李陵的背影，直至他消失在司马门。

殿内已然散朝，刘彻在郭彤服侍下更衣，他边脱朝服，边问郭彤，此番李陵以步卒出战，胜算如何。一时冲动应许李陵后，他心中不免忐忑，这不是倚塞作战，进可攻，退可守，步卒一旦深入漠北，被匈奴截断归路，凶多吉少。

"李都尉虽壮年气盛，可举手投足都有老李将军的风采，名将世家，想必打仗也是好的。可老奴不明白，陛下既命他独当一路，为甚不授其将军名号？"

"无功不受禄，朕要等他战胜而归，才会授予他将军封号。其实朕只是小试牛刀，并不想他与匈奴硬干，只要他走这一遭，把沿途所经道路河川、地势形胜画成地图带给我，就算立功。待将来给他们配齐坐骑，战力倍增后，朕还指望着他挥师漠北，直捣龙城呢！"

刘彻坐下，郭彤解开系带，小心翼翼地捧起通天冠，正欲转身将冠冕置于帽架上，忽觉膝盖一阵酸痛，腿一下子软了下来，单膝跪倒在地上。

"郭彤，腿怎么了？"刘彻一把攥住郭彤的臂膀，慢慢扶他起来。

"奴才老了，腿脚也不济了……郭穰！"郭彤难堪地笑笑，一面将冠冕置于案上，一面大声召唤在殿外伺候的侄儿。

望着鬓发斑白的郭彤，在这个自幼侍候自己的宦者面前，刘彻再生迟暮之感。

"郭穰，汝叫乘肩舆，抬汝叔回舍歇息，传朕口谕，要太医院即刻出人会诊，务必把他的腿调理好。"

"谢陛下，老奴尚有一事，敢请陛下恩准。"

"甚事，讲来。"

"奴才十四岁入宫后，再未回过家乡，如今老了，想回乡看看，祭扫父祖的庐墓，以尽人子之情。恳请陛下赏给奴才半年的假，以尽人伦，以偿夙愿。"

刘彻略作沉吟，颔首道："既是这样，汝将腿调理好后，于情于理，朕都会允你返乡祭扫，以全人伦。朕会安排驷马安车，送汝衣锦还乡，但你要早些回来，器惟求新，人惟求旧，朕的身边还真少不得你！"

"奴才听说去往山东的路上不太平，时有强贼劫盗，奴才宁愿轻车简从，不惊动地方。一乘辎车足矣。"

近来山东诸郡奏报，均称盗案频发，有徐勃等纠集群盗，于泰山、琅琊等郡阻山攻城，道路不通。刘彻不以为然道：

"不可。公公在朕身前身后伺候几十年，驷马安车、衣锦还乡是当然的待遇，也是朝廷敬老的体现，你不必争了！至于关东的蟊贼，朕自会派直指剿灭之，公公不必忧心。"

郭彤的老泪夺眶而出，连连叩首，哽咽道："陛……陛下深恩厚泽，老奴万死……不足以报万一！奴才去后，陛下的饮食起居，奴才交代给郭穰，他会小心伺候主子的。"

刘彻点点头，在一众侍从的卫护下离开了武台殿。郭彤坐在丹陛上，望着龙辇渐渐远去。

"二叔，家乡已没啥直系亲人了，还回去做甚？"郭穰之父是郭彤的兄长，死去后郭穰投奔叔叔，被郭彤认为养子，净身后入宫做了个小黄门，勤恳能干，又有养父的提携，十几年来已升至御前的谒者，颇得信用。

家乡，在郭彤脑海中早已是一团褪色的模糊印象，他还乡，祭扫先人庐墓外，另有打算。但能否做到，他全无把握，故秘而不宣。

　　"你知道个甚！我走以后，在皇上面前，你一定要百般尽心，别辜负了为父的苦心。"

二十六

　　长安太仆寺后衙，庖人们进进出出，送进去酒菜，撤出来碗碟，原来，为全数售出西域天马，利市大发，护理太仆寺卿公孙敬声正在此摆酒为贺。所有从此番天马交易中沾润的贵戚，大多应邀捧场，一时间笑语喧哗，人声蜩沸①，衙堂正中一席，坐着一排人，正是邀宴的主客——朱安世一行。

　　右首一席，是公孙敬声；左首一席，则是贵戚卫氏兄弟，分别是长平侯卫伉、关内侯卫不疑、卫登，三人分别代表长公主、阳石公主、诸邑公主各家，捧场而外，也想借机代请托的亲友们探探路子，再买几匹。京师卫氏全族都已将原有的车乘或坐骑更换为西域良马，每日出行，招摇过市，路人皆啧啧称叹，不知招引了多少艳羡的目光。

　　之所以称良马，是朱安世不愿树大招风，刻意低调，出售时只说是西域良马。即便如此，这二百来匹西域马也被豪门贵戚一扫而空，很多王侯并未能赶上，故多方打探、请托，必欲得天马而甘心。

　　看来，这么大的需求，生意还得做下去。朱安世一面用化名与来宾寒暄应酬，一面在心里盘算。此番自大宛长途贩鬻，所获之利，超过其数十年所得。

---

　　① 蜩沸，典出《诗·大雅·荡》："如蜩如螗，如沸如羹。"郑玄笺："饮酒号呼之声，如蜩螗之鸣，其笑语沓沓又如汤之沸，羹之方熟。"后以"蜩沸"比喻喧闹嘈杂。蜩，音 tiáo，蜩螗，即蝉之别名。

他很满足，年近七旬，也早有息肩退隐打算的他，本想归老菟裘①。但得知潜在的买主甚多，心又热了起来。

酒阑人散之后，公孙敬声将朱安世延至公堂，落座后，挥散侍从，悄声道：

"师傅，看到了吧，再有多少匹都不愁卖。不过大宛那边天马像是也不多了。前阵子宛国报聘的使者说，他的国王每年只能进贡两匹天马。不知师傅可有办法搞到？"

朱安世沉吟道："使者此言不虚，大宛的天马，让贰师搜刮得没几匹了。不过我看乌孙的马也不错，形貌高骏，跑起来四足生风，足以满足豪门贵戚的夸饰之心……"

公孙敬声喜甚，叫道："太好了，师傅，再去一次怎样？我衙里正有笔闲钱可供挹注。"

"甚钱？"

"马料钱，六千万，一时半会儿不会动用，我可以挪借来用，卖马后再把窟窿堵上。师傅若去乌孙，算我一份。"

十年来，朱安世已去过两次大宛，万里跋涉，高龄的他实在是有点累了。好在他已在西域商路上，搭起了一条生意线，购马的事可以让秦苋、靡生等去办，售马的事则交给樊无疾、赵王孙，他可以在山丹马苑附近设一货栈，接送周转，做完这一票就回山东，在乡里营造所大宅，颐养天年。

朱安世用手指指自己，微微一笑道："老了，再不是当年那个朱安世了。大人实在想做，我有个办法，你跟山丹马苑管事的说说，给我划出块地皮，在那里新设个货栈，由我坐镇，专司京师的生意；西域良马那边的买卖，由太仆寺发传，交给我几个弟兄去跑。你看，可成？"

公孙敬声拊膝大呼道："自家的地盘，当然成。眼下朝廷就要与匈奴开战，可难题在马上，马不够用，河西李陵那支兵，只能以步卒出战。这个缺口大着呢，师傅贩鬻良马，是帮了朝廷的大忙，多多益善。咱们捎带着做生意，是一举两得，

---

① 菟裘，春秋时古地名，地望在今山东泰安。典出《左传》卷四："使营菟裘，吾将老焉。"后世遂将归老裘菟用作退隐或告老还乡的代称。

我这就行文给山丹马苑令，要他帮师傅选块地。"

朱安世笑笑，拍拍公孙敬声的手臂道："还有件事，敝人得提醒大人，贵戚们换乘了高头骏马，最好别太张扬，引得长安、三辅道路以目，传到皇帝耳朵里，不是好事。"

正说话间，但见一侍卫揖手报称有客来访。朱安世起身告辞，在主人陪伴下向寺门走去。院中停着辆轻便轺车，驾车的马匹高大骏伟，一望而知来自西域，马具、马饰镶金错银，遮挡住车厢的，是由蜀锦织就的帷幔，华贵非常。

"看来有贵客到了，甚人？"

公孙敬声的脸红了，支吾道："不是甚人，吾家亲戚……"

朱安世识趣地笑笑，揖手道："敝人就不叨扰了，大人尽快将有关文书办好，我会差人来取的。"

几乎就在同时，刘彻的象辂①也自建章宫阊阖门②出宫，直奔长安而来。侍中、奉车都尉霍光执辔，黄门令苏文骖乘③，暂代还乡省墓的郭穰。乘舆两旁有大批羽林期门骑士夹持卫护。车驾风驰电掣般驶过驰道，驰道两侧路上的行人、车马皆停驻，官民人等皆匍匐道旁为礼。一路行来，数辆装饰华贵的轺车、安车自刘彻眼前一一闪过。

"那些不是天马吗？何以流到外面恁多？"刘彻问道，面色有些不悦。

苏文随刘彻的目光看过去，点点头道："是天马。听说是有伙商贾随贰师将军去了大宛，从挑剩下的天马中买了几百匹回来，转手给王侯贵戚，赚了大钱。皇上在宫里不知道，长安的皇亲贵戚，不少家的车乘都换用天马驾辕，通衢大道上，日日可见其招摇过市呐。"

---

① 象辂，帝王日常出行之驷马车驾。

② 建章宫，武帝太初二年起造，遗址在今西安城北十里处，周长十余公里，内设太液湖，引昆明池水注之。宫殿规模与未央宫相当，是武帝求仙祀神的所在，内筑神明台，上筑有铜质的仙人承露盘，接露水以供仙药制作，以替代被烧掉的未央宫柏梁台，务求宏大，是所谓千门万户之离宫，也是武帝穷奢极欲，夸示四夷的代表作。阊阖门为建章宫南门。

③ 骖乘，古代指陪乘之人。

"商贾，甚商贾？"刘彻猛然记起那个朱安世就是个马贩子，疑窦顿生。这些流到民间的好马莫不是朱安世搞来的？

"苏文。"

"奴才在。"

"近日长安城里的贵戚们都有谁家换了坐骑，说给朕听。"

"诺。奴才道听途说，卫氏阖门都换乘了天马，把些个王侯羡慕得不行……"

"卫氏？你是说卫伉他们？都有谁，太子也换马了吗？"

"奴才听说，卫氏兄弟姊妹家都换了坐骑，一色儿的天马。太子嘛，不清楚，没听说啥。"见到皇帝脸色阴晴不定，苏文住了嘴，没敢再说下去。

江充调任水衡都尉后，其他直指使大都被派赴关东剿贼，京师治安松懈已久，难怪这些贵游子弟们又张狂了起来。朝廷大战在即，皇亲贵戚们本应与国休戚，明知道朝廷军马短缺，却没事儿人一样改换乘骑，愈发奢侈，是可忍，孰不可忍！

回到未央宫后，刘彻召见了执金吾杜周。执金吾即从前的中尉，负责京师治安，因太初改元而更名。杜周自任廷尉以来，办案得力，中间一度告病归家，太初四年，复出为执金吾。

"京师贵戚子弟这几年勾结游侠，奢侈逾制，招摇于市，引人侧目。如何止住这股歪风，整齐京师三辅的秩序，爱卿与有责焉。该怎么办，杜君有何建白？"

杜周沉吟了一会儿，抬起眼，目光幽幽的。"陛下想要小办，还是大办？"

"小办如何？"

"小办者，臣会增加京师三辅的缇骑，巡逻道路，稽查不法。"

"大办又如何？"

"大办，则须陛下下诏，敕令王侯贵戚逐户自查逾制车马，主动上缴者，训诫之；隐匿瞒报者，则如江充当年所为，子弟一律送北军教练后充实边关，以儆效尤。"

"有个叫朱安世的，你可知道？"

"臣当年办宁成的案子时，听义纵说过，此人为大驵，常年于边塞阑入阑出，勾结胡人，走私马匹，还卷入过淮南王谋反一案……"

"对，就是这个人，朕抓了他几十年，却都被他跑脱了。这次整齐京师秩序，你要多留意，这些贵戚家的天马，很可能就是他自西域搞来的，这家伙的行踪，飘忽不定，人若还在长安，你务必要捉住他，带来见朕。"

杜周揖手道："要抓这个姓朱的，敢请陛下传檄关中各关津都尉，要他们打起精神，谨查出入者。朱安世既以贩鬻为业，只要他通关，就不难捉住他。"

得知了皇帝整顿京师的决心甚坚，杜周雷厉风行，长安城内弥漫着一股肃杀之气，缇骑四出，道路以目。数日之内就将卫氏一族、丞相公孙一族、大农令桑弘羊等子弟的逾制车马查扣殆尽，贵游子弟们叫苦不迭，为了免除军役，不得不上缴违制物品。但皆称马匹是从三辅游侠樊无疾、赵王孙处购得，缉查乡里，则两人离家多年，据说一直在外跑买卖，售卖天马后，去向不明。而朱安世，则渺无踪迹，江湖上隐隐传说他早已出关，重返西域了。

盛夏的山丹，草场犹如绿色的绒毯，各种野菊、鸢尾及其他不知名的野花五彩缤纷，远山丘陵一片苍翠，衬映着一碧如洗的蓝天，清风送爽之际，纵马飞驰，实在是种难得的享受。

朱安世跳下马，躺倒在草地上，嘴角叼着支草茎，仰望着天际。阳光照射在身上暖暖的，湛蓝的高天上盘旋着一只孤鹰，不紧不慢，沉着、舒展，他的思绪也随之起伏不定。太仆寺聚饮的次日，他便委托钟三料理长安一应事务，自己回了山丹。没多久，樊无疾、赵王孙相继赶来，告诉他朝廷开始查缴民间的天马，三辅风声日紧，两人不得不亡命出奔。朱安世安排他们去了敦煌货栈，自己则留下等待钟三。在山丹办座中转西域良马的货栈，马苑方面他已然打点停当，当下等的就是太仆寺的公文。至于朝廷严禁三辅诸侯达官子弟勾连游侠、奢侈逾制的禁令，在这天高地远的地方，对他几乎构不成威胁。朝廷要打匈奴，就离不开马匹，贩鬻西域良马就永远会是笔好买卖，做完这一票，买卖交托给弟兄们，他会匿踪于江湖，安然归隐，才是自己最好的归宿。

远远的似有奔马之声，他坐起身，向东方看去。果然，但见一骑正向不远处那排板房驰来。那排板房原是牧马人临时休憩之处，被他租下来权且栖身。

他站起身，牵起马，慢慢迎过去，几乎在他走到房门处时，钟三也赶到了。

"大哥，事办妥了。"钟三跳下马，揖手作礼，解开背在背上的包裹，取出一卷蜡封的竹简。

朱安世掰下蜡封，看过简册后，脸上露出了笑容。

"老弟辛苦了，一路上有麻烦吗？"

"前半个月京师闭城大搜，亏得樊、赵早走了一步。这几天稍松了点儿。我没敢走河西的大道，是从回中道绕过来的。"

"这些富家子有心炫富，劝说不听，自招其祸。卫氏兄弟如何？掴（音乖）着了吧？"

"逾制的车马一律收缴官库，隐匿不报者将被逮送北军校练后充军塞上，这下子都乖乖交上去了。"

"自作孽。京师还有甚消息，公孙大人办事痛快吗？"

"公事尚可，可那笔马料钱，他说过阵子风声过去了，他会派人送来山丹。"

"也好，当下关津盘查甚严，缓缓也好。你觉得他靠得住吗？"朱安世沉吟道。朝廷中唯一知道他在山丹的就是公孙敬声，只要他不出事，就没有外人找得到自己。

钟三哂笑道："他是大哥的弟子，交往那么多年，你最知道他。不过我出长安时，在过了安陵的驰道上看见过他和一个女人，行为很怪，我没招呼他，悄悄过去了。"

"哦，你看到甚？"

"车，停在侧路上，两个人则都进了驰道，未带从人，在驰道上埋甚东西，没看清是什么。"

"那女人甚样？"

"和公孙大人年岁相仿，披着个斗篷，看不清面相。"

"应该是他的相好阳石公主，你说他俩在驰道上埋东西？"

钟三点点头。

"这些个纨绔子真正胆大包天，我敢说他俩是在放蛊。"

钟三惊得大睁双眼，"放蛊，怎么回事？"

"驰道是甚地方？皇帝及皇帝特许之人出行之路，在那里埋东西，针对的岂不是皇帝？"

"可公孙家与皇帝连襟，公主是皇帝至亲骨肉，怎么可能？"

"对天子而言，至亲之人反而比大臣们更可怕、更难防，史上屡见不鲜。"

朱安世皱了下眉头，摇摇头，帝王家中至亲之间竟视若仇雠，暗下巫蛊，用不了许久，这种仇恨一旦迸发，必酿人伦惨剧，他得赶紧做一票，早早归乡，离开这是非之地。

二十七

天汉二年夏，七月火热的天气，但在天山的群山中行军，并不觉得热，不几日的工夫，贰师大军已向北深入四五百里地了。沿途屡屡遭遇转场的胡人，收拾这些散兵游勇，轻而易举，一路斩获甚丰。出乎他意料的是，车师前人向匈奴通了消息，在他回返的当口，大军陷入了匈奴人的重围。

李广利此番出兵，务为慎重。自酒泉出发后，一路西向，缓缓走了二千里，进入盆地后，再向前就是车师前国国都——交河城。李陵既不能供给后路，李广利决定北出天山之前，找个西域小国作为前进基地。他饬令车师前王提供足够的粮秣，以此作为大军不入城的条件。车师前人怕得要命，奉命唯谨。大军盘桓了近两个月，直至秋初，才拔营北进。李广利内心的算计是，九月匈奴龙城大会，匈奴各部的酋长会齐聚单于庭。一旦寻右贤王不着，即可回师拿下交河，擒获车师前王献俘京师，同样是大功一件。

匈奴人围而不攻，他们很有耐心，知道汉军远离后方，粮秣不继，只要耐心等几日，敌军要么乞降，要么变成一群饥疲不堪的乌合之众，被他们砍瓜切菜式地收拾掉。

被围已经四日了，全军嗷嗷待哺，伤重者饮食不继，死去大半，为防瘟疫，皆就地掩埋。昨日，李广利饬令斩杀虏获的胡人，将掳获的牲畜屠宰后炖成肉汤，大飨士卒。食后，他召集众将士会议，以定进止。

"我军孤军深入，粮秣已断，困守无益，兵法云：投之亡地而后存，陷

之死地然后生 ①。我军必须杀出条血路，突出去。"讲话的是军长史邹无疾。

掾史胡亚夫揸手道："不可，东路的援军尚无消息，或再相持数日，杀马匹充饥，一旦公孙将军的骑兵到了，尚有里应外合，反败为胜的机会。若冒险突围，死伤必重，即便突出去了，将来回到长安，又如何向天子交代？望将军三思。"

李广利瞪了他一眼，没好气地问道："原来的约定，是我军打击右贤王后，沿天山东路直驱逐邪山，与公孙敖会师。现在两军联络不上，因杆将军即便如约进抵，又怎会知道我军在哪里？相距近千里，如何联络？现在是远水救不了近火，援军指望不上，只能靠自己了！"

统帅之意既决，不再有人建白，大帐内一时静了下来，良久，李广利道："坐守待援既不能，为免饥疲溃败，我军只能血战突围，可现在被胡虏里三层外三层地围着，包围得铁桶一般，如何突围，还望各位划策献言，不吝赐教。"

大帐内一片静谧，静得仿佛能够听到人的心跳。几个主要将领皆满面愁容，沉吟不语。一种绝望、焦躁的气氛在弥漫，压得人喘不过气来。

"大营东边有条岭，山脊甚窄，仅容二人对头通行，七八里处有下山之径，下山后就是通往逐邪山的沟谷。匈奴围营前，我率人找水源，走过这条路……"

李广利拨开人群，循声看去，原来是假司马赵充国。赵充国字翁孙，陇西上邽人，河西入汉版图后，一度移家金城令居，后以六郡良家子投军，以善骑射补入羽林，为人沉勇有大略，少学兵法，通知四夷事。贰师出师前，特奏请他随军为假司马 ②。

"翁孙，你肯定吗？"

"在下肯定。"

"如何破围？"

"我军身陷重围，兵法曰疾战则存，不疾战则亡者，为死地，死地则战 ③。况山脊路窄，敌军虽众，难以施其长，只要有死士数百，冲锋踏阵，前

---

① 语出《孙子·九地》。

② 假司马，即军司马的副贰；汉官名前加"假"者，皆副贰之义。

③ "疾战则存，不疾战则亡者，为死地……死地则战。"语出《孙子·九地》。

仆后继，且战且走，大军紧随其后，应能乘夜破其重围，冲出去。"

"此乃孤注一掷之举，全军生死系之。哪位大人肯为前驱？破围之后，本帅定当奏明圣上，推为首功。"

李广利思忖良久，深知赵充国的提议，是目前唯一可行的办法。都知道身先士卒，踏阵冲锋，是玩命的勾当，众将皆有怯意，俯首敛容，默不作声。

李广利的目光最后还是落在了赵充国身上，慨然道："翁孙所言甚是，吾军身陷死地，不疾战不足以求生。吾意已决，还要借重翁孙，为吾军前驱，杀出一条血路。"

赵充国看了看众人，不再言语，拱手领命，自去军中选拔壮士。而大军则整装待命，静候黄昏的来临。

八月，李陵所部自居延出塞，进入匈奴境内。但此时的汉军，已经错过了策应贰师的最佳时间，完全起不到牵制单于的作用。起因是路博德，作为久经沙场老将的他，羞为李陵后距，于是上书长安，称方今匈奴秋高马肥，未可与战，请留陵于居延至来年春，届时他愿分出五千骑与李陵，分头出击东、西浚稽，可保必胜。皇帝看到路博德的上书，以为出自李陵的授意，误会很深，以为他先大言，后胆怯，假路博德之口规避出战。于是勃然大怒，诏令李陵所部最晚不迟于九月出塞。

以九月发，出遮虏障，至东浚稽山南龙勒水上，徘徊观虏。既亡所见，从泥野侯赵破奴故道抵受降城休士，因骑置以闻。所与博德言者云何？具以书对。①

刘彻派给李陵的任务，已不再是牵制单于，策应贰师，而是赴浚稽山②探路观兵，绘制地图了。而居延的路博德，也不再负责接应李陵的后路，而是

①参见《汉书·李广苏武传》。

②浚稽山，地望即今蒙古国戈壁阿尔泰山，自西北向东南绵延千余里，东浚稽山南麓有内陆河，是为龙勒水。

被调往西河充实防卫，以填补因杆将军公孙敖出塞后薄弱的边防。既定的方略被皇帝推倒重来，是因为贰师早于七月率部进入天山后，其行军位置、接敌战况就没了消息。而李陵麾下多为步卒，绝无可能千里驰援，分担贰师的压力。

九月已入深秋，耗时路上，进入漠北已近寒冬。李陵反复筹算，也顾不得备齐军赍，决意提前出塞，抵达指定地点后，遇不到单于，迅即回师，以避冻馁。至于行军，则依循早已胸有成算的布置：先为不可胜，稳扎稳打，步步为营。李陵这支兵，随军的大车数百辆，所载非粮秣，即弩矢，一日行进不过数十里。这些大车就是武刚车，行军时运送粮秣箭矢，扎营时卸下物品兵器，以铁链相连接，即可围成营垒，以橹①为防，弩矢上弦，构成一道临时的营墙。如此行军三十日，终于抵达了千余里之外的浚稽山。李陵不甘错过对战单于的机会，于是命全军再进一步，越过山脊，扎营于浚稽南麓姑洰水②的上源。

扎营后，李陵唤过自己的亲兵陈步乐，将绘有沿途山川险要、道路形胜的帛图数张塞入一只皮筒，又自怀中抽出叠封的帛书，一并交到他手中。

"回去见到陛下，报知我军已进抵预定地点，沿途道路山川形胜，均一一绘制如斯。下面的话，你要原原本本地复述与天子：路博德羞为人后，其上书，臣诚不知也。陵十年磨剑，言出必践，已军出浚稽山北，若当匈奴，誓痛杀胡虏以报君恩。"

管敢嘴角叼着根草茎，慢慢地走向营地不远处的山溪。四五位苍头③，正在溪中漂洗炊爨所需的腌菜，嘻嘻哈哈地在说些什么。看到管敢，几个人做了个鬼脸，纷纷起身离去。余下的那个瞟了他一眼，脸色绯红，继续在溪中摆弄箩筐中的腌萝卜。

"小青，晚餐就弄这个给咱家吃？"管敢在被叫作小青的人身旁蹲下，抓起根萝卜咬了一口，皱起眉头，随即吐了出来。

---

① 橹，古时称大盾为橹。

② 姑洰水，即今蒙古国翁金河上游。

③ 苍头，即仆役，这里指不在军籍而服役军中的仆役。

小青名青女，眉目清秀，身材纤秀，虽着军服，仍可看得出是个女人。她乜斜了一眼管敢，似笑非笑地嗔道："这腌萝卜得泡一阵，咸味才能淡下来……"

"嗐，不该带尔等出来，跟我们遭罪……"看看四周无人，管敢朝小青身边靠了靠，捉住她一只手，摩挲着。女人的手掌已经皲了，摸上去很粗糙。小青把头靠在管敢肩上，很安心的样子。

"每日都能见到你就好，别忘了你的话，这次回去就告假，带我回江汉老家完婚。"

小青是跟随大军出征的女人之一。河西各郡近些年来，发配来不少女人，大多是关东群盗的妻子、女儿，夫君被捉正法，女眷则发配到河西各郡军屯洗衣烧饭，也有姿色好的，做了营妓。边塞驻军中多得是没有成家的男人。孤男寡女，一拍即合，很多结伴搭伙过日子。尤其是李陵一军，来河西时大多青春年少，十年过去，个个早过了成家的年龄，李陵治军犹如李广，以恩驭下，风纪原本就松，更同情属下的生理与情感饥渴，平时对士卒与边塞女人们的交往，只要不干扰到训练，都是睁只眼，闭只眼。

此番出征前夕，李陵召集全军训话，强调与以往不同，此番是一次真正的出征，随时会与胡虏遭遇交战，要有把性命交待在战场上的准备，严申不准携女人随军，否则所有后果，由违命者自担。但还是有不少人偷偷带上了自己的女人，伪装成押送大军辎重的苍头。小青亦如此，随一众女眷服役于庖厨。

管敢职任军侯①，统领五百士卒，隶于韩延年麾下。他与青女交往了三年之久，彼此已论嫁娶。管敢许诺，这次出征后，他定会告假还乡，携青女还乡拜谒二老，迎娶她入门。

管敢猛地将女人搂入怀中，心中涌出一股热流，忘情地抚摸着青女的面庞，嗅着她的发香。青女与母亲流配到河西，在军营揽些缝补洗涮的活计，将就着过活。管敢见母女可怜，每每多给她们一些工钱，还时不时接济她们

---

① 军侯，汉代军中"曲"之长官，辖五百人，属于中级军吏。

一些粮食。一来二去，管敢喜欢上了青女。去岁，青女的母亲病逝前，将女儿托付给了管敢，他在心里暗发宏愿，自己会娶青女为妻，给她更好的生活，照顾这个柔弱无依的女子一辈子。

他当然知道，出塞作战，死亡如影随形。可他心里就是放不下青女，一日不见，如隔三秋，只有日日看得到自己的女人，他心里才会踏实，这是他冒险带她出来的私心。若是遭遇不到匈奴呢？他们都会活下来，还乡成亲。这是他内心深埋着的一份侥幸。

"小青，你还不相信我？那好，我再以天地立誓，我一定带你还乡成亲。管敢若有食言，天诛地灭……"

青女一把捂住了他的嘴，满面羞红，将头埋入他怀中，嗔道："立誓就立誓，干吗说不吉利的话，我信你还不行吗？"

两人静静倚偎着，久久不愿分开。远方传来胡人的角声，随即营中刁斗声大作。管敢跳起身，叹息道："该来的还是来了！"他扶起青女，帮她提起一箩筐腌萝卜，向庖厨方向走去。一队骑士，自他们身前飞驰而过，直奔中军大营而去。两人呆呆地站在原地，目视着暮色渐深的远方，什么也看不清，有的只是深入骨髓的恐惧。

陈步乐离去后第三日的晡时，斥候来报，胡骑大队正朝浚稽山而来。李陵立即召集屯曲①以上将士，于中军大帐商议应敌。

"胡骑阵中有狼头大纛，且鞮侯当在军中，胡骑数当在三万以上。"

韩母辟忧心忡忡，语气沉重。他率百骑前出为斥候，看到胡骑汹汹而来，显然是已经得知汉军的消息，南下迎战。敌军人数六倍于己，且为骑兵，在地利人和上，占据了绝对的优势，不知李陵会如何应对眼前的局面。

而李陵全无惧色，他扫视着众将，唇边隐约露出一丝笑意，吩咐长史将一幅帛图挂起来。

"各位细看，我军现在浚稽山口，回师之路尚在吾军把控之中，可进可

---

① 屯曲，汉代军队中下层的编制单位，一屯辖250人，一曲辖500人。

退。单于自姑沮河谷南下，见我兵少，势必整军席卷而来，欲图一举全歼我军。我们正可借其狂妄，重伤其有生力量。吾等在河西磨剑十年，不一试锋芒，又怎能知道宝剑的锋利！"

"可敌军为我六倍，机动力远甚于我，不知将军何以御敌？且战且退？回到塞上依托作战？"

韩毋辟问道。他敬服李陵，也深知这支军队的战力，但兵力对比悬殊如此，汉军坚持不了几日。

"两军对垒，拼的就是意志。我军人虽少，可个顶个是虎贲勇士，攥起来就是只铁拳。胡骑漫天呼啸而来，但几番突击不得手，便会动摇沮丧，人马虽多，绝难撼动我军。况且我们并不与之纠缠，打了就走，仲明叔尽可放心。"

韩延年道："大战在即，军中跟来的那些女人怎么办？"

"女人？"战场上有女人出现为不祥，于军心士气都会有潜移默化的影响，李陵皱起了眉头。

"对，女人，扮作苍头，跟来的有不少。"

李陵沉吟片刻，有了主意，对韩延年点点头道："趁尚未开战，要她们马上离开，循原路返回。仗一打起来，营中有女人，会惑乱、动摇军心。延年，这件事你差人去办，务必做到一个不留，全数遣出。"言毕，李陵离开大帐，率韩毋辟等一众将士，赴营前观敌料阵了。

日落之际，数骑人马押着几辆大车快速行进，越过山冈后，太阳的余晖已不可见，整条山道上灰蒙蒙一片，如同这一行人的心情。管敢作为领队，在前面探路，韩延年指令他负责将军中女人押解回居延，其中就有青女。他既欣慰，又忐忑，携青女脱离战场，是他一直念念于心的事；而女人们能否平安回到边塞，又令他忧心。他所率押队的骑士仅十人，其余数十女子均为遣返对象，一旦与匈奴人遭遇，结果可想而知。他一路上挥鞭喝斥，催促快走，希望日行百里，能在十日内返抵边塞。

夜色愈深，为看清道路，管敢命燃起火炬，闪烁的火光中，群山犹如层叠的怪影，阴森可怖。他们离开大队应有五六十里了，很快就该下山了，下山后的路好走一些，他决意连夜赶路，将匈奴人甩得愈远愈好。

　　弦声铮然，一声惨叫，前面执火炬照路的骑士应弦落马，管敢情知不好，饬令熄掉火把，退后迎敌。匈奴人不知从哪条山路绕过来，埋伏在这里，显然为的是切断汉军后路。

　　阴暗的夜空暗黑、深邃，前方影影绰绰似有人马活动。倏忽间，胡角声起，数百把火炬齐齐燃起。管敢吃惊地看到，数十丈开外的山道上，麇集着密密麻麻的胡骑。向前，已然插翅难越。他边饬令骑士们张弩备战，边命大车缓缓后撤，退出数十里后，见到敌军并未追击，他才饬令掉转车头，飞速赶回大营。有了匈奴切断后路的军情，即便恼怒，长官们也只能先容她们留在大营，而留在大营，他与青女就有活着返乡的希望。

二十八

翌日，汉军正面一字排开，由武刚车连接成一道长达百余丈的防线。车上以橹为盾，接缝处皆有长戟斜出，构成强而有力的拒马。每辆车上都装有八石的连弩，射程达千步之外，是远程杀伤胡骑的利器。李陵命两千士卒护卫营垒；又以三千人分三队出战，每队除携环首刀护身外，人手一弩，矢十支，多为三石的蹶张，又称踏弩，须以足腰之力上弩，力道强劲，射程达六百步。三队轮番出前，对战时可以从容上弩、进弩、发弩，进退有序，以便持续地压制匈奴骑兵。

第一队放弩后，退而向后，腾出空间；第二队接替上前时，第三队跟进为第二队，退到最后面的第一队则变身为第三队，重新为蹶张上弦，如此循环往复，不给对手留下任何可乘之机。在一波接一波、密如飞蝗的飞矢攻击下，胡骑或中矢落马，或避箭逃离，几乎没有机会靠近营垒。这就是李陵为步卒量身定制的战法：乘敌而不为敌所乘。匈奴的强弓，射程不如汉弩，他充分利用了蹶张力道强、射程远的特点，将胡骑有效压制在射程以外，难以策马踏阵，冲击营垒。这套战法，全军在西河已操演多年，进退之步伐、上弩放弩之动作，遭遇各种突发境况时的应对，自长官到士卒，均极为娴熟，一旦临战，会如本能般化作行动。

李陵的中军大帐设于一缓坡之上，由此可以俯瞰到整个战场。大帐前面的空地上，架着一座大鼓，击鼓作战，鸣金收兵，这是汉军的一定之规，士卒之进止，会随着他鼓声的缓急轻重有所不同。

布阵后不久，天光大亮，已可以清楚眺望到数里之外的匈奴军帐。随着胡角吹起，大队胡骑集结成队，旌旗招展。大战将临，山野中回荡着一股杀气。约摸半个时辰后，大队胡骑漫山遍野，齐头并进，呼啸而来。显然，匈奴欺汉军人少，欲以雷霆之势一举获胜。

当胡骑迫近营垒时，李陵做了个手势，随着韩毋辟挥动的令旗，武刚车阵中连弩齐发，箭矢如飞蝗般射出，冲在前列的胡骑应弦落马，场面混乱，后撤的胡骑重新整合后，又开始第二波冲击。李陵扬起鼓槌，重重地敲了下去，但见汉垒营门大开，三千步卒迅速在营外排成三列，循着鼓声的指令，轮番齐射，一时间千弩俱发，循环往复，没有间歇，踏阵的胡骑为箭雨覆盖，人仰马翻，阵脚大乱，幸存者纷纷掉转马头，落荒而走。

步卒随鸣金声退入营垒，之后隆隆的鼓声再起，愈加有力。韩延年率四百骑飞驰而出，追奔逐北，匈奴人心胆俱裂，无心恋战，弃营而逃。时未过午，汉军首战全胜，检点战果，近两个时辰的交战，胡人死伤枕藉，高达数千，而汉军伤亡不过百余人。

且鞮侯单于一气跑出十余里，看看汉军没有追上来，方重新整队集结。惊魂甫定的他，召集属下检讨作战。

"我们轻敌了，不想汉军凶猛如是，打了我们一个猝不及防。有谁知道，汉军的统帅是谁？"且鞮侯满面羞色，边叹息边问道。

"大单于，汉军军旗上均标有'李'字，我军逻骑捉到个汉军苍头，据他交代，这支汉军领头儿的叫李陵，是飞将军李广的孙儿。"答话的木鹿目，是且鞮侯的次子，职任左大将。

"李陵，李广的孙子？难怪！……原来遭遇的是汉军的新锐！传令下去，此后与之战，须倚地利纠缠，不可轻撄其锋。"

"大单于，据臣所知，李陵一军在河西校练多年，是汉军中的后起之秀，可兵再强，马匹少，人数亦单，既敢孤军深入我腹地，是腾格里赐与大单于的机会。此军既以步卒为主，没有十几日撤不回去，大单于有足够时间召集左右部来援。只须兵分数路，大单于自当前敌，吾等自两侧绕前，拖住汉军，连日缠斗，不给他们休整的机会。一旦辎重消耗殆尽，汉军插翅难飞，必可束手就擒。"进言的是丁灵王卫律，听到李陵的名字，他知道是遇到了劲敌，而欲困住李陵，则非增兵不可。

且鞮侯沉吟不语，思忖良久，方命木鹿目传檄左右贤王，各率二万骑南下，分头包抄、合围这支汉军。正计议间，逻哨来报，汉军已在翻越浚稽山，整师南下。

且鞮侯站起身，恨声道："不能放他跑了，吹角集合，给我拖住他。"

当凄厉的角声响起时，汉军已在三十里外，李陵手搭凉棚，望着远方腾起的烟尘，他并不担心。匈奴人不擅长夜间作战，今夜无虞，只要跨越浚稽山，明日于山南的开阔地中，他仍可复制今日的胜利。

而李广利一军已经班师长安，李陵接战单于十日后，他正在甘泉宫面君，陈奏如何于天山陷入重围，又如何溃围脱身的经过。他口才甚佳，绘声绘色，把个刘彻也听得神思飞越，如临其境。

"你说赵安国身被二十创，仍能率队血战突围，可真？"刘彻半信半疑，斜睨着李广利。果如所言，这个赵安国就是第二个灌夫，一军安危系之，是个难得的勇士。

李广利伏地顿首，抗声道："臣敢言，即为真。突围后臣曾亲自视伤，数过创口，只多不少。赵安国伤虽愈，痂口尚在，正在殿外候见，陛下亲验后当识真伪。"

于是传赵安国上殿，解下襟袍，但见一身前后，虬结的肌肉上疤痕累累，略数竟达二十五处之多。刘彻嗟叹不已，连称勇士，当即命其留宫中养伤，拜为中郎将，统领甘泉侍卫，秩比二千石。

而李广利，虽依期深入天山，但斩获不丰，反而陷入右贤王重围，死伤亦重，汉兵物故十六七，侥幸突围，功过不相抵，无赏。

郭穰匆匆走入殿中，奏告李陵所部专使陈步乐候见。陈步乐离队后，一路疾驰，入居延后沿于途驿站换马，辗转二千余里，直奔长安。寻知皇帝避暑于甘泉，于是又马不停蹄地赶到了甘泉。

陈步乐身姿雄健，一路走上殿来，龙行虎步。连日的奔波，其面色已被戈壁的骄阳晒得黝黑。到得天子面前，陈步乐伏地顿首，山呼万岁后，呈上了李陵交代给他的皮筒。

刘彻将皮筒中的帛图抽出，铺陈于案上，但见通往浚稽山一带的山川道路，形胜险要，历历如绘，尽收眼底。观敌料阵的任务，李陵完成得很好，刘彻满意地点点头，又打开帛书，是李陵对路博德上书的答辩：

臣陵愚昧，然自幼立志，敢对天子言之。陵怀对决单于，以报父祖之仇宿志，断无怯懦食言之心。路都尉沙场老将，羞为小子后距，其上疏陵事前全然不晓，亦决无与之会议明春出征之事。臣之心志，可质天日，特饬侍卫陈步乐于呈送帛图之际，面陈臣志。

刘彻抬眼望着陈步乐，问道："除去帛图，李陵还命汝给朕带甚话了吗？"

陈步乐揖手道："李都尉饬步乐呈告陛下，绝无食言畏怯之事。他面嘱下走上呈的原话是：'陵十年磨剑，言出必践，已军出浚稽山北，若当匈奴，誓痛杀胡虏以报君恩。'小人过居延时，得知我军初战告捷，以在下所闻，我军已重创了且鞮侯单于。"

刘彻精神猛然一振，起身道："哦，既战，为何不见檄文送报？你都知道些甚，讲来！"

"下走返抵居延时，见沿边士卒百姓皆露喜色，纷传我军遭遇单于大军，初战告捷的消息，据闻胡虏初战披靡，死伤数千。步乐奉命报送图帛，不敢耽搁。陛下未见军报，或因胡虏纠缠不放，我军且战且走，尚无暇梳理战况，陛下稍假时日，必有消息。"

李陵以步卒五千，深入匈奴腹地，竟能一战而胜，大挫虏焰。可见确如其所言，这是支力能扼虎、射必命中的精兵。

"单于有多少兵？"

"遭遇时有骑兵三万余。传闻且鞮侯败衄后，调集左右部南下包抄堵截我军，总有八九万骑……"

"李陵目下在何处？"

"下走不知，但肯定已经越过了浚稽山、龙勒水。我军与敌缠斗，且战且走，行军必慢，应该是在大泽与范夫人城之间。"

"范夫人城？"刘彻凛然。该不是不祥之兆吧！几年前，赵破奴二万骑兵即覆亡于该处，李陵的兵更少而且是步兵，在匈奴重兵的围追堵截下，更是凶多吉少。本当派军接应，可却没有就近接应之师，刘彻顿生悔意，真不该把路博德调往西河。

"以汝之见，李陵遭胡虏大军围追，有胜算吗？"

"众寡悬殊，难言胜算。卑职确信我军不会硬拼，而会有序撤退。李都尉以宽仁治军，多年来明耻教战，深得士卒爱戴，故困厄当头，亦能上下一心，得属下死力，应该有办法脱困的。"

刘彻于大殿中来回踱步，心里既欢喜，又焦虑。欢喜的是，李陵不愧名将之后，说到做到，竟能以寡击众，重创匈奴。焦虑的是胡虏倾巢而出，汉军孤立无援，危在旦夕。

"陛下，臣禹愿率军赴援李陵。"刘彻看去，原来是侍立殿侧的侍中李禹，李禹是李敢之子，李陵的堂弟。

刘彻摇头道："你去？你带过兵吗！自长安派兵缓不济急，而边塞各军，所距亦远，朕所能为者，尽人事，听天命而已。"

"陛下，匈奴单于、左右部大军皆麋集浚稽山，后方空虚，若能敕令一军奋力北进，直捣龙城，匈奴军心必乱，应可助李军脱困。"另一个为李陵担心的是太史司马迁，他不仅与李陵私交甚好，更有一份对李家几代命运的隐忧。

是呀，匈奴狮子搏兔，以全力围堵李陵，腹地必然空虚，此时若能有一军挥师北上，直捣单于庭……刘彻脑中又冒出了霍去病，他若活着，正值年富力强的年纪，足当此任。而目下带兵的路博德、公孙敖皆为暮气已著的老将，李广利一军则刚刚铩羽而归，士气低落，也不堪担此大任。急切之间，朝廷竟无可用之兵。他不由生出几分沮丧。

"郭穰。"

"奴才在。"

"汝即草诏，飞骑敕令路博德所部即刻回防居延，出塞接应李陵，不得耽搁。"

"诺。"郭穰领旨而去。

"金日磾。"

"臣在。"

"汝即驰往受降城，令因杅将军速遣探马，往范夫人城方向探查李陵所在，一有消息，出兵接应而外，应即遣快马报送甘泉，一日一送，不可延误。"

金日磾揖手领命，匆匆而去。他年方卅五，职任侍中、驸马都尉①，是深受皇帝信任的亲信，足证皇帝对李陵一军的安危，系挂于心。

刘彻又询问了李陵带兵的风格、出塞行军的始末、以步卒应对匈奴骑兵的战法，凡此种种，殷殷垂询，而陈步乐也尽其所知，细细作答，不知不觉中已至晡时。刘彻于是亦拜陈步乐为郎，留在甘泉宫，以备随时顾问。

四夷既护，诸夏康兮；

国家安宁，乐未央兮。

载辑干戈，弓矢藏兮；

麒麟来臻，凤凰翔兮。

与天相保，永无疆兮；

亲亲百年，各延长兮。

刘彻用餐时，特别敕令乐府演唱这首《琴歌》，传为霍去病所作，歌颂大一统之后四海升平、万邦来朝的愿景，刘彻一直期待着这一天的到来。李广利的失利，使"断匈奴右臂"的方略落空；而李陵的凶险处境，则预示着匈奴人的卷土重来。当初就不该为豪言所激，放李陵出塞。年逾知命的人了，却还不免于头脑的冲动！他不甘心，祈望上天保佑李陵归来，而晦暗不明的前景如同压在他心头的石头，使他食不甘味，寝不安席。

---

① 驸马都尉，西汉职官，掌管皇帝副车之官，非后世帝婿之谓也。

二十九

刘彻得到消息，敕命沿边驻军赴援，已是在李陵与匈奴接战十余日之后，汉军且战且退，一直没能摆脱匈奴大军的纠缠。

头几日还算顺利，匈奴只是在左右、身后跟踪汉军，没有发生大的战斗。但第四日后，形势突变，胡骑数量明显大增，对行进中的汉军发起了一波又一波的冲击，试图将汉军分割成几部，围而歼之。汉军行军于沟谷，胡骑则自夹峙的山岭上放箭，并不时从岭上发起冲击，试图截断汉军。汉军训练有素，并未慌乱，而是且战且走，保持住了完整的队形。几日下来，李陵点兵，发现士卒伤亡甚多。为保持行军速度，他决定重新编队：士卒中矢伤者，三创者载辇，两创者乘车，一创者持兵再战。

第七日，汉军已撤至龙勒水，沿河向东是一大片湿地，蒹葭①苍茫，一眼望不到头，当地称之为大泽。越过大泽，向东去百余里，就是范夫人城，自范夫人城穿越东南的夫羊句山峡，再穿越四五百里的戈壁砂碛，就是原定的目的地——受降城。李陵有两个选择，一是自大泽南下鞮汗山，自居延入塞；一是仍向受降城进发。前者近，后者远，但前者无接应，路博德的主力在西河，这是他出发时便知道的；后者虽远，但因杆将军公孙敖所部一万骑兵驻扎在这里，若能接应自己，他还是有自信脱困的。

---

① 蒹葭，芦苇之古称。

为防匈奴人切断水源，重蹈赵破奴覆辙，汉军一直循龙勒水而行。胡骑则尾随夹峙，另有大队人马抄到前面，意在合围汉军。鸡鸣时分，龙勒水两岸雾气甚众，十几米开外就看不清东西，而人喊马嘶之声渐起，胡骑追过来了，循声推之，当在一二里外。李陵扬手擂鼓，传令整队待战，可鼓槌击打到鼓皮上，并未发出隆隆之声，而是嗡嗡作响，闷闷的传不远。连击数十遍，闷声依旧。

　　"鼓声不振，是阴气重矣！仲明以为如何？"鼓声不振，会影响到全军士气，不早早解决，会给全军造成致命的威胁。

　　韩毋辟用手抹了一把大鼓的蒙皮，甩甩手道："河畔潮气重，少卿摸摸即知。鼓皮湿了当然发闷，升把火烤烤就好。"

　　韩延年插言道："我看不光是潮气，还有女人作祟。跟来的那些个女人没能走脱，聚在中军，淆乱军心，有牵挂的士卒怎肯舍命作战！"

　　韩延年说的没错，那些携女人行军者畏避作战，更引起单身士卒们的愤懑，作战而外，还要分出一部分人保护这些女人，而军粮消耗殆尽，每日食不果腹，也要分出些给她们。营中流言蜚语的传播已非一日，女人们已成行军作战的最大负累，是时候决断了。

　　"不错，目下这些女人，就是我军的软肋。延年，你点百名亲兵，把这些女人集中到一起，找个僻静处，要她们自我了断吧，不愿落入匈奴人之手，她们就认命吧。"

　　"这么做未免太残忍了些，延年，大家都有姊妹，你们下得去手吗！"韩毋辟瞪着韩延年，蹙额道。

　　"仲明叔，我军面临非常时刻，顾不得这些了，当断不断，反受其乱。无她们拖累，吾军尚难溃围，留着她们，搭上几千士卒的性命，吾不为也。"李陵面色冷峻，不为所动。

　　韩延年领命，正待出帐，又猛然想起甚，揖手请示道："与她们相好的士卒若不肯，当如何处置？"

　　"大局为重，违令者，处置以军法。"

　　管敢拥着青女，躲在自己的军帐里，青女紧紧地抱着他，从她觳觫颤动着的身子上，他深深感受到女人的惊恐与无助。随着战况加紧，形势愈来愈不乐观。匈奴人的骑兵如蜂屯蚁聚,漫山遍野而来。行军速度愈来愈慢,每一步前进,都伴随着血战,不断有同伴中箭倒下,每日只能在天黑后进食一餐。艰困之境中,军中流言渐起,士卒们开始对带女人出来的同伴侧目而视,都觉得这些女人阴气重,带来了不祥,拖累了大家。

原来的伙伴渐成路人,目光中都露有恨意,使女人们感觉到彻骨的凉意,纷纷向自己的男人寻求保护。如此更激起了单身男人们的愤懑,各种污言秽语如脏水般泼来,男人间开始怒目相对。管敢作为军侯有自己的军帐,可以容留青女暂避一时。但他知道这难以持续,他整日要带队作战,天黑时方能回帐。对女人的牵挂,令他寝食难安。他曾想带青女逃亡,可胡骑的围困铁桶一般,离队不啻死路一条。

远远人声鼓噪,不时传来女人们的哭号惨叫声。管敢猛然跳起,掀开幕帷,但见火光中,大批中军侍卫正向这里走来,为首的正是自己的长官、校尉韩延年。管敢意识到,该来的还是来了。他拾起席上的包袱,绑在青女肩上,低声道:"马上走,到河畔苇丛中躲起来。"

青女抱住他的手臂,泣道:"那你呢?你不走,我也不走,要死死在一处!"

"你快走。躲进苇丛,我过会儿去找你。"管敢猛地将另一面的幕帐拉起,硬生生将青女推了出去,叮嘱道,"藏好了,我会找到你的。"

"管军侯,韩校尉请你出来一下。"话音将落,一名侍卫撩起了幕帷,扫视着帐内。

管敢走出幕帐,揖手道:"管敢在,敢问大人何事?"

韩延年淡淡一笑,"传李将军将令:吾军已到生死关头,明后几日,与胡虏必有大战。营垒内阴气过重,是为不祥。兹奉将军军令,将军中女人一并处置,你的女人呢?唤她出来吧。"

管敢掀开幕帷,苦笑道:"军中流言甚多,女人们害怕,不知都躲到哪里去了。大人请看,我今晚卸甲回来,就没有见过她。"

"甚人?站住!"一名侍卫厉声喝斥着,随即用手指着河畔苇丛,禀告道:"大人,有个黑影向那里去了……"

韩延年一挥手,数名侍卫追了过去,管敢刚想动,身后的侍卫却牢牢把住了他的双臂。

"管敢，你莫讨不自在！将军有令，除去这些女人，违令者即以军法处置！"

"可她们也是汉人呐，谁家没有姊妹？求大人放她们一条生路……"

"这会儿你着急了，早做甚来着？将军行前告诫你们是去打仗，三令五申不得带女人出塞，尔等置若罔闻，带她们到死生危地的不是尔等吗？要为她们的死负责任的，不也是尔等吗！"

远远河畔处传出一声惨叫。管敢使足力气，猛地挣脱出来，发疯一样向暗夜中跑去。韩延年做了个手势，止住了想要抓捕他的侍卫。他知道管敢要带那女子回乡完婚，可他千不该万不该，让她跟了来。女人既死，等于在管敢心头剜了一刀，放他去收尸，与那女人做最后的诀别，是他唯一能做的事了。

晨雾中，汉军连夜渡河，李陵也重新调整了营垒，匈奴人惊讶地看到，面前倚河而立的，是座壁垒森严的军垒。且鞮侯认为汉军已置身死地，将胡骑编为数队，从几个方向发起猛攻，试图截断汉军。汉军则一仍其旧，以弩矢御敌，在匈奴人被矢雨压制、阵脚已乱时发起反击。是日鏖战终日，汉军击退胡骑数十次冲击，斩首三千余，再获大胜。

入夜后，汉军连夜傍河行军，循龙城故道，向西南范夫人城方向行进，四日后进抵大泽。几日来东南风劲吹，早已候在前面的胡虏，自上风处点燃苇丛，一时间浓烟四起，瞬间就汇成一片火海。而李陵亦料事如神，早早饬命前锋士卒割出火道，之后亦于火道前纵火自救，而匈奴的火攻竟尔功亏一篑。

汉军自接战以来都是夜间行军，白日扎营，以守为攻，远距离大量杀伤胡骑，而自身损失甚小，但这种战法需要大量弩矢的支撑。大泽之战后，李陵权衡态势，做出了脱离龙城道，转身南向，越鞮汗山而返归居延的决策。因为受降城方向迄无汉军接应迹象，到受降城尚需六七日，其间还要经过天险夫羊句山峡，一旦匈奴人设伏，即便能够冲过去，平坦的戈壁滩上尚有四五百里路要走，很容易被大队胡骑围歼。而走鞮汗山，只须越过一道沟谷，距居延塞不过百余里，更易获得接应。

"仲明叔，我军所余弩矢还有多少？若能支撑二三日，越过鞮汗山就好。"

"每名弩手所配不过百支，再有龙勒水那样的战斗，弩矢撑不了多久的。"韩毋辟摇摇头，他奉命点算了现有的弩矢，所余不过五十万余支。再遇到胡骑的冲击，汉军肯定扛不住。

李陵略作思忖，下了决心。"那就改换一种战法，尽可能少用弩矢。延年，鸣金集合士卒，连夜向南行军，明早一定要赶到鞮汗山。"

是夜，且鞮侯单于的大帐中，亦灯火通明，匈奴诸王亦在检讨军事，讨论对策。连续十几日的鏖战，令他心力交瘁，一心想要早些摆脱困境。

"我军是骑兵，汉军是步卒，我军死伤枕藉，而汉军阵形不乱，坚如磐石。李陵这支兵，绝对是精兵，这一仗从浚稽山北打到山南，从龙勒水打到大泽，我们八万骑兵，竟奈何不得他！现在汉军一路向南，离边塞愈来愈近，李陵莫不是想把我等诱入汉人的埋伏？我等精兵强将尽萃于此，我很忧心中了汉人的诡计，付出承受不起的损失！诸位以为如何？"

"大单于此言差矣！"站出来的是左贤王狐鹿姑。"以儿臣看，汉军渐成强弩之末，坚持不了几日了，大单于何出此言，灭自己威风，长敌人志气！"

左大将木鹿目亦向前一步："左贤王所言甚是。大单于亲领八万铁骑，若连这区区数千步卒都拿不下，何以谢族人？胡人将愈受汉人轻视，匈奴颜面何在！"

之后，诸当户君长纷纷进言，皆力主与汉军决战，更何况已在夫羊句山峡布下埋伏，万一仍难以破敌，被汉军冲出到戈壁，那时候撤军也为时不晚。

眼见众意难违，且鞮侯勉强认可了众人的提议，正欲商讨如何在夫羊句山峡包围全歼汉军，逻骑来报，汉军大队已开拔，但改变了方向，全军向南直奔鞮汗山，看样子是要向居延方向走。

且鞮侯精神猛然一振，李陵既改变行军路线，抄近路，显然也是遇到了难题。难题是甚，他猜不出来，但肯定是他的机会。他沉吟了片刻，分别叫过狐鹿姑、木鹿目，面授机宜，又敕令侍卫，火速前往夫羊句山峡，命令那里的伏兵连夜奔赴鞮汗山。

鞮汗山北麓有片疏密有致的林地，越过林地，就进入一条山谷，穿过山谷即是鞮汗山口，再越过一片林地，就是大片与河西草原相接、牧草丰沛的沃野，再南行百余里，就是居延边塞，李陵来时走的就是这条路。这绵延数十里的山路，既可说是汉军的鬼门关，也可以说是他们最后的希望。

连夜行军的汉军疲惫不堪，但穿越鞮汗山后，离自己人愈近，获救的可能愈高，这个奔头提振了全军的精力。平旦时分，晨曦初露，鞮汗山南麓的那片林地终于出现在眼前，就在全军就地休息之际，四面角声蓦起，蹄声隆隆，大队胡骑蜂拥而来，穿过晨雾，试图包围住汉军。

李陵饬令鸣金，命各部将领各带其队撤入林地，弩矢既无，这是步卒以刀剑戟殳与胡骑周旋的唯一办法。有了林地这个障碍，胡骑难于像在开阔地一般纵横驰骋，砍瓜切菜般屠戮步卒；反之，步卒却可凭借灌木丛林这些自然障碍闪避攻击，乘隙蹈暇，予胡骑以杀伤。这也是李陵在河西教练有年的战法，却在今日救了急。

汉军散入林中，且战且走，与胡骑缠斗，战果颇丰，又斩首数千级，而匈奴骑兵亦越聚越多，李陵将所余弩矢屯集于中军，接连射倒十余名领队的头目，胡骑稍稍后退，汉军亦鸣金入谷，脱离接触。

汉军捉获一名当户，交代说单于已萌生退意，碍于脸面做最后一搏。李陵暗自心喜，传令丢弃大车与一切累赘之物，加快行军，力争于明晨走出山口，那里仍有成片林木可为依托，与胡骑周旋。若能再支撑一二日，居延塞的援军足以赶来。但进入沟谷行进不远后，李陵发现，汉军再一次为胡虏包围，几入绝境。匈奴人依仗马快，先于汉军赶至鞮汗山，早早占据了沟谷两侧的分水岭，可以居高临下地俯视沟内并发起攻击。林地战态势不利，且鞮侯放汉军进入沟谷，随即遣大军封住了南北谷口。埋伏在冈梁上的胡人猛然现身，高声呐喊着，以巨石、弓矢肆意杀戮行进中的汉军。李陵饬令全军散开，各倚地势，各自为战，用他们手中最后的弩矢还击胡虏。不断有人倒下，大军且战且行，挨至黄昏，战斗才停歇下来。

弩矢用罄后，众多步卒手中没有得力的兵器，为防身，纷纷将大车轮毂上的辐条拆下，权充兵器。李陵点算损失，一日之间，汉军死伤惨重，从三千余人减员到了两千人。十年心血，竟如此凋零殆尽，李陵悔之无极。天子并未要他率军出塞远征，本可以配备了战马后再出征，可自负害了他。即便出征，他本可依照天子之命拖到九月，这样他会获得更多弩矢。而只要弩矢够用，即便步卒，也能够克制胡骑。可他求功心切，孤注一掷，落入了眼下的绝境。

愤激与悔恨，几乎夺去了他的理智。李陵气血上涌，在谷中不停踱步，喃喃自语对不起天子，有负朝廷，愧对父祖，脑中一团乱麻，理不出头绪。夜分时，李陵脱卸铠甲，便衣独步，血脉偾张地走出军营。他止住欲跟随的侍卫道："毋随我，皆言丈夫万军之中可取上将首级，吾欲以一人取单于性命矣！"随即选一缓崖，慢慢攀了上去。

到得崖顶，但见漫山遍野的篝火，胡骑围坐四周取暖，而密密麻麻的穹庐，又哪里寻得到单于？寒凉的夜风，冷静了他的头脑。李陵坐在一丛灌木后，叹息不置，暗笑自己竟然昏了头，生出如此幼稚的念头。

他回到山谷中，发现极度焦虑的侍卫们已将韩毋辟叔侄找了来，他苦笑着望着众人，大声叹息道："兵败了，吾当死矣！"

韩毋辟郑重地望着李陵，揖手道："将军威震匈奴，天命不遂，无须自责矣。浞野侯被俘，事后逃脱归汉，天子尚客遇之，何况将军？"

李陵摆摆手道："公毋劝！苟且逃生，非丈夫之所当为，吾死志已决，仲明毋劝！"

言毕，李陵传令全军尽斩旌旗，埋藏好携带的财物，并慰劳伤残战士。一切就绪后，他双目含泪，将部属们集合到身旁，叹息道："哪怕再有几十支弩矢，吾等也能杀出一条血路，足以脱身。可如今没有了像样的兵器，天明胡虏来攻，下场就是束手就缚。不如就此作鸟兽散，或许尚有能脱身归报天子者。"

之后，他饬令将所余干粮均分到军士个人，每人二升糒（音备，指干粮）一片冰，约定各自结伙四散突围。他与韩毋辟把臂相对，叮嘱道："这些兵士就拜托于仲明叔，尔等先行一步，乘夜摸出沟谷，径直向西南方向去，能脱身者，在遮虏障会齐。"

"将军一起走吧，留得青山在，毋忧无柴烧！"

李陵摇摇头道："陵已无颜面对天子。你们马上走，我、延年与亲兵尚有马十数匹，足以吸引胡骑来追，为你们争取些时间。"

言毕，时已夜半，李陵击鼓起士，但鼓皮又受了潮，其声不振。于是口头传令，命步卒结成小队，分散逃亡。

匈奴人听到沉闷的鼓声，知道汉军有行动，亦吹角起兵，纷纷披挂上马，循山岭两路围剿而来。且鞮侯单于走出大帐，正待上马，但见木鹿目一行快马赶到。

"大单于，儿臣在北麓林地打扫战场，得获一汉军头目，他自愿投诚，助大单于擒获李陵等汉军将领，但要大单于答应他一件事……"

"甚事？"

木鹿目一把扯过身后一人，推倒在地上，禀道："这人说有人杀了他女人，他要报仇，只要大单于应允了他，他愿将汉军底细和盘托出。"

且鞮侯一喜，问道："你叫甚名字，在汉军任何职？"

"小的管敢，在汉军职任军侯。"

"谁杀了你女人，你要找谁报仇？"

"汉军校尉韩延年，恳请大单于杀此人以报吾仇。"

三十

　　破晓之际，李陵等抵达沟口，沟外一里开外处，可见火炬掩映下的匈奴的穹庐。一名侍卫走上前，将收集到的一小把弩矢递给他。将弩矢装入箭匣后，李陵附在韩延年耳边，低声道：

　　"吾等向南冲出之后，胡骑会紧追不舍，你要乘隙带着步卒向西南方快跑，愈分散愈好，若皇天庇佑，今晚在遮虏障相见！"

　　言毕，李陵、韩延年与十数位侍卫飞身上马，两腿一加力，如迅风般飞驰而去。

　　韩延年长吁一口气，望着即将放亮的长天，思绪一下子又回到了元光那年的逃亡，心中掠过一丝痛苦。他召集军正等头领，饬令向集结在一起的步卒们传命，可三至五人自愿结伙，出沟谷后，分头向西南遮虏障方向撤退。一旦胡骑追来，一人作势奔逃，另外几人卧伏草丛，待胡骑追过时，同时跃起攻击，力争将胡人掀落马下，夺其弓矢、马匹，以狙追兵。若遭大队胡骑围攻，脱身无望，则各自为战，求仁得仁，为其他弟兄争取更多一点求生的机会。

　　李陵等飞骑出谷时，且鞮侯早率大军候在山口，跟在他身旁的正是管敢。得知李陵无救兵，粮草、弓矢殆尽的现况，单于心有戚戚，决心活捉李陵，为己所用。管敢指着李陵一行的背影道：

　　"大单于请看，身后有执白旗与黄旗者，分别是李陵、韩延年，出塞时汉军尚有骑兵八百，眼下所余无几，但以强弓射之，可保必胜。"

且鞮侯斜睨了他一眼,拍拍他的肩头道:"本单于只允你杀韩延年复仇,就这么几十骑残兵,往哪里逃!木鹿目,传令全军,不可放箭,要活捉李陵!全体兵分三路,紧追不舍,且自左右两路包抄,把他们裹进去,要李陵插翅难飞!"言毕,且鞮侯猛一挥手,胡角连天而起,封堵谷口的数千胡骑紧跟着策马奔驰,草原上回响起隆隆的蹄声,整个大地仿佛在颤抖。

胡骑席卷而南后,韩毋辟率所余两千步卒也冲出沟谷,分散开来,隐没于半人多高的草场之中。匈奴北迁后,漠南草场多被抛荒,几年下来,牧草高茂,极利于汉军的隐蔽。立马于岭冈上的左贤王狐鹿姑,被赋予消灭步卒的王命。他居高临下地注视着草丛中逃窜的汉军,捋髯笑道:

"人腿岂能跑赢马腿?弟兄们,都看到了,现在随我下去,杀光这些鼠辈。"

疾驰三十里后,胡骑自两侧包抄了上来,虽然与李陵等保持着相当距离,但已实实在在地与他们齐头并进了。李陵拍拍空了的箭囊,叹息道,若再有几十支弩矢,当足以脱险了,天不佑吾,奈何!

两侧的胡骑一点点超越了汉军,在前面百余步处汇合而一,牢牢将他们围困在中央。"李陵、韩延年投降……"匈奴人的迫降声如山呼海啸般,震耳欲聋。韩延年与十几位侍卫面带急惶,目光齐齐落在李陵脸上。

"将军,舍生取义,杀身成仁的时刻到了,你下命令吧!"

李陵但觉两眼湿漉漉的,泪水夺眶而出,他对韩延年点点头,众人拔出佩剑,策马直前踏阵,胡骑一时辟易,避让两边。韩延年一马当先,手起剑落,劈倒面前的一名匈奴人,几乎就在同时,一枚飞矢铮钹有声,自后背洞穿了他的脊梁。韩延年"呃"了一声,回转头来,目光视处,却是管敢,但见他狞笑着喊道:

"韩延年,你也有今日,这一箭我是代青女所射,一命还一命。李陵,汝等身陷重围,手无寸矢,就是有登天的本事也逃不掉了。大单于若非爱惜人才,一声令下,万矢齐发,汝等早就成了刺猬,此刻不降,就等着受死吧!"

李陵跳下坐骑,扶起落马的韩延年,他眼睛微张,似乎想要说些什么,但从哆嗦着的口中,冒出的却是汩汩鲜血,哼了一声,就断气了。卫士们纷纷下马,执剑围成一圈,但随着飞矢齐射,相继倒在李陵身畔。李陵满眼通红,拾起地上的佩剑，示意有话要说。他慢慢走到且鞮侯马前，拱手道：

"我若降，大单于可否放过我的步兵？"

"败军之将，有甚资格提条件，快快跪下乞降！"管敢得意洋洋地睨视着李陵，他与且鞮侯并肩，自恃立了大功，意态颇为嚣张。

李陵赧然一笑，却猛然扬臂，将手中佩剑掷出。剑锋贯穿了管敢的喉头，他连声呻吟也没有，就一头栽落马下，断气了。

且鞮侯受此惊吓，连退了几步，侍从们张弓搭箭，正欲射击，他高举起一只臂膀，叫道：

"李陵，管敢已死，你为韩将军报了仇，战至最后一人，对得起朝廷了，此刻不降，更待何时？"

李陵仰望着湛蓝的天空，久久没有言语，良久叹道："无面目报陛下！"随即坐到草地上，伸出双臂，示意束手就缚。

西南方向的步卒，且战且走，此刻也已跑出几十里，分散在广阔的草原上，与追击的胡骑格斗，战死逾千，也杀伤胡骑数百。韩毋辟抹了把汗，感觉身后有持续的凉风吹来，精神猛然一振。是西北风，他放眼望去，与敌缠斗中的汉军大多在上风口。起风了，这是个绝好的机会，能不能脱身，在此一举。他环顾身旁的士卒，问道，谁身上带着火镰火绒，一名老卒点点头，从怀中掏出一枚刀状的火镰，但没有现成的火绒。韩毋辟蹲下身子，大把薅起草根部的枯叶，在掌中反复撕扯揉搓着，不一会儿，一大团火绒制成了，而另一拨胡骑也发现了他们，正策马追来。

韩毋辟带着的这股步卒有数十人，是最大的一群，之前的厮杀中，他们夺获了十几张大弓和百余支箭矢，足可抵御一阵子。韩毋辟饬令持弓者张弓搭箭，蹲伏于草丛，无弓者则执短兵俯身地上，听其号令。韩毋辟则立身于草场，注视着愈来愈近的胡骑，待其进入射程。当胡骑离他尚有百余步时，他大呼一声，众弓手猛然立起，张弓齐射，但见领头几个胡虏应弦落马，余者大惊，掉转马头，纷纷退去。

风更强了。韩毋辟饬令士卒们搜拣战场，取回匈奴人的弓矢，自己则在地上找到一块燧石，将火绒铺开后，左手镰，右手燧，猛烈击打，一会儿，蹦落的火花将火绒点燃，一缕青烟顺风而起，不久草场上便烟雾弥漫，隐隐间看得见红色的火舌，向着他们身后快速蔓延。

且鞮侯大军赶回时，见到的是一片狼藉，过火的地方，皆是黑灰色草灰，遍地是战死的匈奴人与汉军的尸首。弥漫的烟气中，已很难寻觅汉军的踪迹，而赫然入目的，是数十里外边塞上冒起的一道道狼烟。显然，汉军由这场大火得知匈奴人逼近了边塞，正在以烽火告警。

"大单于，蛮子忒狡诈，为脱身放了把火，点算后，斩杀汉军千六百人，我们也折损了近千人马。"

且鞮侯看了看身后的囚车，木笼中被缚的李陵闭目不语，逮住了主将，即便伤亡惨重，逃掉了数百汉军，也可算是场惨胜了！

未央宫值庐内，霍光、上官桀、李禹、司马迁等麇集于此，议论着李陵一军的战况。金日磾抵达受降城后，传令公孙敖出兵接应外，又派出多路斥候打探李陵一军下落，数日内就摸清了汉军的战况，并逐日驰报长安。每日上朝前，当值的侍中、近臣都会来值庐阅看最新战报，议论吉凶，都以为不容乐观，为汉军捏着把冷汗。

"少卿的脑袋瓜真不白给，能想出以火攻火的奇招，难怪他敢以五千步卒出塞……"看过大泽之战的简报，侍中上官桀赞叹不置。

"少卿不愧出身名将世家，这篇说他南下鞮汗山，抄近道走居延，这下公孙敖是接应不到他了！"侍中霍光打断了上官桀，指点着手中的简册。他、上官桀、李陵早年均在宫中为郎，彼此兄弟相待，感情很好。李陵此番冒险犯难，大家都为他担着一份心。

"子孟，形势不妙，少卿在鞮汗山谷中了匈奴人的埋伏，死伤惨重，即便冲出去，也还有百余里路才能赶到居延……看样子凶多吉少。"插言者是太史司马迁，他将手中的简册递给霍光。

"汉军还有多少人？"问话的是李禹，李敢之子，李陵的堂弟，也在御前出任侍中，他与司马迁无论当值与否，皆日日来看军报。

"简牍上写的我军抵达鞮汗山时，尚有三千余人。"

李禹面露喜色道："那也就是说没被打散，建制依然，以我哥的本事，当能脱险归来……"

霍光摇摇头道："难说。若弩矢足用，李少卿必能凯旋，怕的是弩矢用尽，没了克制胡骑的兵器。他们八月底出塞，车载的弩矢并未足数，步卒抗拒胡骑，全仗弩矢，弩矢用尽，就只有被收拾的份了。"

"子孟何以知道少卿的弩矢没带够？"

"河西武库所存弩矢尽数供给他都不够，又从长安武库向居延调运了百万弩矢，我问过武库令，说这批兵器运到居延时，李陵已经出塞，是以知道他的弩矢不够用。"

正议论间，谒者郭穰走进值庐，揖手道："各位大人，皇上就要到了，都上殿伺候着吧。"

众人纷纷整冠正衣，赶赴朝堂，列队侍立甫毕，刘彻就进入前殿，就座后，边扫视着众臣，边问道："霍光，李陵撤到哪里了？"

霍光字子孟，身长七尺三寸，眉目疏朗，美须髯，行事规行矩步，沉静详审，自元狩末至今，出入御前近二十年，不出一错，深得皇帝信任，由郎官、尚书一路升至奉车都尉，领尚书事。刘彻重用内廷尚书，朝廷往来公文、奏章、诏令皆由此收发，职轻而权重。

"呈陛下，受降城的军报三封，我军在大泽遭胡虏火攻，李陵打出火道，以火攻火，杀敌二千，脱困后改道南下鞮汗山，于山口遭遇胡骑，于林地再杀胡虏三千，以三千人成建制入沟谷，遭岭上胡虏攻击，损伤甚众，不得已以所余弩矢还击，一旦弩矢用尽，会遭遇极为艰困的局面。以时间判断，李陵一行应该已经穿越沟谷，后续战况，因边报未到，情形不明。"皇帝表面矜持镇定，却心急如火，一日十数次催问军报，已可见其内心的焦虑。霍光对此心里明镜似的，于是边呈递军报，边将三册简牍内容合为一体，奏报给刘彻。

刘彻展开简牍，扫视了几眼，问道："这些简牍是受降城报来的吗？看日期已是数日前之事。居延塞外有大股匈奴人活动，烽火告警亦有几日，难道还没有边报吗？"

霍光俯首敛容，揖手道："想必快马已在路上，不日就会有李陵的消息。"

"公孙敖的援兵到了甚位置，不能在胡虏身后发起攻击，以作牵制吗？"

李陵自大泽改道南下，因杆将军军指夫羊句山峡，是接不到李陵的。前无援军，后有八万匈奴大军围追堵截，汉军凶多吉少，刘彻心里也明镜似的。可他就是盼着能出现奇迹，李陵这支军队能够脱险回来。

明知是不可能的事情，众臣皆俯首敛容，眼观鼻，鼻观心，默然无语。

"还有路博德那支人马，算日子早该返回居延，怎么还没有消息？"

众臣面面相觑，不知该作何回答。正尴尬间，一名谒者快步走进前殿，双手捧着刚到达的边报，直接送至郭穰手中。郭穰掰开封泥，自封套中取出简牍，展开后铺在案上。

天汉二年九月晦日，罪臣博德昧死敢言之，昨日晡时，李陵所部四百余人退至遮虏障。统带者韩毋辟称李陵、韩延年等十数骑踏阵向南，匈奴大股追之，生死下落不明，其奉命带步卒二千且战且退，分散回撤，伤亡大半。至居延者，皆以奔北①圈禁看管，延医疗伤，如何处置，粪土臣博德顿首顿首，死罪死罪，谨候圣裁。

五千精兵，仅余四百，十年心血，毁于一旦！一支精兵就这样没了，刘彻的心里在流血。李陵之败，可以说是全军覆没，即便杀伤过当，也完全悖离了自己最初的设想。李陵的争强好胜，很对自己的脾气，明知没有马匹的步卒在漠北与匈奴周旋是必败的局面，可自己心存侥幸，作了错误的决断，且责之以军法，等于逼他上了死路。而贰师的征战，非但未能达成断匈奴右臂的目的，不得不冒死突围，连惨胜都算不上，怎么看都是场败局，与李陵步卒的战力，更是相去甚远。

刘彻极力压制着内心的波澜，脸上一阵阵发热，良久才敕令霍光，传诏路博德，速速查明李陵、韩延年的下落，并传檄各边塞加强戒备，严防匈奴犯边。他内心里希冀李陵全节尽忠，这样可以免去彼此见面时的尴尬，又可借此表彰忠义，提振士气。为此，他又敕令王弼携相士前往李家，观陵母暨

---

① 奔北，汉代军法罪名，指弃主将于不顾，擅自败北逃亡者，诛或弃世。

妻有无死丧相。回报的消息是，陵母与妻，皆安堵如常，并无丧亲的征象。李陵若是没死，就只有两种可能，要么伤重被俘，要么束手归降，若是后者，则会严重挫伤汉军的士气。但愿这不会发生。刘彻的纠结，使他一心盼望的最终结局，竟是李陵战死沙场。

侍立在旁的太子刘据，俯身看了看军报，摇摇头道："逃回居延这四百余人，应该是奉命撤回，李陵等人驰马向南，必是吸引匈奴主力南追，让步卒有更多逃生的机会。路博德糊涂，竟圈禁他们，伤士气且伤人心，父皇应敕令其放人，朝廷亦应厚加抚恤。"

刘彻满脑子都是由败衄而生的愤懑，既对自己，也怨及带兵作战的将军们，哪里还听得进不同意见，于是厉声道："主将生死未卜，拿什么证实残兵所言为真？况且把他们集中起来也便于疗伤医病，没甚不妥当。将来澄清了事实，再恤不迟。"

刘据仍揖手道："以此番败衄，儿臣觉得朝廷马匹既不足，还是应依托边塞与胡虏周旋，只有到兵精马足、匈奴衰败之际，再进军塞北，方能摧枯拉朽，一举奠定胜局。"

刘彻哼了一声，斜睨了一眼儿子。"是吗？汝以为读过几部兵书，就可以纸上谈兵了？你知道战地会被蹂躏得多惨吗？朕出兵塞外，就是要在胡虏的土地上打败他们，杀戮他们，蹂躏他们。只有进攻才是最有效的防守，才能最大限度地削弱对手！"

退朝后，刘彻在寝宫中来回踱步，悔恨、自责与愤懑一直咬啮着他的心，久久难以平复自己的情绪。在得到李陵的消息前，他会一直如此，心神鼓荡，寝食不安，无心他务。